霸主崛起

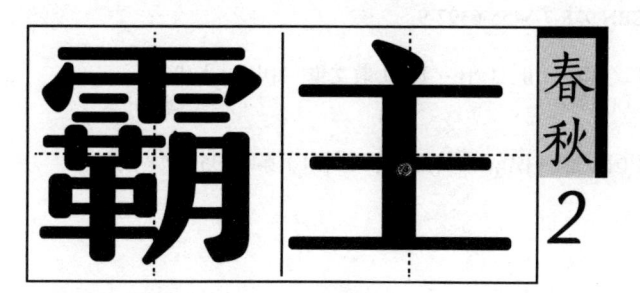

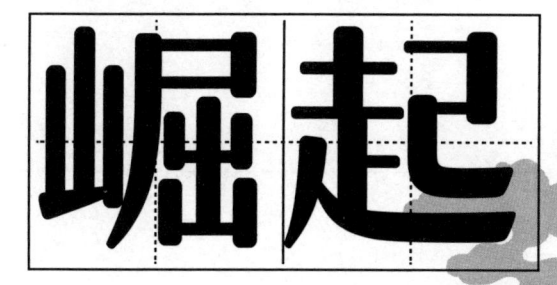

春秋 2

小马连环 / 著

天地出版社 TIANDI PRESS

图书在版编目（CIP）数据

霸主崛起／小马连环著.—成都：天地出版社，
2021.9
（春秋）
ISBN 978-7-5455-6397-9

Ⅰ.①霸… Ⅱ.①小… Ⅲ.①散文集－中国－当代
Ⅳ.①I267

中国版本图书馆CIP数据核字（2021）第092353号

BAZHU JUEQI
霸主崛起

出 品 人	杨　政
著　　者	小马连环
责任编辑	王筠竹
装帧设计	挺有文化
责任印制	王学锋

出版发行	天地出版社
	（成都市槐树街2号 邮政编码：610014）
	（北京市方庄芳群园3区3号 邮政编码：100078）
网　　址	http://www.tiandiph.com
电子邮箱	tianditg@163.com
经　　销	新华文轩出版传媒股份有限公司

印　　刷	北京文昌阁彩色印刷有限责任公司
版　　次	2021年9月第1版
印　　次	2021年9月第1次印刷
开　　本	710mm×1000mm 1/16
印　　张	19.5
字　　数	250千字
定　　价	49.80元
书　　号	ISBN 978-7-5455-6397-9

版权所有◆违者必究

咨询电话：（028）87734639（总编室）
购书热线：（010）67693207（营销中心）

如有印装错误，请与本社联系调换

自 序

春秋可以说是中华民族的青春期。春秋以前，夏商的尘太厚，黄土掩埋了我们的神态，再往上，我们更像神话里的人物。

当历史来到春秋，在无韵之离骚的《史记》中，在婉转高歌皆相宜的《诗经》里，在字字机锋的《春秋》里，在循循善诱的《论语》中，在四书五经、诸子百家中，从尧舜古老部落里走出来的我们，面目逐渐清晰。让人惊奇的是，无数的贤人如雨后春笋般冒将出来。执礼的孔子、无物的老子、逍遥的庄子、治国的管子、用兵的孙子……一定有我们未熟知的历史造就了这些贤人，而这些贤人的智慧重构我们，丰满我们。短短数百年间，东亚大陆，长江黄河流域，黄色的土壤养育的我们脱离蒙昧，告别神秘，成为最真实最本质的我们。

这对我们的民族来说，无疑是一次极其重要的淬火与锻打。正是这样充满火花与冰水的淬炼，充满力与血的锻造，将我们从一块生铁变成一块精钢，进而使我们的文明不为时间所腐,不为重压所折,成为世界上延续至今没有中断、泯灭的文明。

让我们翻动史册,做一次穿越两千多年的时光之旅,去寻找最初定型时的我们吧。

临淄,齐国都城,国相管仲徘徊街头,他喃喃自语:"吃饱饭啊,不让人民吃饱饭,怎么要求他们懂礼仪?不让他们穿暖和,怎么好跟他们讲荣誉和耻辱?"

商丘,宋国国都,国君宋襄公将走完人生的最后一程,腿上的箭伤在发腐溃烂,半年前与楚国的泓水一战常常浮现在他眼前,几乎所有国人都在指责他没有抓住楚军半渡的大好时机,可他并不服气:"君子不重伤,不擒二毛。寡人将以仁义行师,岂效此乘危扼险之举哉?"

柯邑,这里刚举行一场诸侯盟会,气氛不算融洽,鲁国大夫曹刿刚刚用刀子挟持了盟主齐桓公,在齐桓公答应归还侵地之后才肯放开。齐桓公大怒,而根据要盟可犯的惯例,被逼签下的协议也不必遵守,可国相管仲告诉他:"守信吧,如果要取信诸侯,没有比守信更好的途径了。"

雍城,秦国的宫门外,楚国的使者申包胥已经哭了七天七夜,终于打动了秦国,为沦陷的祖国请来了复国的救兵。

彭衙,战鼓震天,晋国与狄国激战正酣,晋将狼瞫察觉到自己等到了那个时刻——一个证明自己的时刻。出征前,他被主帅先轸从车右的位置上撤了下来。朋友中,有的诘问他遭此大耻为何还不赴死?有的怂恿他刺杀先轸以正其名。狼瞫拒绝了,他在等待与敌交战的时机。狼瞫拔剑,冲向敌阵战死沙场。他选择用勇破敌军的方式证明自己。战场上的狼瞫,是愤怒的狼瞫。君子曰:"小人怒,则祸国殃民;君子怒,则祸止乱息。"

翼城,晋国之都,刑狱官李离将自己捆住,到达宫殿后,李离恳请国君晋文公处死自己，因为他刚刚错判案件，误杀无辜。晋文公令人将他松绑，让他赶快离去。李离拔剑出鞘，伏剑而死。只因为他知道职责所在——法之精神。

  礼之要义，仁之坚持，信之价值，忠之可贵，勇之所用，责之所重……春秋里充满着这样的故事。

  这就是我们的春秋，这就是曾经的我们。

  在走向创新的星辰大海时，我们也应该回望一下，我们最初的样子。

目 录

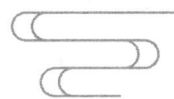

第一章
天降大任于斯人也／001

第二章
史上第一场王位长跑赛／019

第三章
王霸之道／041

第四章
宋国之乱／077

第五章
最初的挑战／091

第六章
新的楚王／109

第七章
反楚联盟／125

第八章
郑厉公与鲁庄公／137

第九章
霸业进阶/157

第十章
齐楚交锋/193

第十一章
霸业的顶点/213

第十二章
齐桓公的野望 /233

第十三章
离别时刻/247

第十四章
齐襄试霸/265

第十五章
最后的努力/281

第一章

天降大任于斯人也

《第一章》 天降大任于斯人也

春秋末年,孔子学堂,伟大的教育家孔子跟学生纵论历史。学生们讨论起了一百多年前的齐国宰相管仲。子路同学首先发问:管仲曾经侍奉过齐国的公子纠,可公子纠死后,管仲没有殉死,他还算得上仁义吗?

孔子老师一向教导学生轻命重义。有一次孔子经过陈国,陈国的西门被楚国攻破,楚国侵略者指挥陈国投降的良民修缮城门。孔子驾车路过此地,示意驾驶员子贡直接开过去。

子贡提着缰绳问:"老师,您教我们的,碰到三个人就该下车,碰到两个人就该行礼,现在陈国城门的人这么多,老师您不行礼,这是为什么?"

孔子回答:"自己的国家灭亡了都不知道,这是笨,知道了却不反抗,这是不忠。抗争失败,却不殉死,这是懦弱。眼前这些修城门的人,哪里有值得我行礼的?"

孔子通过这个故事教导学生:仁人志士,无求生以害仁,有杀身以成仁。人生一世,关键时刻要舍得死。

可社会很复杂,学生们很滑头,子路同学尤其喜欢跟老师抬杠。

既然抗争失败却不殉死的属于懦弱，那管仲就是懦夫啊。他侍奉齐国公子纠失败了，却舍不得死，算什么仁人？

孔老师摇摇头："当年管仲辅助桓公九合诸侯，没有一次是靠武力实现的。他这才叫仁呀（如其仁）。"

停了一下，孔子怕学生没记进去，加强语气重复了一遍："这才叫仁呀（如其仁）！"

孔老师的担忧是有根据的。子贡同学又举手发问："管仲这个人不但不殉死，还效力于杀死自己主公的人，他怎么算得上仁者？"

孔老师沉默了。子贡同学在班上最有钱，平时四处经商，能说会道，善于辩论。他很快抓住了老师的漏洞。管仲不但舍不得死，还效力于仇人，他的行为跟服从楚国人的陈国俘虏有什么区别？

区别还是有的，但孔老师被学生们气昏了，也不想讲道理了，气愤地甩出一句：

"管仲相桓公，霸诸侯，一匡天下，民到于今受其赐。微管仲，吾其被发左衽矣。岂若匹夫匹妇之为谅也，自经于沟渎而莫之知也？"

子贡同学，你还是太年轻太简单啊，当年管仲前辈辅佐齐桓公，称霸诸侯，一匡天下，到今天百姓还受其恩惠。要不是管老前辈，就是你们老师我，只怕也要当一个披散头发、左襟左开的人了，哪能坐在这里跟你们讲礼仪？所以说管仲先生不能像普通的匹夫匹妇一样，跑到山沟里去自杀，使天下无人知道他的名字。

在拯救孔老师于"被发左衽"之前，中国历史上最伟大的政治家管仲却活得像一个野人。

《 第一章 》 天降大任于斯人也

管仲，姬姓，管氏，名夷吾，字仲。虽然祖上也阔过，但到了管仲这一代，管仲混得实在不管用，他的父亲管严生平事迹史书无载，连跑龙套的角色都没混上，自然没办法让管仲有爹可拼。混着混着，管仲就混成了一位齐士。

春秋时贵族分为天子、诸侯、卿大夫、士四级。管仲已经混到了贵族的最后一列，再退步就要掉出贵族的行列，进入到庶人队伍，不得不与人民群众打成一片。

事实上，管仲同志确与人民群众打成了一片，尤其是与市场上的商人打成了一片。

管仲下海经商了。

作为一名士，虽然没有正式的职位，也没有祖荫可以依靠，但好歹也是大院子弟，跑去菜市场跟人讨价还价成何体统？

但管仲还是义无反顾地进入到经商这个行列，原因很简单，家里已经穷得揭不开锅。

天天跟着一班贵族子弟纵论天下，潇洒是潇洒，但回到家还是一样要饿肚子的。

要么出去赚钱，要么待在家里饿死，管仲义无反顾选择了前者。他也不是一个人独闯商场，有一个朋友愿意与他合伙，一起做生意。

这个朋友叫鲍叔牙，祖上也曾经是诸侯，到了鲍叔牙这一辈，也是处在士这个进步很难、退步很快的位置。据查，他跟管仲还是老乡，都是颍上人。

既是老乡，又有相同的出身，他们很快走到了一起，当他们第一次相互拱手为礼时，大概也没有想到他们之间的交往会成为后世的典范。他们之间的友谊前无古人,后无……这样伟大的友谊,据我所知,可能也就马克斯、恩格斯可以相提并论了。

虽然都是没落贵族的后人,但鲍叔牙比管仲家里的状况还要强一点,他比较有钱,看到管仲家里揭不开锅,就邀请管仲一起出来做生意。

鲍叔牙出钱,管仲出人,合伙经营,赚取利益,共同分配。主要经营活动由管仲负责。

据记载,他们主要的经营地点在南阳,还不是在都市里,因为是小本经营,只好在南阳的城郊摆点小摊。这种流动摊贩不受政府保护,可能还有城管之类的人来清理,更别提行业竞争很激烈。管仲同志又可能因为是士出身,天天摆着一副老子落难至此的臭脸,跟周边的小贩以及市场上的顾客关系搞得很不好,经常跟人打架,不是他揍人就是人揍他,据管仲后来自己回忆,还是自己被揍得多一些。搞到后来,管仲有点被制服了,经常出现自己的摊点被人霸占,或者有人拿了东西不给钱之类的情况(三辱于市)。

生意做成这样,是投资人鲍叔牙没想到的。让人感动的是,鲍叔牙从来没有因此埋怨管仲胆子小。

鲍叔牙知道自己的这位合伙人并非久居商肆之人,他的才华、他的生命在等待着一个更宽广的舞台(欲有所明也)。

管仲练摊不成功,投资方鲍叔牙只好亲自出场。考虑到管仲同志一线营业能力不太强,鲍叔牙让他在后面出谋划策,搞搞商业策划。管仲感觉这个是自己的长项,也毫不客气地策划了数起商业案。搞了数回,鲍叔牙诚恳地对管仲说:咱们还是老老实实回去摆摊吧。

史书没有记载管仲到底给鲍叔牙出了什么主意，综合起来看，大概是天晴卖雨伞、夏天卖棉袄之类的馊主意。

管仲很不好意思，本想把平时所学运用到商业策划上来，没想到策划一个赔一个，他跟鲍叔牙道歉，表示以后一定吸取教训，争取早点想出赚钱的点子。

看着本钱一点点变薄，鲍叔牙没有责怪管仲，反而安慰他，做生意就是这样的，有赚有赔，而且你出的主意都是不错的，只是形势突然有了变化而已。

那就接着做生意吧，一回生二回熟，走上正轨总能赚钱的。可鲍叔牙渐渐发现，管仲这个人有点不上道。具体来说，就是爱贪小便宜。每次出去做生意，管仲都要找各种借口多分一些钱。颇有点干啥啥不行，拿啥啥不剩的气质。

鲍叔牙每次都同意了管仲的分红方案，有时甚至主动提出让管仲拿大头。鲍叔牙并不是视金钱如粪土的土豪，可在别人提醒他管仲这个人不是厚道人时，他总是替管仲辩解——管仲不是贪，他家里穷又有老母要养，多拿一点也是为生活所迫。

不以赚钱为目的的管鲍合营，这就是最纯真最仁义的中国合伙人精神。

我常听人说，如果与朋友创业，要么创业失败，朋友反目，要么创业成功，朋友反目。这是有着现实教训为基础的判断，因为这个世界上，管仲可能有，但鲍叔牙再也没有了。

在南阳经营过一段生意后，我个人估计是鲍叔牙的本钱也被管仲赔光了。管仲找到鲍叔牙，说，生意我看还是别做了，做下去希望不大，不如我们入伍去吧。

男子汉大丈夫，功名只向马上取，岂可躬身商贾间。

时值齐襄公走出山东，迈向中原。齐国与鲁郑结成同盟，四处征战，急需猛男加入。

管仲跟鲍叔牙顺利入伍。两位都是士族，是春秋军队的重要招募对象，在诸侯们看来，士受过礼仪的教育，有爱国心有荣誉感，敢于打硬仗，平时又经常参加狩猎这样的准军事活动，素质还是过硬的。

但这些特点显然不是管仲所具备的。

管仲同志的身体条件大概还是差了一点，当年摆摊连城管都打不过，哪里上得了沙场。一开仗总是慢半拍。要是占上风，还能跟上大部队捞点战利品，要是形势不对，掉头撒腿就跑，这一跑倒有小贩见城管的速度了。

关于逃跑，在春秋是有讲究的。我们知道，春秋主要是一群士在交战，换句话说就是一群知识分子在战斗，知识分子的特点就是爱讲规矩，也称军礼。春秋的战场就有很多现代人觉得匪夷所思的规矩，比如不斩来使，打人家之前一定要打招呼（宣而后战），不设埋伏不搞偷袭（不以阻隘）等等，这其中还有一条叫不逐北，就是说敌人要是逃跑了不能去追，非要追不可，那好，你追五十步，对方要是跑到一百步了，就不要追了，所以，逃跑五十步的可能是战术性撤退，逃跑一百步的才是真的逃跑，所以跑五十步的人是可以笑一百步的。

当然，这些军礼都是先秦古老的规矩，春秋初期还有人遵守，到了后期，竞争越来越激烈，不讲规矩的越来越多，到了春秋末期，兵不厌诈的思想已经彻底取代军礼，以致到了战国时代，只有胜负，没有规矩。

在齐国的战场上，管仲先生就是属于一跑就是百步开外的短跑高手。其速度让人望尘莫及，叹为观止。

跑得多了（三战三走），大家都知道齐军里有个管跑跑，跟他在一起要特别小心。因为他一跑起来，连招呼都不打，常常把战友留给了敌军。这个倒霉的战友当然还是我们的鲍叔牙。

好心人提醒鲍叔牙，小心你的这个老乡，别到时候被他坑了。鲍叔牙总是耐心地替管仲解释：管仲这个人不是胆小怕事，他之所以跑得快，是想着家里还有老母亲没有人奉养。

因为随时准备着跑路，所以命虽然保住了，但也没立下什么功劳。管仲跟鲍叔牙就这样干了数年的大兵，最后还是以士的身份光荣退伍。

生意老赔本，当兵不敢死，那只有去考公务员吧。

找了一些熟人，走了一些门路，管仲混进了齐国公务员的队伍。据他本人介绍，一开始，他当了一个养马的小官（尝为圉人矣）。起点跟无父无母的孙悟空一样低，每天与马粪打交道。

这种工作，一旦孙猴子明白过来，都要掀了桌子，反下天庭，可管仲同志连猴子都不如呀，连弼马温这个工作也没有保住，没干多久就被人炒了鱿鱼。

人生豪迈，只好重头再来，紧接着，管仲又豪迈了数回，无一例外，被雇佣方赶走了（三仕三逐）。

三辱于市，三战三走，三仕三逐，挫折接踵而至，前途一片渺茫。后人形容早期的管仲是郊野黑市一个无足轻重的商人，南阳一个潦倒穷困的无名小卒（鄙人之贾人也，南阳之弊幽）。

一本叫《说苑尊贤》的书中说得更不客气：管仲故成阴之狗盗也，天下之庸夫也。

狗盗、庸夫、弊幽、贾人、逃兵、底层公务员……这就是伟大政治家管仲至今为止取得的所有标签。

这不是一个好的开端，但或许是一个正确的开端。

孔子老师说：君不困不成王，烈士不困行不彰。庸知其非激愤厉志之始于是乎哉？

没有困境，君不成王，没有苦难，士无法彰显。困苦，正是我们奋发的开始！

在马圈里流连时，在战场上逃跑时，在市场与人竞价逐利时，管仲的未来、管仲的理想，在别人看来，不过是一个笑话，但在管仲的内心，已经像出港的巨船，扬帆启航。

在内心的远航中，他并不是孤帆一片。韩信流落街头，受胯下之辱时；司马迁蜷身囚室，受胯下之刀时；姜尚手持牛刀，为人屠宰时；百里奚挥舞牛鞭，为人牧牛时……无数勇者航行在这片历练之海。

继续奋斗吧，管仲先生，虽然你对自己的未来了然于胸，但我依然要说一句：你的前路很黑暗，你的未来很光明。

经历数次失业后，管仲终于获得了一个很好的工作机会，也不知道走了什么门路，他被齐国国君齐僖公请去当家教，负责培养齐国的公子纠。

公子纠是齐僖公与鲁国公主生的一个儿子。公子纠不是嫡长子，嫡长子是后来继承君位的公子诸儿，也就是后来一直占据春秋八卦杂志头条的

齐襄公。

齐僖公请管仲这样落败的贵族子弟当老师,自然不是重点培养公子纠的意思,也就是请个老师教教字,尽尽父亲的责任。

虽然如此,但管仲还是愉快地上任了。因为他发现了一个契机。

长子诸儿虽然年纪最长,不出意外将来必定是国君的接班人。如果能当诸儿的老师,就进入了齐国最有希望的团队,也就是所谓的太子党,成为这个团队的成员等于进入了升迁快速通道。但成为太子党一员也并不意味着就坐上升职器,进了保险箱,因为太子党好不好,主要还要看领头人,就是太子本人怎么样。在中国的历史上,成为太子党鸡犬升天的很多,但跟着倒霉的也不少,比如碰上秦太子扶苏、隋太子杨勇、唐太子李建成、清太子允礽这些不争气的主,那就只好自认倒霉了。

齐国的这位太子爷就不太靠谱。

管仲判断诸儿这个人肯定会出意外,其原因鲁国人不知道,齐国人还是清楚的:这位诸儿跟妹妹有说不清理还乱的关系。加之脾气不好,就算接了班,也干不长久。

只要诸儿下来了,自然就轮到了公子纠。

公子诸儿是齐国政坛的一匹白马,白马虽好,却容易失足。而公子纠则是一匹黑马,没多少人关注,等于潜力股。这时追随公子纠,可以起到烧冷灶的作用。日后要是黑马杀将出来,自然不会忘记管仲的扶助。

在给公子纠当老师期间,管仲时不时暗示一下公子纠,要他时刻准备着,做好齐国领导的预备队员。而在这个教师的岗位上,管仲认识了另一个朋友。这个人也是公子纠的老师,叫召(shào)忽。

召忽是齐国贵族之后,博学多才,而且性格率真,管仲很快与他成了朋友，并将他介绍给自己的死党鲍叔牙。这个小团伙就从二人转发展成了三人行。

自从同管仲一起退伍后，鲍叔牙似乎沾上了管仲的霉气，生意荒废了，至于战功，跟管仲一起上阵，能活着回来已经算奇迹。公务员也混得毫无起色。正当鲍叔牙有些心灰意冷的时候，工作的机会还是来了。

齐僖公请鲍叔牙担任自己第三个儿子公子小白的师傅。

刚听说齐僖公要请他时，鲍叔牙兴奋了一下，但听到公子小白的名字，他的热情马上熄灭了。

公子小白是齐僖公跟卫国庶女生的儿子。在齐僖公三个儿子中，公子小白的地位最差，诸儿是长子，公子纠有鲁国舅舅撑腰，总算有些底气，而小白的舅舅卫宣公自己的腰就不太好，哪里能为小白撑腰？

怎么看，辅助小白都是一个没有前途的工作。

于是，鲍叔牙决定谢绝这个聘请。宁愿在家里闲着，也不去给小白当老师。做出这个决定时，他先把管仲跟召忽请来商量了一下。

"你为什么不肯当公子小白的师傅呢？"见面后，召忽奇怪地问道。

"唉……"鲍叔牙叹了一口气，"老一辈人说，知子莫如父，知臣莫如君，国君明知道我现在混得这么差，还让我当公子小白的师傅，这明显是放弃小白了，我何必再去凑这样的人数。"

召忽点了点头，同意鲍叔牙的看法，还给鲍叔牙出了一个翘班的好主意："那你打死也不要答应国君，最近也别出门了，就在家里窝着，我在外面放出消息，说你马上就要病死了，国君听说后一定免掉你。"

这种主意也出得出来？真是良师益友啊！

鲍叔牙苦笑了一下："你要这么说，我哪有不被免掉的道理呢？"

管仲一直没有说话，事实上，在听到齐僖公要聘请鲍叔牙当公子小白的老师时，他心里就咯噔了一下。他早就在策划一个深远而宏大的计划。但这个计划要付诸实施有一个很大的漏洞与不确定性，现在，鲍叔牙能够出任公子小白的师傅，正好补上了这个漏洞，给这个计划大大增加了可行性。于是，他在旁边插了一句：

"这样不太好吧，事关齐国社稷宗庙，不应该推辞，也不应该贪图空闲，况且将来谁继承国君之位，还说不定呢，你还是出山吧。"

召忽摇摇头，在他看来，鲍叔牙的这份工作不但没前途，而且还很危险："不行，不行，我看小白这个人将来不要说当国君，只怕还要绝后，叔牙给他当师傅，一定会受牵连。叔牙出事了怎么办？我们三个人于齐国，就像鼎的三足，去掉其中一个，齐国就无法立足。我看不如让鲍叔牙也到公子纠的府上来，我们三人一起辅助公子纠。"

这三位，两位是家庭教师，一位是待岗人员，他们就已经视自己为齐国的支柱，这种自信实在让人仰叹。

管仲本来是想劝鲍叔牙出山的，可没想到召忽站到了鲍叔牙的一边。据我本人分析，召忽一个劲地阻止鲍叔牙出山，也是有私心的。他本人是公子纠的师傅，小白是公子纠的潜在竞争者，而鲍叔牙这个人足智多谋，人品又好，他来辅佐公子小白，无疑会对公子纠构成威胁。于是，他干脆直接挖起了公子小白的墙脚。

可在管仲看来，召忽的这个建议等同于把三个鸡蛋放到了公子纠一个篮子里。说到这份上，管仲也不想隐瞒了，他全盘托出自己的计划：

"我看未必。齐国人都憎恶公子纠的母亲，这种厌恶还转移到了公子纠的身上，而齐国人都怜惜公子小白从小没了母亲，正宗的长子诸儿这个人又贱得很（长而贱）。将来的事情还未可知呢。我看将来能够安定齐国的，非公子纠与小白不可，而且我看小白这个人，不要小聪明，且有远虑。不是我管夷吾，没有人了解小白。将来要真的天降祸害给齐国，公子纠就算当了国君，也搞不定。将来，不是叔牙你辅佐小白来安定社稷，还会是谁？"

本来没有前途的职业，被管仲这么一说，竟然成了决定齐国社稷安危的大事，鲍叔牙的热情被点燃了，但同时，召忽老师发火了。

据史书推断，召忽是公子纠的责任老师，相当于班主任，管仲只是任课老师。现在管仲竟然说公子纠将来成不了大事，这实在让召主任难以接受。他马上进行了反驳：

"百年之后，国君去世，要是有人违犯君令，废弃所立的公子纠，就是得到了天下，我也不愿意活着。兄长与我都是为齐国谋政，受君令而不改，奉所立而不废，这是我们的道义！"

言下之意，你管仲也是公子纠的师傅，不替公子纠着想，还打别的主意，搞什么名堂？显然，在对"义"这个字的理解上，管仲与召忽是不同的。

管仲正色告诉两位朋友："夷吾为臣之道，是承君命，奉社稷，以持宗庙，怎么会为一个纠去死。如果要我夷吾去死，除非社稷破，宗庙灭，祭祀绝。不到这三种地步，我夷吾一定活着！因为我活着，就是对齐有利！"

管仲同学的思想比较超前，他认为臣是国之臣，而非国君之臣，爱国不用爱国君。这超出了召忽的理解范围，召老师急红了脸，要跟管仲继续辩论下去，鲍叔牙连忙站了出来。

两位本来是为鲍叔牙出谋划策的，结果在人家家里吵了起来，而且吵的内容还这么吓人，齐僖公活得好好的，天天跟姬寤生喝酒，公子诸儿正摩拳擦掌准备接班，你们在这里一句国君百年之后，一句社稷破，宗庙灭，祭祀绝的，要是传出去，少不得请五匹马出来分分尸。

鲍叔牙感觉必须说话了，再不说话，就要被这二位朋友当成了充气的。

"你们别争了，还是帮我参谋一下，我到底怎么办！"

"你只管奉命去干！"管仲给出了肯定的回答。

鲍叔牙点头，下定决心出任公子小白的师傅。这也意味着三个好友就此分成两大阵营，在以后的日子里，更可能要站在对立面。

在分手之前，他们互相约定，尽心尽力辅助自己的对象，哪怕以后我们要相互为敌。

他们严格遵守了这个约定。

但在我看来，他们三人中的另两人可能还达成了另一个约定。

这一场决定齐国未来、决定中原以后半个世纪局势、决定整个春秋大势的三人会议结束了。相信大家也看出来了，管仲先生力主鲍叔牙出山，并不是像他说的那样，认为小白就一定会成大器，他只是奉行鸡蛋不放在一个篮子里的原则，大家分散投资，两个人当国君的概率总比一个人大吧。

没过多久，齐僖公撒手人寰，留下遗言，让诸儿接掌齐国。对三位老友来说，这是意料中的事情，包括齐襄公后来的所作所为。比如勒杀鲁桓公，私会文姜，以及在国内独断专横，性格暴戾。鲍叔牙一看形势不太妙，领着徒弟公子小白跑路了。走前扔下一句话：

"国君使唤百姓傲慢无礼，只怕齐国要大乱。"

两位仁兄，我先走一步了，你们收拾收拾也赶紧跑吧。

奇怪的是，鲍叔牙领着小白没有回舅舅家卫国，而是跑到了莒国。翻开地图，原因出来了，卫国离齐国首都临淄远，而莒国离临淄近，鲍叔牙也是一颗红心两手准备，人在他国，身系家乡，准备随时回来抢君位。

管仲跟召忽留了下来。他们的公子纠是鲁国公主之子，安全系数比母亲早死的小白要高很多。而且留在国内，一有变化就可以即时做出反应。除此之外，管仲还发现一个意料之外的事情。

他们口里的齐襄公也不全然是朽木不可雕也，继位以来，荒唐事不断，但正事也没耽误。

在管仲的眼里，能干事的国君就是好国君，管他是不是自己的学生。于是，管仲做了一个举动，他给齐襄公提了点治国的可行性建议。

管仲到底给齐襄公提了什么建议，因为年代久远，史料缺乏，已经无法考证，但我们还是可以推测一下的。

就齐襄公的工作来看，成绩是突出的，缺点也是突出的。最大的业绩当然是灭了纪国，替齐国报了百年家仇，缺点嘛，大家都知道了，就是那些风花雪月的东西。一般来说，君主的道德缺点一向为那些敢打敢拼的谏臣喜批乐斗，但据我分析，管仲并不会以此作为切入点。

史书记载，管仲跟后来的齐国国君齐桓公有过一次对话。齐桓公初次上岗，心里十分忐忑，主动向管仲先生交代自己有些好色，会不会在政治上产生一些不利的影响？管仲先生十分明确地告诉他，不用担心这一点，亲近佳人没关系，只要不亲近小人就可以了。

齐襄公的那些花边新闻是国际君子们的重点批判对象，尤其是鲁国人，恨不得将他活活骂死。但在管仲的眼里，这根本不是事。

　　管仲更担心的是齐襄公的暴脾气，动不动就把人家鲁国国君在车上弄死，把郑国国君砍死，把郑国大臣高渠弥五马分尸，对外面人尚且如此，对自己的部下更是说打就打，说骂就骂，这样的脾气，小人是不敢接近了，就是君子也吓得邦无道则隐，连老好人鲍叔牙都领着公子小白逃到了莒国。

　　管仲大概就是对着这个暴力执政的症状下了一点药。药物的不良反应有点大。

　　齐襄公对他的建议尽数否决。碰到这样不讲理的主，要是魏徵在，只怕要用唾沫将国君淹死。但魏徵之所以成为魏徵，是因为他面对的是唐太宗李世民，而齐襄公显然不是唐太宗，这位国君不但黄，还暴力，从他的仆人费没找到鞋就被鞭打得皮开肉绽就知道了。

　　管仲没有继续争辩，而是表示国君你说得也有道理。然后退下了。

　　这是一次仓促的见面，也是一次无比遗憾的会面。齐襄公错失了成为一代霸主的机会，而管仲或许也失去了创造更伟大事业的机会。

　　后人评论齐桓公跟管仲后来的霸业时，常常叹息齐桓公有实力却没有干出秦始皇那样的前无古人的大业。如果把齐桓公换成更有野心的齐襄公，这齐襄管仲的组合有可能先数百年成就帝业吗？

　　这个答案难以回答，况且历史向来不允许假设。

　　管仲放弃了齐襄公，重新把目光放到自己的徒弟公子纠身上，但齐襄公显然没有忘记这个敢挑他毛病的人。

　　管老师这下麻烦了，以前他经商，大不了赔点钱，当兵，大不了丢条命。可要是当公务员，尤其当这种中层公务员，一失足就是千古恨，还要累及家室甚至家破人亡。

齐襄公对管仲采取了一些政治上的打压，史书记载，管仲的公务员当到最后，家没有破，但离破也不远了：家残于齐。

奇怪的是到了这个地步，管仲毫不在乎，一天嘻嘻哈哈，颇有些不以为耻，反以为荣的感觉。

这样的态度引发了后来者子路的强烈反感，他又跑去问孔老师：

当年管仲献策襄公，襄公不接受，这是管仲不善于辩论；家都残破了，竟然脸上没有忧色，这是他不仁慈。

最后，子路气愤地反问：他这样的行为，算是仁人之道吗？

子路同学是跟管仲杠上了，原因不详，大概因为子路是鲁国人，鲁国人常年吃齐国的亏，对齐国素无好感，而齐国人欺负鲁国人，最狠的时候就是管仲主政的时候。

孔子老师的境界还是高一点，他告诉子路，管仲给襄公提建议，襄公不接受，那是襄公的问题，跟管仲有什么关系呢？你永远没办法叫醒一个装睡的人啊（公之暗也）。

说到这里，孔子老师抬头望天，陷入了对前辈无限的敬佩当中，许久，他语重声长地告诉弟子：

"管仲家残于齐而无忧色，是因为他懂得审时度势。"

暴君的一大特色，是搞残了你还不许你哭。管仲深深明白这一点，他将悲痛藏在心里，将目光望向远方。

唯有信念可以支撑他度过黑暗，等待变机。

第二章
史上第一场王位长跑赛

《第二章》 史上第一场王位长跑赛

齐国的政局再一次发生了变化。

齐襄公得到了他应得的。因为不讲信用导致臣子反叛，齐襄公最终被砍死在狩猎途中。一个本可以创出更大事业的人死于一件并不那么重大的事情，这无疑让人有些感叹。但管仲没有时间来替齐襄公可惜了。得到消息后，管仲立刻带公子纠逃出了齐国。

齐国太危险，连国君都被杀了，公子更不保险了。

管仲、召忽带着公子纠逃到了鲁国，这是一个看上去各方面都不错的选择，公子纠的娘家就是鲁国，鲁国离齐国也很近，鲁国实力强大，也不怕齐国强行要求引渡。可正是这个各方面看上去都不错的选择最终害了公子纠。

在管仲领着公子纠逃出国境时，公孙无知回到了临淄。他坐上了齐襄公的位子，睡了齐襄公的老婆连氏，提拔了齐襄公的干部连称、管至父，然后，步了齐襄公的后尘。当上国君的第二年的春天，他被齐国大夫雍廪杀死，杀人的动机跟他本人一样，公孙无知曾经粗暴地对待过雍廪（公孙无知虐于雍廪）。

霸主崛起

九年春，齐人杀无知。（《春秋·庄公九年》）

在这条记录中，孔子一如既往地使用了春秋笔法，在无知的名字前没有冠以国名或公子的字样，表示这个人死有余辜。用杀这个字眼，而不是用弑，则表示，就算你把齐国国君之位坐暖了，把齐国后宫睡疲劳了，你还是一个大夫，干掉你这样一个大夫，杀没必要铺张成弑。

这里面的讲究很多，不管杀也好，弑也好，公孙无知已经死了，齐国国君的位子又空了出来。

这样的位子不会空太久，这个位子，管仲先生盯了很多年。

得知公孙无知被杀的消息后，管仲吃了一惊，吃惊的不是无知被杀，而是被杀得这么快，早知道如此，就不必跑到鲁国来了。但好在鲁国离得近，放到今天就是山东省内游，赶着马车，拉着公子，两三天的工夫而已。

况且管仲还听到一个消息：齐国人已经决定了，接公子纠回来接任国君，齐国的大夫已经到了鲁国的蔇地，等待着鲁国方面的消息。

管仲十分兴奋，作为一名落败的贵族子弟，他经历了从商、入伍、入仕的失败之后，终于等到了属于自己的机会。他连忙跟召忽做好准备，要领着公子纠回国。这时，鲁国国君鲁庄公拦住了他，告诉他不要着急，我先去跟齐国的大夫打声招呼，等我一切安排妥当了，就让公子纠回去继承国位。

管仲想了想，让鲁庄公先去打个招呼也好，他点头答应了这个请求。

于是，鲁庄公特地跑到蔇地，跟齐国的大夫订立了一个盟约，就公子纠回家后的政治地位以及其他各项事情达成了协议（注意"其他"两个字）。

《第二章》 史上第一场王位长跑赛

公及齐大夫盟于蔇。（《春秋·庄公九年》）

这个超乎寻常的举动被孔子老师捕捉到了，从礼上讲，这是一个错误，因为国君是不能跟他国的大夫签订什么盟约的，这个大夫就后面的情况来看，应该就是刺杀公孙无知的雍廪。

齐国现在没有国君，但鲁庄公也不应该将就，他应该派一个大夫去跟雍廪谈嘛，就像当年宋庄公派大夫出面跟祭仲签订公子突的回国协定。这说明，鲁庄公对这件事情还是很重视，重视到顾不上自己身份的地步。

鲁庄公回来后，管仲马上跑去求见，见到鲁庄公后，鲁庄公吞吞吐吐，总是表示时机还不成熟。

不是已经达成协议了吗？还有什么时机不成熟的？

鲁庄公说管仲先生想得太简单了，公子纠回国一事，牵扯到齐鲁两国的各个方面，岂是一次见面就能谈妥的？管仲先生不要着急，回去再等两天。

管仲回去了，一回旅舍就被鲁国军人控制了起来。他自然也知道，鲁国人已经有了一些想法。

鲁庄公后悔了，在蔇地，他跟齐国大夫达成了协议，决定送公子纠回国，而等他回来之后，他突然发现自己太笨了，自己手上明明就握着齐国人的把柄嘛。

想想这些年，鲁国人在齐国人身上吃的亏，先是国君不明不白地被人家大夫折杀了，自己的国母又天天往齐国跑，脸都丢尽了，自己的马仔国纪国也没保住，连自己嫁到纪国的女人都没办法安葬。鲁国太需要一个机会好好收拾一下齐国。

鲁庄公猛然意识到复仇的机会就摆在眼前，齐国需要公子纠回国结束动荡，但公子纠就在我的手上，我让他回，他才回得了。

于是，鲁庄公给齐国发了外交照会，要求就公子纠回国之事再进行一下磋商。当然，所谓的磋商，就是要钱要地，未必达到当年宋庄公跟郑国要城三座、白璧百双、万镒黄金这样的程度，但估计也差不离了。鲁庄公要这些东西不是穷，也不是贪心，就是想争口气。

在齐国看来，这就是敲诈勒索了，但国君接班人在人家鲁国手里，有什么办法，那就谈吧。古代交通也不发达，谈个价格不像现在发个邮件打个电话就能回价了。谈一个价，预约就得好多天，到谈判地点又得好多天，碰到什么意见不一致的，打个请示报告又得好几天，一来一去，这个谈判就从春天谈到了夏天。

在鲁庄公看来，国不可一日无君，他手上握着齐国人急需的资源，自然随便开价。他的这个想法基本上是没错，处于垄断地位的企业是拥有定价权，但鲁庄公还是犯了一个天大的错误，他并没有垄断这个市场，齐国的国君候选人也不是公子纠一个人的等额选举。

不要忘了我们鲍叔牙还领着公子小白在莒国虎视眈眈呢。

管仲当然知道这个情况，他已经急得如热锅上的蚂蚁，现在时间就是机遇，就是权力，就是君位。每过一秒，公子纠就离国君之位远一步，自己同样离理想抱负远一步。他给鲁庄公分析情况，向他指出握有公子纠无法垄断资源时，鲁庄公却笑着表示，齐国人看不上公子小白，他们就是认定公子纠了，要不然，这么久了，他们要找早找了，干吗还跟我谈判？

鲁庄公再一次犯了个错误，他把齐国跟他谈判的雍廪当成了唯一的甲方。可事实上，齐国有许多可以左右国君归属的贵族。雍廪只是其中一位,甚至还不是决定性的一位。

在春秋时,国家的君权并不集中,国家的上卿对国家的政治、军事有很大的影响力。这个局面实际是周王室的刻意安排。在分封诸侯后,周天子还会直接在这个封国任命两位上卿,名为辅佐,实为监国。而且上卿也是世袭的,久而久之,会形成当国君式微时,上卿就能够决定国政的局面。

雍廪不是上卿。

齐国的上卿是国、高二氏。

这两位老牌贵族一开始并没有就国君即位问题表态,而是把这个操作权让给了雍廪。一来雍廪杀了公孙无知,立了功;二来这个人刚杀了人,杀气重,不好跟他争;三来,他们的积极性也不高,谁当国君,对他们来说,影响都不大。论起来他们是中央派下来的,挂靠在齐国,编制还在天子那里呢。

但雍廪搞了数个月都没搞好,老同志也坐不住,据查,上卿高氏家庭中的高傒跟公子小白自幼关系密切。公孙无知一死,他就给公子小白送了密信,但当时齐国上下一心只在公子纠身上,高傒不好公然表态,现在公子纠还在鲁国纠结,那就好办了。

在高傒的主导下,齐国两个老牌贵族高氏跟国氏拍板:

请公子小白回国。

这个举动从市场角度来说,是引入竞争机制。

一开始咬死多少钱才肯放人的鲁国来了一个一百八十度转变,立马派人到齐国打招呼,说要派兵送公子纠回国,以前谈的条件全不要了。

鲁庄公还是想明白了,一旦公子小白抢了国君之位,他的奇货可居的公子纠就等于砸在了手里。货砸了可以扔,人在手上就不好办呀,这一大帮人留在鲁国，要负责他们吃喝拉撒，赔本赔到老家去了。鲁庄公一咬牙，钱不要了，免费送给齐国。

这说明，竞争机制是市场法宝啊。

管仲跟召忽终于可以领着公子纠回国了，与此同时，他的好朋友，死党鲍叔牙同样领着公子小白向齐国进发。

一场决定天下大势的赛跑正式鸣枪。

这是一场不太对等的长途赛跑，起跑点就不相同。公子小白在莒国，公子纠在鲁国首都曲阜，从距离上来看，公子纠要远一倍，起跑时间也不一致，托鲁庄公的福，公子纠一直被扣在曲阜。公子小白跟鲍叔牙完全有机会抢跑。

距离近还先跑，在交通工具差不多的情况下，这是一个没有悬念的比赛。管仲自然也明白这一点。

为了胜出，除非出奇招。

管仲，这位历史上以应变著称的国相，是绝不会老老实实像春秋普通士人一样，认真执行士的行为准则，然后坦然面对失败的。

为了胜出，管仲将护送公子纠回国的任务交给了召忽，然后，他腰负箭囊，背执长弓朝莒国急奔而去。

莒国在鲁国跟齐国之间，从地理上来说，管仲是不容易追上公子小白跟鲍叔牙的，但奇怪的是，从鲁国出发后，管仲竟然成功截住了公子小白的车队。

这一切还是因为鲍叔牙的性格使然。跟敢于冒险的管仲不同，鲍叔牙是一个谨慎的人，国内一出事，鲍叔牙没有犹豫，拔腿就走，而在一切没有得到妥善安排之前，他不愿意冒险进入齐国。这个谨慎帮助小白躲过了风险，却也留给了对手最后的机会。

截住公子小白之后，管仲没有任何迟疑，立马弯弓射小白，一支利箭脱弦而去，直扑好友的学生。这是一个有违贵族精神，破坏士行为准则的举动。除了赌上前程跟性命，管仲更是押上了自己的名誉。这是后来管仲为人诟病的一个举动，在那个讲究正大光明、礼仪廉耻的时代，这种暗杀行动向来是小人才会去做的。

但此箭射出，也同样证明了管仲对公子纠的忠诚。

箭去如电，突入车内，随之响起一阵惨叫声，车子颠簸，车帘被掀了起来，管仲心满意足地看到他的箭深深刺入了公子小白的腰间。

只是不知此刻，管仲如何面对至友鲍叔牙，大概一如当年他黑鲍叔牙的钱，在战场上把鲍叔牙丢下拔腿逃跑，或者跟人打群架时，叫一声叔牙你顶住，我先撤时差不多吧。

这不是一场道德的竞赛，但这是一场关乎权力地位与前程的竞赛吗？我相信这也不是，这是一场关乎理想的竞赛。

在这样的竞赛中，管仲将私人的交情和个人的道德要求放置一边，他不但自信自己没有做错，更相信要是鲍叔牙对他这样做，他同样不会怪罪鲍叔牙。

确定公子小白已经中箭身亡，管仲打马离去，留下恐慌的鲍叔牙。

回到自己的队伍，召忽用热烈的眼神迎接他，管仲点点头，告诉他一切都办妥了，这下不用着急赶路了，公子小白已经死了，没人来跟公子纠争夺齐国国君之位了。

召忽兴奋地点头，他没有注意到管仲眼间不经意流露出一丝失落。

在轻松的气氛下，公子纠之还乡团不急不慢地踏上了行程。来到祖国齐国的边境，他们收到了一个晴天霹雳般的消息：公子小白已经进入齐国，并且登上了国君之位。

这是怎么回事？难道公子小白诈尸了？

现在是时候还原截杀真相了。

在管仲射杀公子小白时，箭的确射向了公子小白的腰，但巧的是，箭被公子小白腰带上的钩挂住了，而公子小白一点也不小白，趁机做出中箭的样子扑倒在地，这才骗过了老江湖管仲。

在管仲走后，鲍叔牙灵机一动，将公子小白装入温车。所谓的温车，是一种可以躺的车子，多半用来装尸体。让公子小白装死人后，小白还乡团快马加鞭朝齐国进发，从而抢先一步抵达终点，取得了这一场赌以国君之位的长跑竞赛的胜利。

在得到这个消息时，召忽愤怒莫名，管仲仰天长叹，但管仲的心里大概会生出小小的安慰吧。

他以武力暗杀，鲍叔牙以计诈尸。两位好友同样为自己辅助的公子竭尽了全力。

我们都已经尽力而力，然后把胜败交给了天意，这对我们，都是公平的吧。

我努力了，叔牙，齐国的公子之争也已经落下帷幕，但我们的大计不过才刚刚开始。

在这场竞赛中，管仲、召忽以及公子纠无疑成了失败者，但还有一位兄弟也比较倒霉，那就是鲁庄公同志。

本想抓住公子纠叫个价，哪知道人家找了替补，现在就是白送（外加添头管仲跟召忽）人家也不要。

一怒之下，鲁庄公也不客气了，决定强买强卖，陈兵边境，要求齐国前来收货。结果自然不太美好。

> 八月庚申，及齐师战于乾时，我师败绩。（《春秋·庄公九年》）

这一条记载就不太好看了，因为孔子先生还是比较照顾自家人的，鲁国打了败仗，总是拐着弯不肯明说，这一次竟然用"败绩"这两个表示大败的字，表示孔子先生实在被鲁庄公最近一段猪头式的表现气晕了。

鲁庄公本有机会送公子纠回国，却错过了时机。他撕毁与齐国大夫的合约在先，后又负气与齐国交战，败了活该。

另外，在《春秋》中，形容战斗结果有很多讲究。比如趁对方没有列阵就攻击对方而打了胜仗的叫"败"某师；双方摆好阵势，你来我往的叫"战"；活捉对方的将领或者猛士的叫"克"；设伏打败对方的叫"取某师"。而"败绩"，就比较惨了。

大崩曰败绩。

鲁庄公的鲁军崩掉了，他自己也差点崩掉。齐国人冲着鲁庄公的军旗一阵猛追，并成功截住了车子。把车上的人掀下来一看，原来不是鲁庄公。

鲁庄公逃跑的功夫还是一流的，一看大势不妙，立马丢掉兵车，坐上便车，临时还不忘拉了两个替身开着自己的车子把齐兵引跑了。

早知如此，何必当初呢？

齐国再一次战胜了鲁国，这一战对公子小白的继任意义重大，本来国内对他的支持率并不太高，但这仗过后，齐国人再一回刷足了自豪感。他们确信跟着公子小白，齐国的未来很光明，至于公子纠，就让他在鲁国继续纠结吧。

公子小白坐稳了齐国国君的位子，从这一天开始，按春秋的礼法，该称呼他为齐侯（会拍马屁的不妨叫齐公），但又容易跟齐僖公、齐襄公们搞混杂，称他齐桓公吧又不太准确。

要是你是公子小白，今天第一天上班，就碰到一个人高呼齐桓公您好，你可能会莫名其妙，因为这是你的谥号，死了才有的称号。但你也不要太惊讶，应该沉住气，马上下令把他抓住，因为他极有可能是一个历史穿越者，我建议，你可以把他抓了，然后关起来让他回忆中学历史课本，给你提供未来的消息。但要注意一点，要防水防火防雷击，小心他又借机穿越回去。

尽管如此，我们还是称他为齐桓公吧。

坐稳国君之位的第一件事，当然不是感谢祖国，而是感谢师傅鲍叔牙，正是鲍叔牙对他不抛弃不放弃，愿意当他的师傅，又不离不弃，陪他流浪天涯，最终还帮助他回到了齐国，可以说，没有鲍叔牙，就没有今天的齐桓公。

于是，齐桓公决定将执政之位交到鲍叔牙的身上。当齐桓公提出这个建议后，鲍叔牙却意外地拒绝了。他诚恳地告诉齐桓公：

"我有幸能够追随你，你也终于成了国君，我总算不辱使命。但以我

《 第二章 》 史上第一场王位长跑赛

的能力，也只能帮到你到这一步了。以后，你如果只是想治理齐国，有高傒和我大概就足够了，但如果你想成就霸王之业，还需要另一个人。"

"是谁？"齐桓公问道。在他心中，他的师傅已经是一个天才了，难道这个世界还有比天才更高层次的人才？

鲍叔牙说出了他的偶像，他的至友，他的对手，他心中的太阳：

"君且欲霸王，非管夷吾不可。"

接下来，鲍叔牙郑重向齐桓公介绍了管仲这个人，在介绍中，他自认有五点比不上管仲。

制定宽大恩惠的政策安抚国民，我不如他；治理国家使您不失掉权柄，我不如他；忠信可结于百姓，我不如他；制礼义可发于四方，我不如他；执枹鼓立于君门，使百姓都奋勇为国效力，我不如他。

管仲？齐桓公想起了那天发生的劫杀事件，他记起了那张凶神恶煞欲置他于死地的脸。

"不行，他怎么可以，要不是我的腰带钩挂住了他的箭，我只怕已经死在他手上了。"

就像以前无数次一样，鲍叔牙再次为管仲的行为进行了辩护。

"管夷吾是为了他的主公才这样做的，要是你能够宽恕他让他回国，他一定也会像侍奉公子纠一样尽心尽力侍奉你。"

齐桓公依然耿耿于怀，要去重用一个差点射死自己的人，这需要十分宽广的心怀。齐桓公腰上还发凉，心胸自然无法像海一样宽广。最后，鲍叔牙不得不和盘托出当初他们三人开的会。

我并不是真正看好你的，当初看好你的人正是管夷吾呀，是他认为当时窘迫的你一定能够当上国君，而且齐国也必将在你的手里强大。

齐桓公终于被说服了。

"那怎么办？"

好吧，就算你说的是真的，我确实应该立管仲为相，可管仲这家伙也不在齐国，人家现在在鲁国手里。

"跟鲁国要人！"鲍叔牙回答。

齐桓公摇摇头："鲁侯的身边也有能臣，据我所知，鲁国的施伯就是这样的一个人，我们跟鲁国要人，施伯就会猜出我将重用管仲，一定会扣着不放。"

想了一下，鲍叔牙说道："这好办，派使者告诉鲁国，说管仲这些人不臣于我国，国君你要把他们戮杀于群臣的面前。这样的话，鲁国一定会交出管仲。"

此刻，被鲍叔牙评价三百六十度无死角超越他的管仲正被鲁庄公软禁着。在鲁庄公看来，他跟公子纠一开始是奇货可居，可等公子小白成了替代品后，这些人都成了库存积压品。但在市场上，库存积压品也还是有它的价值。

鲁庄公等着看齐国会为这些库存提供什么样的价码。这又是一个天真的错误。

与此同时，库存品还在消耗着鲁国的粮食，而且消耗得有恃无恐。

齐襄公崩，管仲领着公子纠出逃时，他着急过；在齐国公孙无知被杀，待在鲁国的管仲心急如火过；在回国赛上，管仲更是无比焦灼。可等得到小白率先入齐的消息，以及看到齐国大败鲁国之后，管仲反而平静了下来。

第二章　史上第一场王位长跑赛

这场诸公子的竞赛已经结束了。对于公子纠与小白来说，他们分出了胜负，胜者为王，赌者为寇。而作为败者的跟班，前途却并非一片暗淡。这一切都缘于十年前那次三人会谈。

在那次会议上，他们除商定尽力辅佐自己的主公外，还达成了另一个约定（至少管仲跟鲍叔牙之间是有约定的）。将来无论谁取得了成功，就要推荐另外一方。

这种事情似乎不好立字据，而这个事情又确乎关系到权力与性命。但双方没有任何的猜疑，身在齐国的鲍叔牙兑现约定，大力推荐了管仲，而管仲身在鲁国，也毫不怀疑，鲍叔牙绝不会在权力的诱惑下，把他们丢在鲁国不管。这就是信任。

于是，管仲大大咧咧在曲阜吃鲁国的粮，等着齐国的召唤。

齐国的使者很快来了，向鲁庄公要求引渡管仲等人，这个引渡要求分为两部分，一是要求鲁国处死公子纠，齐侯表示，公子纠是自己的亲人，实在不忍心下手，就请鲁国帮个忙。

这么多年，有人请鲁国帮忙娶老婆，但请鲁国杀自己兄弟的还是头一回。稍有头脑的人都知道，这是齐国让鲁国背黑锅，扛上杀公子纠的罪名。

第二个请求是，管仲跟召忽是我们国君的仇人，请你们务必活着把他们交给我们，让我们国君亲自处置才甘心。为了强调齐侯对管仲等人的痛恨，齐国使者特别表示，将采用醢这种方式对待管仲，也就是要把管仲们加工成肉酱。

齐国使者还气焰嚣张地表示，如果鲁国能够答应我们齐国的请求，齐侯一定不会忘记鲁国的恩惠，如果不答应，我们的军队将马上包围鲁国。

鲁庄公派人去打听了一下，果然得到齐国正陈兵边境的消息。慌乱之下,他没有任何犹豫,下令诛杀了公子纠,可正当他要将管仲、召忽这两个扫把星送走时,鲁国的能人终于发现不对劲了。

这位能人正是齐桓公担心的鲁国大夫施伯。

据某些迹象显示,施伯本人十分欣赏管仲,曾经私下跟管仲接触,要求管仲留在鲁国为政。在他看来,这个要求相当于送大礼,毕竟管仲有家也回不得,留在鲁国则可以施展才华。

管仲拒绝了这个邀请。这在春秋战国时是十分难得的,那时很多高端人才并没有什么为国效力的高尚情操,像伍子胥、商鞅等人都在他国甚至敌国效力,而秦国一统天下,用的就是七国的人才。

这个颇为忠义的表态也让施伯捕捉到了管仲内心的真正想法。眼下的这位管仲算得上丧家之犬了,可他依然留恋着齐国,要是让他回到齐国,一定会为齐国效力从而削弱鲁国。

绝对不能让管仲回到齐国!

施伯马上揭露了齐国使者的真正用意。

"齐国人不是真的想戮杀管仲,一定是想用他。管仲这个人,是天下之才。他在一个国家,这个国家就会志在天下。让他回齐国,一定会成为鲁国的忧患。"

施伯表示,管仲这个人,要是楚国得到他,楚国就将得意于天下,要是晋国得到他,晋国就会纵横天下,就算是狄人得到了他,也能够因此而称意天下。

鲁庄公没有想到一个人具有这样大的威力,但施伯的语气还是吓住了他。他问道:"那怎么办?"

"杀了他!"施伯干脆地说道。不做鲁国的臣,就做鲁国的鬼,"把

第二章　史上第一场王位长跑赛

尸体还回齐国，也算对得起齐侯了。"

鲁庄公点点头。

关键时刻，齐国使者坚持原则，咬定底线，表示我们国君说了，一定要亲自杀掉这些人，如果不能亲手在群臣面前杀死他们，这跟没答应我们的请求是一样的。请务必将活的人交给我们。

这位咬定活人不放松的齐国使者是谁呢？许多史书记载，这位使者就是鲍叔牙本人。这个记录应该是靠谱的，不是鲍叔牙亲自出马，谁能替管仲力争呢？

鲍叔牙的坚持取得了效果。鲁庄公再次妥协了。

鲁庄公应齐国要求将公子纠杀死，结结实实替齐国当了一回恶人，然后又把管仲跟召忽等人捆了起来，不算活蹦乱跳也算毫发无损地交给了鲍叔牙。

在看完公子纠的刑杀之后，管仲十分生气，主动跳到车上，叫嚣着齐侯逼死我们主公，我也不活了，回去我就死给齐侯看。这一怒差点就能将奥斯卡最佳男主角抢到怀中，说差一点，是因为情绪上还是输给了鲍叔牙。

在看到曾经的好友被绑起来扔进囚车，不久就要被送到齐国斩首示众时，鲍叔牙伤心得流下了眼泪。这种眨眼就流泪，出声就悲切的演技着实让人叹为观止。

鲁庄公放下心来。这怎么看也是齐国的悲剧，跟鲁国没关系，他们爱怎么闹就怎么闹吧。

马鞭在空中挥响，大马扬起四蹄，车轮开始转动。

启程吧，管仲先生，齐国在等待着你，雄图霸业在等待着你。

霸主崛起

在马车开出鲁国国都曲阜时，鲍叔牙终于收起了眼泪，十分兴奋地跑到囚车前，表示两位受累，现在我就为你们松绑。

这个良好建议遭到了管仲的严词拒绝。被绑了这么久，囚车又挤又闷，可能还有些怪气味，管仲也想出来，但他知道他不能出来。

鲁国人就在附近，为了一时的轻松断送了性命就不划算了。

为了即将到来的时刻，他曾经当过小贩，做过逃兵，扫过马粪，咬咬牙，再坚持最后一段历练吧。

管仲还建议鲍叔牙最好与他保持距离，坐自己的马车前行，以免引起怀疑。

鲍叔牙采纳了这个建议。于是。鲍叔牙先行走远了，而囚车载着两个五花大绑的人，带着齐国强盛的希望在后面驰向齐国。

危险依然紧随。

鲁国人随时会发现上当，而那位施伯更有可能派出私兵前来截杀他们。只要一天没有离开鲁境，与齐国的大军会合，就不能算真正地逃出生天。

此刻的道路，仿佛比当日领着公子纠回国还要漫长。如果可以，管仲愿意抢过马夫手中的马鞭。想了一下，他决定挥动另外一条无形的鞭子。

管仲开始唱起歌来，不但自己唱，还热情邀请马夫跟着一起唱。

路漫漫其修远兮，吾将引喉高唱兮。车夫愉快地接受了这个邀请。很快，歌声越来越快，节奏就像鼓点一样，车夫不由得随着歌声驱动着马车迅速前行。

现在大家知道为什么军队拉练喜欢唱进行曲了吧。

马车是快了，但终究形象不佳，一位齐国大夫，蓬头垢面，四脚被绑，在车中颠簸，不但不保持安静，还跟车夫搞起了情歌对唱，这成何体统。

著名的抬杠大师子路又捕捉到了管仲这一不堪的形象，再次向老师孔子发问：

"管仲这个人桎梏在身，待在槛车里，竟然一点也不惭愧，简直是不知羞耻！"

孔子老师再一次肯定地告诉子路：管仲前辈身陷囹圄却面无羞色，这是因为他知道怎么做才是重要的。

一个内心有伟大理想的人是不会在乎自己外在形象的。

马鞭鸣响，歌声飞扬，快了，快了。齐国就在眼前。

一路上，管仲唱着小曲，他的车友、室友、难友召忽却一言不发。

召忽静静地坐在囚车一角。这个样子引起了管仲的关注，他关心地问对方："害怕吗？"

召忽突然抬起头，怒视着管仲。在那次三人会议之后，他并没有跟鲍叔牙达成什么互相引荐的协定，但在听到鲍叔牙一定要活着引渡他们回去后，他就猜到了一切。

他甚至知道管仲一路高歌，就是为了让马车快一点，好回去当他的国相。

这意味着，他们得救了，不但得救了，还有可能飞黄腾达。这可些，都不是召忽所希望的。

在公子纠死时，召忽就下了必死的决心，一如他当年跟管仲争论时所说的那样。

夺吾纠也，虽得天下吾不生也。

公子纠已死，是到了殉义的时刻。

召忽愤然答道："我不怕死，我早就该死了，之所以没死，就是为了看到齐国平定。现在好了，回去之后，国君一定让你当左相，让我当右相。可杀了我的主公又要用我，这不过是对我的又一次侮辱。"

管仲停下歌唱，看着这个同僚兼好友，明白对方已经下了必死的决心。

果然，召忽继续说道："你做生臣，我为死臣吧。我赴死，公子纠可以说有了为他赴死的忠臣；你活着让齐国称霸诸侯，公子纠又有了活着的忠臣。死者实践道义，生者去完成功名。生名死名不能兼顾，德行也不能虚得。"

管仲点点头，同意了对方的安排。

马车终于行进齐国的国境，召忽的第一个要求是取剑来。

召忽自尽而死。他之所以至此才死，只是为了最后再看一眼齐国的国土。身为齐国的大夫，为了齐国的公子，死在齐国的土地上，死亦无憾。

而管仲选择了活下来。

这是比死更为艰难，更需要勇气的选择。他背负着使齐国强大的使命，现在这个使命上，又加上了召忽的重托。

很多年以后，管仲回想起这一幕，感慨万分。

公子纠败，召忽死之，我幽囚受辱，却忍辱偷生了下来，这是因为我从来不会羞于小节，我唯一感到耻辱的是功名未能彰显于天下。

再也没有别的退路了，不霸齐，无以面对公子纠，无以面对召忽，无以面对鲍叔牙，无以面对天下人。

召忽之死，死得光荣；管仲之生，唯有生得伟大。

《第二章》 史上第一场王位长跑赛

行进到齐境绮乌，马车停了下来，前面有一行人拦住了马车。最前面的一个人跪在地上，双手捧起一份米饭，恭敬地等待着管仲。

这位仁兄是齐国守卫边境的小官，官职名为封人，史书干脆就以封人来叫他，因为这只是一个不足道的小人物。

小人物自然有小聪明，他大概得到了风声，知道管仲先生要从这里过，也算出管仲回国不是为了做肉酱，而是要执政。于是，他连忙做了热腾腾的饭，亲自守在路边，看到马尘一起，立刻跪在路上迎接。

闻到饭香，管仲还真的有些饿了，毕竟唱了这数天，鲍叔牙又赶着到前面准备迎接仪式，就没有顾着解决管仲的吃饭问题。

于是，管仲也不客气，下了车，戴着桎梏，还是三下五除二把饭给扒光了。

这个时候，这位封人小心凑上来，悄悄说道：

"先生是贤人，这次回临淄，国君一定不会杀你，我看还会大大重用你。"停了一下，封人堆起了谄媚的笑脸，"如果先生被齐君起用的话，你将来怎么报答我？"

还真是实惠，饭都没消化呢，封人就要起封赏来了。当然，在封人看来，这也是正常的，我请你吃饭，回头你提拔我，大家都是这么干的。

管仲站起身来，擦了擦嘴，鄙夷地看着这位小地主。

"如果我真像你说的那样是一个贤人，那我肯定也是起用贤人，任命能人，最不济，也要用一些肯使力的人。我哪有什么可以回报给你！"

为了国家大义，召忽都死了，我要是为了一碗饭就开始拿国家的利益来抱恩，我怎么对得起血犹温的召忽？

管仲大步走向囚车，示意马夫驱车，把车尘留给了羞惭的封人。

齐境，堂阜。

管仲终于安全了，鲍叔牙在旅舍前等待他。管仲踏下马车，告诉鲍叔牙第一件事情，召忽已经殉死了。

虽然这是意料当中的事情，但鲍叔牙依旧难免悲伤。当日召忽的表白言犹在耳，如今，他终于实践了自己的忠义之道。

走吧，为了不让召忽的死变得轻薄，我们活着的人要继续走下去，去实现强大齐国的梦想。

鲍叔牙亲自为管仲除掉身上的桎梏，然后引领他到一处汤池。在那里，管仲洗去了身上的污垢，涂抹上让人振奋的香料，这个过程反复进行了三次（三衅三浴）。这是鲍叔牙的刻意安排，是对远方客人最为尊贵的礼遇。

同时，这也是一种除灾仪式。

管仲的前半生是悲剧的半生，做生意被同行欺负，摆摊被城管追，分红还要厚着脸皮多拿多要，当兵被人家追着打，最终以管跑跑的身份不光荣退伍。当公务员，不是喂马就是被炒鱿鱼，好不容易当了公子师傅，结果辅助了失败的那位，明明把公子小白射死了，又大变活人站了起来。倒霉成这个样子，是该好好洗一洗泡一泡。

仪式结束了。

从这一刻开始，那个鄙人之贾人，南阳之弊幽，成阴之狗盗，天下之庸夫，战场之逃兵，职场之弼马温，精灵之射手，槛车之歌手不见了。一个天才的政治家从氤氲的水汽中走了出来。

第三章

王霸之道

第三章 王霸之道

"国君在哪里?"从汤池里出来,管仲精神抖擞地问道。

此刻,鲍叔牙比管仲还要高兴。

自己没有看错,无论多少人诋毁管仲,鄙视管仲,嘲笑管仲,但我相信他,看重他,景仰他,他不会是池中之物,现在,他不负我望,终于开始了伟大的征程。

"国君已经亲临堂阜,正在外面等你。"鲍叔牙压抑着激动的心情说道。

管仲迈出旅舍,走向了齐桓公。

这是齐桓公跟管仲第一次正式的亲密接触,从某种意义上来说,是一场具有划时代意义的会面。后人在这里修建了一座夷吾亭来记载这一件大事,这是属于管仲的光辉时刻。但我必须要说,这个时刻,这个光荣,同样属于鲍叔牙,同样属于齐桓公。

一个让贤的至交,一个怀才的奇士,一个不计前仇的君王。三个伟大的人碰到一起,才能开创一份伟大的事业。

看到管仲之后,齐桓公吓了一跳。现在的管仲刚洗过澡,白里透着红，红里泛着香，但让齐桓公惊讶的不是这些，而是管仲的身后，还有一位拿着斧头的大汉。

这是管仲自己的安排。毕竟自己数天前还差点射死国君，虽然大家知道现在是什么情况，但该做的细节还是不能少的。于是，管仲特地以罪臣之礼去见齐桓公，你老要是有什么不开心的，现在就可以让后面这位猛士砍了我。

当然，齐桓公赶紧下令让执斧人退下，但管仲执意让刽子手站在后面，齐桓公再劝，如此三次，拿斧头的终于退下了。大家可能觉得比较虚伪。都到这一步了，谁不知道你齐桓公要用人，管仲要为相，这是演那一出呢？

形式主义一向被人批评，但通常情况下，形式还是需要的，形式也是体现实质的一种重要方式。如果不是如此三请罪三赦罪，管仲身上无形的桎梏就无法得到真正的清除。

"你既然已经'垂缨下衽'，寡人现在就来见你！"齐桓公高兴地说道。解释一下，垂缨下衽是指垂下帽缨，拉下衣襟，是臣子朝见君王时的装束，从这一刻开始，管仲不再是齐国的罪人，而是齐国的臣子。

管仲郑重行礼，表示国君能够赦免我的罪过，就是死在黄泉也心甘了。

紧接着，齐桓公做出了一个举动，邀请管仲跟他同车回国都。管仲毫不推辞，立刻上了车。

马车滚动，向临淄驰去。进城后，管仲一年多没回家了，齐桓公也没有让管仲回家看看的意思，直接把管仲拉到了齐国的庙堂，跟管仲喝了三杯酒，向祖宗汇报，现在这个人就是我们齐国的国相，以后齐国强大全靠他了。

弄完这一切，现在终于有时间谈谈正事了。

"管先生，你看齐国的社稷能够安定吗？"请管仲坐下之后，齐桓公抛出了他的问题，意思是，现在我的位子坐得稳了吧？

"能！"管仲肯定地回答，齐桓公松了一口气，但这口气松得有点早，因为管仲接着就丢出一个炸弹，"但有一个条件。"

"什么条件？"齐桓公问道。竞争者公子纠已经死了，国内的大夫也承认我了，还有什么我搞不定的吗？

事实上，管仲并没有认为齐桓公有什么搞不定，他只是嫌齐桓公的胆子不够大，步子迈得有点小。

"要想安定齐国的社稷，必须要称霸！"管仲说出了他的答案，"国君你只要当上了霸王，社稷就能安定，国君你要是当不上霸王，社稷就无法安定。"

这看上去是一句没有逻辑的话，但其实这是有着清醒判断的。强大与安定是相辅相成的。齐国不是一个小国，它是一个地域宽广的大国。这样的大国如果不能成为霸主国，于内，就无法安抚国内的贵族，也无法通过扩张来平衡各方的利益；于外，一个只会守成的大国，在其他强国的眼里，无异于一头肥羊。

这句话将齐桓公吓了一跳，我只问你我能不能坐稳江山，结果你让我去当霸主。

于是，齐桓公老老实实地回道："我还不敢有这样大的想法，我只想安定社稷而已。"

这样的回答，管仲是不接受的，他一再请求齐桓公承担起霸王这个光荣的责任，而齐桓公一直谦虚地表示自己的勇力无法担当这样的重任。两个人推来让去，也不知道当今的天下共主周天子看到此情此景会不会生气,反正管仲是生气了。

管仲站了起来,朝齐桓公行了一礼。

"国君你赦免了臣的死罪,这是臣的幸运。但臣之所以不为公子纠殉死,就是为了安定齐国的社稷,而齐国不称霸,社稷就无法安定。社稷不安定,臣却拿着齐国的俸禄,当着齐国的执政,怎么对得起死去的公子纠?"

说罢,管仲扭头就走。

在转身的那一刻,管仲就再一次将自己的未来放上了赌桌。他走得昂首挺胸,义无反顾。

绝不做守成之君的国相,要做就做辅君成霸的国相,不如此,无以回报死去的公子纠与召忽,无以面对一直支持自己的鲍叔牙。

除了心中的信念,他更相信自己的判断。毕竟甩手不干风险很大,如果齐桓公说一声"慢走,不送",管仲所有的心血都将付诸东流。

不过管仲还是相信齐桓公一定会叫住自己的,因为他了解这位年轻的国君,虽然嘻嘻哈哈,不太正经,其实是一个心藏壮志的人。况且如果只是想坐稳屁股下面的位子,他用鲍叔牙就可以了,何必把我请回来?

走到大门口时,管仲露出了微笑,后面有人大汗淋漓地追了上来。

"国君请您回去一下。"

管仲又坐到了齐桓公的面前。

齐桓公已经满头大汗了。管仲的这一招实在太折磨人。

好不容易把你从鲁国捞回来,结果一天没干,就把国君给炒了,这要传出去,得造成多坏的政治影响。

齐桓公擦擦额头的汗:"你一定坚持的话,那我就勉强当当这个霸主吧。"

国君，真是难为你了。管仲站了起来，认真朝齐桓公再拜稽首："今天国君你愿意称霸，那我就听从国君你的指令，接受这个相位吧。"

接下来十天，齐桓公没有吃肉（斋戒），然后郑重任命管仲为相，将国事交到了管仲的手上。

管仲终于把齐桓公逼上了称霸这条不归路，接下来，他准备大刀阔斧地进行改革，把齐国打造成为霸主之国。

但他还是忽略了一点。齐桓公还有一些思想上的波动。

刚过三天，齐桓公就把管仲请了过来，支吾半天，冒出一句：

"我这个人有三个毛病啊，只怕搞不好呀。"

管仲明白，这位大爷又想撂挑子了。他坐了下来，冷静地望着对方："这我倒没有听说过，请你详细讲一讲。"

于是，齐桓公诚恳地展开了自我检查与批评。

"寡人不幸嗜好田猎，有时候晚上还要跑到荒郊野地去，直到田野上找不到野兽了才肯回来。因为这个，来齐国的诸侯使者都见不到我，百官也没办法向我当面汇报工作。"

就我这样的资质，还能当霸主吗？

管仲点点头："这确实不是什么好事，但也不是什么大不了的事情。"

齐桓公奇怪了，他马上又说道："寡人不幸贪杯，喝起来是日夜相继，诸侯使者无所致，百官有司无所复。"

打猎还能锻炼身体，操练兵法，这个酒鬼没办法当霸主了吧。

管仲依旧点头："不对是不对，但也不是什么紧要的事情。"

那还有什么是紧要的？齐桓公心一横，彻底坦白从宽了。

"寡人不幸好色，家里有表姐妹都因此嫁不出去。"

这……齐僖公都是怎么抓的子女教育，怎么儿子们一个个都是这样的？

说完这句，齐桓公颇有些死猪不怕开水烫的意思——

我都这样了，应该不行了吧？

管仲的表情依然很平静："不对是不对，但还不是什么紧要的事情。"

这都行？齐桓公彻底愤怒了。齐桓公今天突然如此自查自纠，说到底不是为了改正错误，实在是管仲一回来就给他定了一个大目标，搞得他压力很大。索性先把丑话说在前面，我这个人毛病很多的，要是以后成不了霸主，可别怪我没提醒你啊。

哪知道管仲面对这样丑陋的自己，竟然认为还没得国君综合绝症，还有药可治。这不是逗我玩吧？齐桓公变色说道："这三者都可以，难道还有什么不可以的恶行吗？"

"有的。"管仲点头，毅然回答，"国君最怕的就是优柔寡断和不聪明，优柔寡断就没有人拥护，不聪明就办不成事。"

领导，你就不要优柔寡断，三心二意了，大胆地朝霸主这个目标奋勇前进吧，毕竟你还是聪明人嘛。

此话一出，齐桓公连连点头："对，对，您说得对，您先请回，我好好消化一下您的这些指导思想。回头我再找您详谈。"

然而齐桓公再一次天真了，把我们管仲叫过来，发一通牢骚，哪是这么容易就打发的？择日不如撞日，今天就开始吧。

管仲马上回答："现在我们就可以详谈，何必改日。"

齐桓公刚抬起的屁股又坐了下来："好吧，那您说，我们该从哪里

《第三章》王霸之道

下手？"

管仲交出了他的第一份施政方案，这是一个有关外交的方案。

"公子举这个人博闻知礼，好学而谦逊，应该让他到鲁国访问，结交鲁国的朋友。公子开方为人灵巧又会做生意，请让他到卫国游说，结交卫国的人。而曹孙宿这个人廉洁自律，态度谦恭又不卖弄口舌，正对楚国人的脾气，可以派他去那里结交朋友。"

看来，在齐桓公吃素的时候，管仲却在到处吃肉喝酒，借此探听国内贵族子弟的行事特点，并根据他这些年对各国的了解，做出了这个安排。

一来就要派出三名使者，看来，管仲也不是只顾来听齐桓公吐槽，而是早就打好了腹稿，不同意他是不行的了。

齐桓公没有任何的迟疑，刚才自查了三大错误，都被管仲原谅了，要是摊上犹豫不决的毛病，那可是没药可医的。齐桓公马上批复，照此执行。

管仲这才站起来，行礼告退。

现在，连称霸的使者都派了出去，开弓没有回头箭，齐桓公再也没办法当逃兵。

接下来一段时间，管仲没有什么特别的举动，齐桓公捉摸不清自己的这位卿相在准备什么工作，也不敢贸然打听。

三个月后，答案出来了。管仲找到齐桓公，递上了一份名单。

原来是组阁去了。作为齐国的执政，组成政府班子显然是一项重要的工作。齐桓公于是坐了下来，仔细看了看管仲送上的人员名单。

大夫隰（xí）朋为大行，主持外事活动；大夫宁戚为大司田，主管农业工作；王子成父为大司马，主持军务；大夫宾胥无为大司理，审理大案要案；大夫东郭牙担任大谏之官，专门负责给齐桓公提意见。

这个故事出自《管子》，但据史实来看，这些人并不是一次性任命的，比如大夫宁戚在齐桓公初年并不在齐国，他是后面才担任的齐国大司田。《管子》为了综合说明管仲的任人策略，人为地将材料组织到了一起。同样，为了解释管仲的用人之道，我们也统一讲解吧。

管仲还是比较谦虚的，在这份提名报告里，他表示，这五个人各有才华：论迎接往送，以及作为外交发言人在遣词造句上的刚柔有度，自己比不上隰朋；论开荒种地，建立城邑，自己不如宁戚；论指挥大军，使战国不乱，士兵不退，一鼓作气、视死如归，自己不如王子成父；论审判案件，调理纷争，不妄杀无辜，不妄诬无罪，自己不如宾胥无；论敢于冒犯君主，进谏必忠，不畏死，不图贵上，自己不如东郭牙。所以我特地为君主选了这五官。

这里面没有鲍叔牙。

这是个比较奇怪的现象。官场上素来讲究你推荐我，我推荐你，大家相互扶持，共同进步，共同发财，鲍叔牙把管仲都推上了齐国第一相的位子，可管仲提都没提鲍叔牙。

只怕这个消息传来后，又会有人替鲍叔牙抱不平，但我相信，鲍叔牙同样会理解管仲。

如果不这样做，就不是管仲了。

齐桓公还发现了另一个问题，管仲推荐的这五个人能力确实突出，可就是因为太突出了，从外交到农业到司法等等，这五人已经三百六十度无死角般地分管了齐国国政的各个方面。

那管仲先生你干什么呢？

《第三章》 王霸之道

似乎猜觉到了齐桓公眼中的疑惑,管仲挺了挺身,大声说道:"如果国君你想要治国强兵,有这五个人就够了,但要是想图霸王之业,则有我管夷吾在此!"

或许我在具体的领域比不上他们,但要成就霸王,舍我其谁!

连齐桓公都被管仲的气势折服,一向有些畏手畏脚的他击掌叫好:"善!"

齐桓公的称霸热情终于被点燃了,一燃还不可收拾,要成燎原之势。

没多久,齐桓公主动找到管仲,搓着手,摆出要大干一场的气势。

"夷吾,你看趁现在诸侯之间没什么事,我们招点兵马吧(欲以诸侯之间无事也,小修兵革)。"齐桓公第一次主动跟偶像级的国相管仲提建议,底气十分不足,用了"小修兵革"这四个字,生怕搞得太猛了,管仲顺水推舟让他大搞军备,四处征伐。

奇怪的是,管仲反而摇摇头否决了。他表示现在还不到时候,我们还是把注意力集中到提高国民生活水平上来。

管仲,你又在玩我是不是,是你说要称霸的,我好不容易有点信心了,你又不让我招点兵。不招点兵,我怎么把别人揍趴下,不把别人揍趴下,我怎么当霸主!

齐桓公发布指令,要求管仲在全国范围内大招兵,并增加税收来应对军队开支。

管仲很快意识到这里面的危险,他本想把齐桓公赶上霸主的架子,没想到齐桓公这个人喜欢走极端,不干的时候,使劲撺也不干,一要干,一天就想称王称霸。他耐心跟齐桓公讲解了这种霸业跃进会带来的后果,但齐桓公显然是铁了心地要我的地盘我做主，砸锅卖铁也要试一把。想了一下，管仲说道：你要真这样做，那就试一下吧。

齐侯这位公子哥一生过得四平八稳，最惊险的一刻，不过是被管仲射了一箭，装了一回死人。这会儿喊打喊杀，主要是没吃过亏，缺乏社会教训，通俗点说，就是欠揍。

对于这样的病症，没别的办法，只有挨两回揍才能痊愈。

管仲退下了，等待现实给齐桓公上最深刻的一课。

对齐桓公的这一切，管仲可以放纵，但有一个人坐不住了。

鲍叔牙找到了管仲。来之前，他已经找过齐桓公了，告诉国君这样搞法，只怕国家要大乱，齐桓公一翻白眼，说这都是管相同意的。

这就奇了怪了，见到管仲后，鲍叔牙火急火燎地问道：

"你不是要辅助国君搞霸业嘛，现在国家愈来愈乱，怎么办？"

鲍叔牙的着急是有理由的，他大力推荐了管仲，就是为了让齐国实现霸业，可现在霸业的影子没看到，动乱的气氛越来越浓了。搞砸了事情，鲍叔牙也要负连带责任的。

管仲说等等看。他分析了齐桓公的性格，认为国君这个人性子急，但好在知错能改，我们就等他自己觉悟吧。

等他老人家觉悟？那要何年何月？鲍叔牙更着急了："那国家不就要受到损失？"

管仲点点头，承认确会有些损失，但他本人正在补救："国内的事情，我在暗中操办着，也不至于乱到不可挽救的地步。国外诸侯的大臣，我看还没有能赶上我们二人的。只要有我们在齐国，他们也不敢来侵犯我国。"

《第三章》 王霸之道

　　一个敢于这样心平气和表扬自己的人，要么是个笨蛋，要么就是天才中的天才，管仲无疑是后一种。他从来不掩饰对自己的赞赏。正是这种超然的自信，让他敢于放任齐桓公去犯错误，他相信，就是齐桓公跳下悬崖，他也有能力一把抓住他。

　　听到管仲的话，鲍叔牙点点头走了，这个世界上，如果说还有一个人能信任管仲的话，那无疑就是鲍叔牙。

　　可过了一段时间，鲍叔牙又急急忙忙跑过来找管仲，因为齐国乱得有些不成样子。

　　为了招募勇士，齐桓公贴出告示，要用禄位奖赏勇士。重赏之下必有勇夫，可勇夫要是多了，堆在一起就会打架，因为争夺禄位，齐国的这些勇士们经常在一起打架斗殴，不少人脖子都被扭断了。

　　在鲍叔牙看来，这些人都是齐国的勇士，但这些人还没出国门与外国交战，就壮烈牺牲在小巷子的斗殴里，再这样下去，齐国岂不被削弱？

　　鲍叔牙说出了自己的担忧。这些情况，管仲也是知道的，但他一点也不心疼。"叔牙，你不用担心这些人，这些人都是齐国的贪民，死了对齐国有益无害。我担心的是各诸侯国的人才不肯到齐国来，齐国的义士不肯出来当官。"

　　霸业不是一天炼成的，霸业也没有速成班，就算有培训班可上，也要交点学费吧。

　　就任齐国国君的第二年，是齐桓公大交学费的一年，这一年的春天，齐桓公做出了一个决定——攻打鲁国。

　　齐桓公的兵马也招了，这些大兵孔武有力，四肢发达有余，脑子先天不足，再不拉去练一练，齐国国内都没地方埋他们。于是，齐桓公决定把队伍拉出去，接受一下实战的考验。第一站就把目标定在了鲁国。他依然没有忘记当初鲁国扶持公子纠跟他抢夺君位之事，更何况，打小国称不了霸，其他的大国又离得远，操作起来不方便，鲁国大，有国际声望，又在自己家门口，国力又一般，这样的虚胖型国家，向来是称霸路上的优良垫脚石头。

把他收拾了，不就成为霸主了吗？

带着这样的想法，继位的第二年正月，齐桓公兵发鲁国。

但这一次，齐桓公做得太过分了。

鲁庄公不是一个太聪明的国君，犯过不少错误，尤其在公子纠的问题上，走了一步臭棋搞得满盘皆输。这种人是该打，不打不长记忆。但打已经打过了，人家连战车都被你们拉走了。而且后面又积极配合齐国，杀了公子纠，交出管仲、召忽。尤其在杀公子纠这件事情上，鲁庄公可是背了黑锅的。

九月，齐人取子纠，杀之。（《春秋·庄公九年》）

《穀梁传》解释道：孔老师在这里又使用了一个富含春秋笔法的动词：取。外国从鲁国获得东西，孔老师一般是不用"取"的，这次用"取"，是因为齐人很容易就从我们鲁国人的手上得到了公子纠，还把他给杀了。有十户人家的小城，就可以容人避难，有百户住家的城邑，就可以隐藏犯有死罪的人，我们鲁国拥有千乘战车，竟然保护不了一个公子纠，这是我们鲁国的耻辱，是鲁庄公的耻辱。

《公羊传》则解释了孔老师的另一个春秋笔法。孔老师没有用惯常的"公子"来做定语，而是用了"子"这个高级别的定语。这表示，别看你们齐国拥立了公子小白，别看我们打了败仗，但我们还是尊重公子纠，认为他才是齐国君位的真正继承人。

公子纠被杀死在鲁国的消息传开后，引起了广大热爱和平的鲁国人民的极大愤慨，这种羞辱感也让每个鲁国人窝了一把火。现在齐桓公为了一年称霸，三年称王，五年统治天下的伟大理想，又咄咄逼人地找鲁国人的麻烦，实在是捅了一个马蜂窝。

一个鲁国人终于忍不住，要给出他的回应。

齐国，梁甫山，郊野。

这一天，一位隐居在此的老农从田里回来，洗干净脚上的泥，换上一件干净的衣服，然后走出家门。

路上，碰到了老乡，老乡一看他穿得整整齐齐，热情地打招呼：

"老曹，这是要去走亲戚呀？"

被称为老曹的人叫曹刿，曹刿摇摇头，回答对方："齐国将要进攻我国，我准备去曲阜给国君提点建议。"

话一出，老乡都笑了。他们纷纷表示："这是吃肉的人应该考虑的，你又何必去插手呢。"古代生活水平不高，老百姓都吃不上肉，所以肉食者就是掌权者的代名词。

曹刿认真回答："当官的人见识都短浅，未能远谋，我还是走一趟吧。"

带着乡亲们的质疑，曹刿来到了肉食者聚集地曲阜，见到了鲁国最大的肉食动物鲁庄公。

鲁庄公这会儿正在集结军队，准备亲征，对抗齐军。

曹刿问道："国君准备靠什么去打仗呢？"

打仗当然靠军队，但鲁庄公面对这位老乡，还是没有说出这么幼稚的回答，因为他明白这个老乡的问题其实是问，你凭什么认为自己能打胜仗？

想了一下，鲁庄公回答："像衣服、粮食这些东西，我不独享，总是拿出来分给众人。"

言下之意是，我有福同享，难道现在没有人跟我有难同当吗？

曹刿摇摇头："您的这些小恩惠只是惠及了小部分人，只怕打起仗来，老百姓是不会跟随您的。"

鲁庄公又仔细回想了自己的优点，信心满满地拿出了另一个理由："我祭神时的东西，向来有多少报多少，从不骗鬼神。"

曹刿叹了口气，把鲁庄公的心都叹凉了："这种小信用也无法普及全国，只怕神灵也没办法保佑您。"

鲁庄公同学，光是这样程度是不够的啊，再使劲想想别的吧。

在经过一番深刻地自我发掘后，鲁庄公终于说出了让曹刿满意的话："大大小小的案件，虽然我没办法一一体察实情，但一定做到秉公办理。"

曹刿坐起来，向鲁庄公行礼："您这是忠于民事的行为，就凭这个，我们就可以跟齐国打这一仗了。打仗的时候，请让我跟在您身边。"

鲁庄公擦擦额头的汗，大松一口气，立刻同意了曹刿的这个请求。

这是载于《左传》里的一个历史事件，在这个事件里，曹刿表现出了高度的爱国心与责任感，以及重视民情，忠于民事，方能外战的思想。

《第三章》 王霸之道

十年春，齐师伐我。（《左传·庄公十年》）

齐国来势颇汹。鲁国史官记录交战时，如果是提着钟鼓来战斗，叫"伐"，没有打鼓的叫"侵"，而轻装出击的叫"袭"。

曾经孔子的学生冉求违背了孔老师的教导，孔老师一发火，就号召同学们："这个家伙不是我的徒弟了，小的们可以鸣鼓而攻之。"这说明，齐桓公是敲着锣打着鼓来进攻鲁国的。事后齐桓公想起来，要是没带鼓就好了。

与此同时，鲁国的大军也开拔出来，也是带着鼓来的。

两军在鲁国的长勺相遇了。这是齐鲁两国自进入春秋以来第一次面对面地单挑。从两国实力上看，齐鲁俱为大国，综合国力不相上下。从国内来看，齐国刚经历襄公动乱，鲁国则政坛平稳。从交战历史记录来看，齐国去年刚大败鲁国，在心理上有一些优势，而且历史胜率也是齐国高。要是开赔率的话，应该是四六开吧。

鲁庄公也知道自己处在劣势的地位，到达阵地后，鲁庄公准备鸣鼓，先行发动攻击。命令刚要下，他的副驾驶员曹刿挡住了他。

"先不要击鼓，等等看。"

我始终怀疑这个曹刿是不是鲁国隐居的大夫，不然，怎么会有这么大的影响力，反正鲁庄公听了以后，真的没有下令击鼓进攻。

齐国的鼓响了起来，呐喊声响彻原野，鲁国士兵紧张地握紧兵器，等待国君发出进攻的指令——战鼓声。

但战鼓声没有响起来。

为什么还不鸣鼓迎战？不但鲁国人疑惑了，连齐国人也犹豫起来，响了一阵，发现对方阵地一片沉寂。

等了一会儿，齐国敲起了第二遍鼓，齐军阵营再次响起如山鸣般的大喊。鲁国士兵纷纷望向中军，手将兵器握得死死的，身体前倾，只待国君令旗一下，战鼓一起，就将脱阵而出，杀向齐营。

战鼓声依旧没有响起来。

齐军阵营的大喊变得稀稀落落，终于停了下来。齐国的阵营开始松动了，他们数次调动内心的勇气，结果这些情绪全浪费在大喊上面。而另一边的鲁营则恰恰相反，他们在一次次的期待当中积聚起力量与勇气。

齐军的第三次鸣鼓声响起来了，这一次，齐营的呐喊显得绵软无力。曹刿大喊："击鼓！"雷鸣般的战鼓声响起，与此同时，鲁营的大喊如火山爆发般喷薄而出，士兵如潮水一样冲向了齐军。

事后，鲁庄公专门请教曹刿这样做的原因，曹刿回答："作战是勇气的对决，一鼓作气，再而衰，三而竭。齐军三鼓而竭，我一鼓而盈，所以要这样做。"

一鼓作气下，鲁军大败齐军（齐师败绩）。鲁庄公大喜过望，决定立马进行追击，最好活抓齐桓公，再不济也要把对方的战车抢过来以报上次之仇。在这个宁抢一秒，不停三分的时刻，曹刿再一次喊了停：等一下！

曹刿跳下车子，仔细观察了齐国的车轮印迹，又跳上战车，登上车前的横木眺望齐军逃跑的方向，然后，他跳了下来："可以了，追吧！"

据记录来看，鲁庄公还是没有实现活捉齐桓公，缴获齐国国君指挥车的美好愿望，这也正常，毕竟齐国阵营里，管仲跟鲍叔牙还在，他们一定料到这样的结果而做了充分的败退准备。但无论怎样，这场战斗以鲁国大胜画上了句号。

《第三章》王霸之道

回军的路上，鲁庄公问起了第二个问题：为什么我要追击时，你要劝我呢？曹刿回答："齐国是大国，用兵难测，我怕他们诈败设伏，我观察到他们的车辙是乱的，旗帜也东倒西歪，这才判断可以追击。"

既知利用士气，又胜而不骄，用兵谨慎，齐桓公这一仗输得并不冤枉。

齐桓公终于有了血淋淋的教训，但这样的一剂猛药似乎都没有治好齐桓公的病，在接着来的夏天，齐桓公再次出兵鲁国。

唯一变聪明的是，齐桓公也学会了以多打少。这一次，他没有跟鲁国单挑的意思，而是叫了传统盟国宋国前来帮忙。

齐国的这个忙，宋国应该帮。大家或许还记得，当年郑国因为公子突回国夺位一事上，跟宋国签了一份合约，郑国答应支付给宋国一大笔好处费。但后来郑国不认账，导致宋郑两国交恶，在宋郑合同纠纷中，齐僖公是坚定地站在了宋国一方，多次强调郑国应该及时偿还宋国债务。齐僖公还在去世那年，刻意安排宋国为主导国，领着齐蔡卫陈四国攻进郑国，把郑国祖庙的椽子都拆了回去当门板用。齐襄公继位之后，齐宋继承并发展了两国的传统友谊，经常组织一起搞军事活动，欺负一下周边国家。

顺便提一句，在鲁庄公二年，宋庄公也就是公子冯去世了，在位十八年，坐得这么久，超出我的想象，但我相信到了黄泉，姬寤生会热情招待他的。现在的宋国国君是宋庄公的儿子子捷，史称宋闵公。

宋国如约而来，大概还想着在鲁国祖庙里放着的郜鼎，要是这一次也能复制攻郑的成功，杀进鲁国的祖庙里，就可以把属于自己的东西夺回来了。

史书告诉我们，历史基本上是重复着相同的故事，但每个故事都有不同的细节，要想复制以前的成功的人，基本上都会有意外的惊喜。

想着自己的鼎，宋国人表现得比齐国人还积极，按时与齐军会师，然后冲到了我们很熟的地点：郎。

还是原来的地方，还是熟悉的味道。孔老师很骄傲地在史书中写道：

夏六月，齐师、宋师次于郎。（《春秋·庄公十年》）

孔子用了一个"次"字，表示两军走到这里，自动停了下来。停下来的原因是因为他们害怕鲁国的进攻。

齐宋两国确实有些害怕，一来齐桓公刚继位，跟宋国军方高层交往不多，还没有形成高层次的军事互信；二来，鲁国这一年的春天在长勺的大胜也对齐国造成了一定的心理压力。

其实感到害怕的并不只是齐宋两国。鲁国人也很害怕。

怎么说都是两大军事强国联合进攻，还攻到国都的附近。再玩什么你敲鼓我聊天，你放气我憋气的旧把戏也不管用了。于是，鲁庄公关紧城门，准备学习父亲鲁桓公在上一次郑卫齐来战于郎时，鲁军坚壁不出的策略。

伟大的农村军事家曹刿也不见了，大概春天帮国君打退了齐国，这回又赶着回去种白菜。但鲁国的食肉阶层也没像曹大爷所说的那样全是见识浅陋的，至少鲁国的大夫公子偃是有点才能的。

发现齐宋两国大军次于郎而没有及时攻到鲁国都城城下时，这位公子偃就猜到了两位对手还是有些畏战情绪的。而且他观察了两国的排兵布阵，发现宋国的阵营有些乱。

《第三章》 王霸之道

从春秋一开始，宋国就在打仗，近四十年来，就数宋国打的仗最多，排兵布阵还是一点长进也没有，实在是丢商纣王的脸。

公子偃赶紧向鲁庄公汇报，表示现在出击，先进攻宋国一定能取胜，宋军一败，齐军肯定退兵。

鲁庄公吓了一跳，说好的，咱们关上城门，等他们把军粮吃得差不多自然就退了，何必去冒这个险呢？他否决了公子偃的提议，告诉他不要抱有侥幸心理。

公子偃点头退下了，没过一会儿，鲁庄公接到一个消息，公子偃已经私自领着自己的兵马从城西门偷偷出去了。

这位公子偃大夫估计平时爱好打猎，手里攒了一些东北虎、华南虎之类的虎皮，在出城之后，他把这些虎皮披到了马的身上，然后向宋国发起了攻击。

这个马假虎威的攻击取得了效果，宋国开始败退，鲁庄公听说公子偃已经出战了，还取得了不错的攻击效果，连忙拉出兵马参与进攻。

宋国大败，但齐国竟然没败。

说起来，就有点对不起宋国的兄弟了，看到宋国被攻击之后，齐国掉头就走了。我想，这个策略应该就是管仲仁兄的建议。这位兄弟素来是战场逃兵，他的这种见势不妙，绝不吃亏的优良风格完全传授给了齐军。

这样做虽然有些不地道，但齐国要称霸，就没办法陪着宋国胡玩了。而齐桓公也终于醒悟了过来。也许是那些披着虎皮的战马太具震撼效果，也许是屡战屡败让他认清了眼前的事情。

霸主不是那么容易炼成的。要想修炼，回去好好请教一下管仲先生吧。

在《管子》一书中,记载齐桓公大败回来之后,还有些不见黄泉不掉泪的决心,表示之所以打败仗,就是因为兵太少了,要是自己兵马够多,就可以把鲁国的曲阜围起来,就不怕他们冲击了。

这个,应该是不太靠谱的,因为据《春秋》及《左传》记载,从鲁国败退后,齐桓公两三年都没有发起大的军事行动,唯一一次就是灭了一个叫谭的小国。其原因是当年齐桓公还是公子小白的时候,曾经流落谭国。谭国的国君没把他当回事(不礼之)。除此之外,齐桓公一直老老实实待在家里。

总体来说,齐桓公这个人有些冲动,但他本质还是好的,尤其是能够知错就改,知错就改就是好国君嘛。在管仲的教育下,齐国放弃了武力威胁的称霸道路,采取先修内政的路线。在齐桓公看来,只要自己照着管仲先生的方法办,一定能够成功。

可过了一段时间,齐桓公发现国内的情况并没有得到改善。齐桓公只好把管仲请来,表示我已经按章操作了,怎么还是不见成效呢?

管仲老老实实回答:"国君你是宠信我了,但是臣的地位卑下呀。我一个卑贱的人怎么去指挥国内的贵族?"

明白了,这是来要职称的。齐桓公相当豪爽,大笔一批:"那我就把你提拔到高、国之上。"

我们介绍过,高、国两氏是齐国的传统老牌世袭上卿,是天子之二守,每年都要去洛邑向周天子汇报齐国的情况。齐桓公一步就把管仲提拔到位,不可谓不惜血本。

第三章 王霸之道

据后面的情况来看，管仲应该还是比较谦虚的，没有骑到高、国两氏的头上，但也提拔成了下卿。

职称也提拔了，那就接着努力吧。

可又过了一段时间，齐桓公又赶紧把管仲叫过来。

"管卿，怎么还是不行啊？"齐国的情况依然糟糕。

管仲答："臣贵则贵矣，但是我穷，我一个穷人指挥不了富人。"

要求加薪？管仲在齐国快一年了，一点成绩都没干出来，就要提加薪，是个老板都要叫他卷铺盖滚蛋了。好在齐桓公比老板的层次还是要高一点。

齐桓公点头同意了管仲的要求，特地批给管仲一个市场的市租，管仲一下成了暴发户。据说在此之前，管仲上街还经常受到齐国土豪的鄙视，喜欢提起他当年在南阳当摊贩的悲惨经历。可自从有了收租权后，管仲就从小摊贩变成了城管，市场上的人看到他老远就跟他招呼，亲切地问候他吃了没。管仲离开时，又集体目送。

有钱的感觉就是好。但齐桓公的感觉并不是太好。因为齐国经济还没有实现腾飞。职也提了，钱也给了，怎么管仲就是不管用呢？

"管爱卿，这是怎么回事啊？"

管仲深深叹了一口气。

"臣现在是有钱了，但臣跟国君你的关系疏远啊。国内的大夫很多都是你的亲戚，我一个疏远的人怎么好去管那些跟你亲近的人？"

齐桓公沉默了，心里思考着跟管仲之间可以发生什么样的亲密关系，结亲家是常用手段，但齐桓公今年刚从周王室娶了老婆，开了花没结果，没有下一代可以利用。

想了一会儿，齐桓公说道："要不，我认您为仲父吧。"

提到仲父，很多人以为是干爹，还有一个朋友告诉我，齐桓公也是拼干爹的。我问为什么？他说，齐桓公要不是有个管干爹，哪里能够称霸。

这个……结论是对的，但关系有点乱，仲父是指叔父，跟干爹还是有一点区别。历史上，国君认大臣为仲父的情况很多，比如秦始皇嬴政就认吕不韦为仲父，唐朝皇帝更是有认太监为阿父的。

管仲没有反对，从年纪上看，他给齐桓公当叔父，也不算占太大的便宜。

齐桓公为了表示认仲父的严肃性，特地召集国内的所有贵族大臣，表示自己将立管仲为仲父。大家如果反对，请站到门的右边，同意的请站到门的左边。也就是说，齐桓公搞了一个现场投票来决定自己认不认仲父。

大夫们纷纷起身，站队伍是职场必修课，大夫们久经职场，不会不明白国君的意思，纷纷起身站到了左边。最后齐桓公一看，有一个人大摇大摆地走出来，不左也不右，竟然站到了门中间。

这位中立的仁兄就是经管仲推荐担任大谏之官的东郭牙。

东郭先生，你这是啥意思？左右分不清？

东郭先生理直气壮，大声回答："管子之知可与谋天下，管子之强可与取天下。国君你信不信他？信的话，内政委焉，外事断焉。让百姓听他的，这样办就对了。"

你相信了，就任命好了，没必要搞投票。

我必须得说，管仲没白推荐东郭牙。

齐桓公就此拍板，认管仲为仲父，从此以后，齐桓公外事不决问管仲，内事不决还是问管仲。齐国的政务果然大为改观。

这个现象引起了孔子老师的关注，一向为管仲辩护的孔老师也不得不频频摇头，认为管仲这个人搞得比国君还要奢华，实在是一个失礼的行为。但他同时也意识到，管仲提的这些要求也是必须的。作为世袭制的国家，走到临淄大街上，碰到的不是皇亲国戚就是富贾一方的大士族，作为落败贵族子弟的管仲，不提高自己的禄位、待遇跟地位，怎么去管理这帮大爷？

接下来要讲的是有关管仲的治国方略，这种东西可能比较枯燥，写的人头疼不已，看的人昏头转向，而且真要全面去写，可能要专门写一本书了。但不写，这又关乎到管仲先生最伟大的功绩：怎样把一个大国带成超级大国。他的治国方略到后面被人编定成《管子》一书广为流传，他的思想也形成了一门专门的流派，叫管子学派。现在很多学者认为，中国要想强大，就应该从《管子》中汲取营养。

这么重要，只好勉力写写重点了。

关于治国，首先要搞清楚管仲的核心价值观。

有一天，齐桓公跟管仲谈治国。齐桓公问了一个问题。

"作为一个霸主，应该最重视什么？"

"重视天道！"管仲干脆利落地回答。

天道？这是什么东西？

齐桓公拧起眉毛，陷入了苦思。过了一会儿，他突然起身，接着就往外跑。管仲百思不得其解，刚开始讲课，就开溜？管仲坐在原地等了一会儿，发现齐桓公还没回来，于是，他也站起了身，跑到外面。

齐桓公正十分严肃认真地抬着头看天。

天上有云，比小白还白，但天道在哪儿呢？

国君，你还真够小白啊，管仲走了上去，将国君从外面请回来，让他坐下，耐心解释道："所谓天者，不是莽莽苍苍之天也。作为国君，应该以百姓为天，百姓跟从则国家安定，百姓辅助则国家强大，要是百姓背弃了国家，那国家就危险了。"

齐桓公恍然大悟，原来百姓就是我的天。他恭敬地起身，站到管仲的面前，躬身行礼。孺子可教，孺子可教也！

以民为本就是管子学派的核心内容，管子所有的管理方法都是围绕着怎么处理国与百姓之间的关系而展开，具体到实施方法，管仲提出了一个口号：复太公之法。

所谓的太公之法，就是齐国首任国君姜太公的治国方针。关于太公治国，还有一个很有意思的故事。

话说武王伐纣，周代商之后，周王室大封天下，辅政王周公旦将儿子伯禽封在了鲁国，将姜尚封在了齐国。作为分公司，齐鲁两国是有义务向总公司周王室汇报业务进展情况的。

第一个来的是姜太公，算起来，他来得太早了，离他受封才过去五个月，也就是说，他的齐国分号成立才五个月。

仅仅五个月，齐国分号就尘埃落定，走上正轨了？周公十分惊讶，问他为什么来得如此迅速。姜太公回答，我到了封地后，把君臣之礼进行简化，施政按照当地的风俗去做，所以封地很快安定了。

三年后，鲁国的伯禽也来汇报工作。想想同为大国，差距竟然这么大，作为父亲的周公也着急了："你怎么来得这么迟？"

伯禽擦了擦汗："没办法，事情实在太多了，要改变当地的风俗跟礼仪，还要时间去考察结果，所以来迟了。"周公点点头，不置可否。在他看

《第三章》 王霸之道

来，齐鲁两国各有千秋，齐国善于变通，鲁国重视传统，难以分出优劣。

从这个故事可以看出，鲁国将周礼完全搬去，对本国进行了彻头彻尾的改造，所以要吃力很多，而姜太公的做法，则可以称之为因地制宜。

来到齐国后，姜太公根据当地实际情况，在狠抓农业的同时，注意工商业的发展，尤其是利用临海之国的便利，大力发展渔盐业，使齐国经济蓬勃发展，邻国的百姓纷纷移民齐国。很快齐国就从一个方圆百里的小国成长为了东方举足轻重的大国。

当然，也不能说我们鲁国狠抓礼仪，注重传统就差了，虽然汇报工作晚了点，但打开地图，大家还是看得到嘛，进入春秋，两国面积相当，实力相近，也就半斤跟八两的区别。

这样的局面，大概是姜太公没有想到的。当年他听说伯禽用了三年才能汇报业绩，不由叹道："鲁国的政务搞得这么复杂，百姓只怕不好归附，将来鲁国的后代要成为齐国之臣了。"

姜太公本人没有看到鲁成齐臣的局面，他更没有料到，自己的预言要等四百年后由管仲来实现。

齐国在这四百年间没有将鲁国甩到身后，究其原因，还是因为齐国并没有贯彻执行姜太公的治国方略。而管仲则注定要成为继承姜太公衣钵的一个人，因为从各个方面看，尤其是倒霉程度上，他实在太像姜太公本人了。

年轻时候的姜太公在朝歌当过屠夫，在孟津卖过酒精性饮料（屠牛于朝歌，卖饮于孟津）。后来又给人当过用人，后面练过摊，主要是替人写信，还当过算命先生。也曾经干过公务员，据说曾经四处奔走，想找一份工作，面试了七十多位诸侯，结果没有一个人聘用他。等到碰到明主的时候，他已经白发苍苍了。他跟管仲的早年经历相比，正应了那句老话，没有最惨，只有更惨。

正是这些相同的坎坷锻炼了他们的心智，开阔了他们的见识，磨砺了他们的意志，同时，让他们变得更加善于变通。同样，一份伟大的事业等待着他们去开创。

管仲仔细研究了太公治国的国策，从中汲取了优秀的养分，继承其中依然有用的方略，比如并不拘泥于农业，而是大力发展手工业跟商业等等。但管仲并没有照搬前辈的经验，而是根据时代的发展，提出了自己的治国方案，其中最具创意的当属"参其国而伍其鄙"。

所谓的"国"，指的是国都，"鄙"就是指乡下。管仲将国都分为三个部分，乡下分为五个部分。具体分法如下：

管仲首先将国都以及附近地区分为二十一个乡，其中士为十五个乡，工、商各三个乡。齐桓公本人亲自下乡锻炼，率领五个士乡，上卿高、国两氏各率五个士乡。诸位要是有幸穿越到了齐国，碰到一个人自称是乡长，千万不要摆出一副乡长也算干部的鄙夷表情，要知道，你碰上的这位乡长有百分之五十的可能性就是齐桓公本人。

在乡村，管仲将五家分为一轨，并设立轨长，六轨为一邑，设立邑司，十邑为一卒，卒有卒长，十卒为一乡，乡设立良人，三乡为一属，每一属派一个大夫进行管理。全国一共划分了五个属，我手脚并用算了一下，一属大概有九千家。

就这么三下五除二，管仲就把国家划为了三大块若干小块。大家可能觉得比较简单，这说明大家都有慧根，应该去考公务员，但要是想当官，最好继续看下去。因为划分行政机构不过是施政的基础，接下来的

第三章 王霸之道

才是关键。

在这个基础上，管仲根据各人的特长、出身以及本身的职业将齐国的百姓分为工商士农四种人。

"四民"分业定居，集中管理，士人居住在闲散之地，手工劳动者居住在官府附近，商人住在市场附近，而农民居住在郊外。

很多人看到这样的管理方法，大呼简单粗暴，简直没有人性嘛，为什么我种田的不能住到城里去，商人不能住乡村别墅呢？有这个想法的人大多是用现代的管理思维去考虑古代的管理问题。

在管理手段不太现代化的春秋，这种管理不失为一种高效的解决方案，而且各工种的人住在一起，有利于交流，切磋技艺。而且管仲如此划分行政区域，还有一个十分重要的目的：作内政而寄军令。

齐国早期大量招兵，可依然吃了败仗。一方面是齐桓公的急躁所致，另一方面，也是他国有了准备造成的。

那些日子，临淄的大街上到处是孔武有力的大汉，军营里人头攒动，晚上还经常有私下的打架斗殴事件，就是个死人也知道齐国准备搞军事扩张了。

齐国一招兵，其他大国比如鲁国也扩军，齐国发展军工，鲁国等也制造武器。一来一去，就引入了军备竞赛这样的恶圈。

不扩军就无法实现霸权，一扩军就引起他国警惕。管仲用他的智慧很好地解决了这个矛盾。其中的秘密就在三分其国的十五个士乡里。

管仲将每一个士乡进行了细分，每五家组成一轨，每家出一个人参军，就是五人为伍。每十轨为一里，一里就有五十人组成一戎。每四里组成一连，那么一连就有两百人组成一卒。而十连为一乡，就有两千人，这两千人组成了旅的军事单位。最后，五乡就是五旅组成了一军，一军达万人。

根据周礼，天子六军，大国三军，咋一看，齐国也没有超编嘛，但不要忘了，这只是齐国的直系部队。

人家在乡下还藏着兵呢。

国都之外的五属，其实也是准军事组织，用现在的话说就是民兵组织，用"轨""邑""卒""乡""县"五层管理，闲时种田，战时打仗，一属为一军的话，就藏了有五军。加上国都的三军，就有八军，比天子的军队还多。而且这些兵都藏在居民区里，周王室或者外国考察团一来查，全是轨里连乡这样的居委会架构，考察团一走，又变成伍戎卒旅军这样很正规的军事单位。实在是防不胜防。

除欺骗其他国家，低调扩军外，这样的军事结构还有不少优点，比如藏兵于民，军事开支的压力就不会太大，更重要的，通过这种安排，管仲将军队的组成权集中到了中央。我注意到一个情况，像鲁国经常有大夫不服从管理，领着自己的私兵迎战。这样的情况在齐国从来没有发生过，其原因，就是齐国的兵马都握在国君的手里。

不用悬赏，管仲就帮齐桓公把军队扩编了，还扩得井井有条，论管理水平，管仲简直就是大师级的。而且管仲不但是伟大的政治家、管理家，还是一个领先时代数百年的经济学家。

在以后的日子里，为了拉拢各诸侯国，管仲经常为他国搞基建，而且在与各国的交往中，管仲建议齐桓公，如果诸侯给咱们送了鹿皮，咱们就回赠豹皮，如果有人送我们猎犬，我们就回赠马，反正就是要比他们大方。

除此之外，齐国搞了一个"国内道德基金"，一个"国际道德基金"，管仲任国内道德基金主席，齐桓公任国际道德基金主席。国内道德基金就不介绍了，介绍一下这个国际道德基金。这个基金会的主要工作就是挖掘各国先进典型，进行大力表扬。具体奖励措施如下：如果诸侯做了好人好事，就送重礼，玉肯定是不能少的；如果是他国大夫做了好事，就发高档衣服；如果是他国大臣谏诤君主而且说得对的，就奖一块玺。这个基金在国际上影响很大，一时之间，大家提起齐国，纷纷赞为土豪朋友，热烈求交往。

当然，做一个成功的土豪是需要钱开路的，而齐国不差钱。

齐国的钱首先来自副业。

在抓好农业的同时，管仲在国内大力发展手工业跟渔盐业。这都是当年姜太公之法，在这个基础上，管仲进行了大胆创新，尤其是在税收上。

春秋时，各国主要通过收取农业税赋来扩充国库，但管仲认为，直接向农民征收赋税，很容易造成农民负担过重，群众反应比较激烈，不如降低农业税赋而采用盐铁专卖的方式来征收国税。

所谓的盐铁专卖，就是国家垄断盐铁的收购与销售，取得定价权后，管仲将税收包含在盐铁的价格里。这种方式是管仲的独创，数千年后，我们依然在用这一套方法来征税。

这个税收政策总的来说是比较合理的，吃得咸多交税，这说明大家的口味还是轻点好，经济又健康。家里田多，需要多买铁器的就多交税，公平公开透明。而且管仲通过这个方法，不但征了本国人民的税，还征了天下人的税。因为齐国的盐是国际市场上的紧俏产品。天下人都要吃盐，吃盐就要给齐国交税，所以说，齐国这位土豪完全是在用天下人的钱替天下人发奖金。

当然，大家可能还有一个疑惑，就是齐国的盐价提高了，我们可以去别的国家买嘛，比如鲁国、燕国也产盐，干吗要去齐国？为了说清楚这个问题，我们特地组织了一次超豪华深度穿越游，带大家亲身体验一下齐国的贸易。名额有限，报名从速。

好了，请大家坐稳，天上要打雷了，一个晴天霹雳下来，恭喜你，你已经穿越了。

睁开眼，晃晃头，伸伸胳膊，看有没有什么零件掉了，如果没有的话，就继续上路了。介绍一下，你穿越过来后，不是王子，不是公主，也不是诸侯，更不是什么后宫嫔妃，而是一名普通的商人。你的任务是在当地采购物资，贩卖到齐国，然后从齐国买回畅销产品盐，从而再赚上一笔。

至于采购什么物资，就看你的经商头脑了。我可以给你一点小提示，土特产一般比较受欢迎。

一般来说，南方特产木材跟鸟兽，比如楚国的长松、兕（曾经吓退过周兵的神兽）以及鹿还有象牙（随便买，那会儿象牙不是什么禁售商品），楚国还盛产金铜锡等贵金属，大手笔的朋友不妨一试。当然，本旅游线路初次开通，落地点尚不稳定，可能你没有落到物产丰富的楚国。但不要担心，其他各国也有特产可供选择。

像鲁国的名牌布料鲁缟，因为质地轻薄，素来受各国大夫喜好。莒国的麻布做工扎实，结实耐脏。西地秦国的文旄采用货真价实的牦牛尾制作，经过高级工艺大师加工，素来是各国贵族制作私旗的必备产品。北方燕国的大枣个大皮薄味甜，好吃鬼就不要进这样的货了，免得一路吃，到了齐国就剩一堆枣核，可以采购一些燕国的大马，晋国的橐驼也是紧俏产品，运到南边，还可以搞展览。

　　什么？你说你知道郑卫两国的歌女远近闻名，准备采购一些到齐国搞演出？你真有想法，虽然郑卫两国的歌女颇受各国人民群众欢迎，春秋买卖歌伎也不犯法，但咱们毕竟是文明社会穿越过去的，这种事情能不干就不要干了吧。而且买歌伎投入大，风险也大。如果你本钱不多，我建议你买点楚国的苞茅吧，这个东西，在本地是草，在外地是宝，还是贡草，需求量也大，各国搞祭祀，都需要用它来滤酒。

　　办好货物，那就向购物天堂齐国进发吧。你注意到跟你同来的路人甲是个大商人，有钱的他在郑国采办了一些秦国的文旄。这位大哥大手笔，一下就进了五车的货。

　　人比人气死人，货比货嘛，也别扔了，拿着你的半麻袋苞茅，和路人甲一起跟着我们导游上路吧。奇妙的齐国经商穿越游进入下半程。

　　假设一路不出什么意外，我们一路来到了齐国边境。

　　到了关口，大家从文明社会穿越过来的，应该知道到了交关税的时候。大家对关税或多或少都应该有些了解，关税常常跟进口的物资有关系，跟本国有竞争的物品，进口国一般会采取贸易保护，如果你要运盐或者咸鱼到齐国卖……应该没有这样的穿越者吧。另外，没有贩卖锦布去齐国的吧，要知道齐国的养蚕业跟印染业十分发达，这种东西不征你关税，你也卖不掉。

　　幸运的是，各位运的是他国特产，齐国很需要，采取了优惠政策，一般只收百分之二。没错，我没有说错，你也没有听错，只收百分之二。

　　这个钱不多，诸多团队纷纷解囊，掏出一两块哐当响的春秋货币：首布。这个时候，齐国海关关长又宣布了一个好消息，因为齐相管仲为了鼓励各国物资交流，特地将关税调到百分之一。除此之外关长更告诉大家，大家拿了缴税的证明，千万别扔了。以前征了关税，到了市场上，还要征一次市税，现在管相为了繁荣经济，发展贸易，特地告诉大家，只要缴了关税，就不需要重复缴纳市税（征于关者，勿征于市；征于市者，勿征于关）。

团里有数位在穿越之前是搞进出口贸易的，听关长宣布完毕，已经禁不住欢呼了，并立刻联系本公司，商谈长驻春秋事宜，在春秋，跟齐国做生意，大有可为啊。

到了此时，各位团员纷纷积极缴纳关税，很快就轮到你了，你老人家本钱薄，虽然百分之一，也有些吃力，但我相信你还是一个守法的好商人，并不想偷逃关税，就在空虚的口袋里掏了掏，弄出两个铜币来，老实地递到关长的面前。

可关长微笑地看着你，却不去接，在你以为他嫌少时，关长亲切地说道，像你这样背着货物，本小利薄的人，我们齐国就不征税了。不征了？你说不征就不征了？这不是瞧不起人吗？（虚车勿索，徒负勿入。）

感到被羞辱的你气愤地把钱揣回兜里，背着货物就走了，决心下一次一定要被齐国征上一次税。

到了齐国国都临淄，你的这个感觉更加强烈了。刚到临淄的市场，一股浓重的商业气息就扑面而来，这里熙熙攘攘，车水马龙，热闹非凡。在你眼花缭乱之际，一股更浓厚的胭脂味朝你扑面袭来。

在齐国的市场上，不但有货物，还有姑娘，不是一个姑娘，不是一队姑娘，是一整团的姑娘。在齐国市场的里中门有七个市场，每个市场有一百个姑娘在热烈欢迎各地来的商人。这七百个姑娘有个好听的名字，叫闾人。

当然，此山是姑娘们开的，此树是姑娘们种的，进去之后，还是要留下买路钱的。

这时，您可能要指着路人甲说了，为什么路人甲一来就住进了高档酒店，还有五名姑娘前来服侍着？都是一个团的，为什么差别这么大？

这个，我可以跟您解释一下。这里面的差别在你们两位的货物身上。路人甲是带了五车的货物来的。而根据管仲先生的优惠政策，带一车货物来的商人，吃饭不用钱，由国营旅馆安排伙食；带三车货物的商人，不但吃饭不要钱，牲口吃饲料也免费；大奖来了，对于有五车货物的商人，除享受以上待遇外，还专门配有五位闲人全程服务。

同人不同命，看来您只有羡慕嫉妒恨了。当然，您也不必太生气，因为在路人甲拥着五位闲人准备做非礼的事情时，天空突然一道闪电划过——诸位团员，很感谢大家参加这次的穿越之旅，本次旅行顺利结束。

经过这一次穿越，大家可能没赚到钱，但大家一定了解了管仲先生的商业手腕。在他的管理下，齐国成为中原数一不数二的商业大国，各国商人对齐国趋之若鹜，热钱迅速涌入齐国，再经过齐国本地发达的服务行业，这些钱大多数被齐国消化吸收。据记载，齐国发展到后面，临淄达到了车轴碰车轴，人挤人的地步，史书连用了三个成语来形容齐国商业的发达：连衽成帷，举袂成幕，挥汗成雨。

发达了，实在是发达了。一个南阳的小摊商人，竟然开拓出天下最大的市场，这不得不说是一个奇迹。

在管仲的一系列治国方略下，齐国的经济得到了飞速发展，按行话说，就是生产力得到了极大提高，人民群众建设齐国的热情极其高涨，军事实力极大增强，齐桓公的霸主梦终于扬帆起航。

就在各国的商人从四面八方云集齐国临淄时，却有八十个人从临淄出发，赶着车队向各诸侯国驶去。

这是齐国的使节团，据统计，共有八十人，在他们的马车里，装满了衣裘财币。总的来说，他们是搞金元外交去了，但又不仅仅是当散财童子这么简单。这八十个人有着十分复杂而隐秘的任务。

首先，这八十个人要负责收集各国最新情报，然后向齐国中央汇报，相当于情报员。其二，这八十个人还要四处寻访贤能之士，然后引荐到齐国来工作，算是国家级的猎头。其三，他们还是齐桓公那个著名国际道德基金的考察员，负责评选各国的道德标兵，以便齐桓公进行评定，发放奖励。最后一点，也是比较隐晦的一点：这些人打着评选三好诸侯、五佳大夫、优秀士人的旗号，穿行在各大国之间，并不光是为了发掘正面典型，还要寻找哪个国家治理得差，国君无道，大夫无礼，士人反动。

要称霸，选择下手的对象很重要，不能随便上街逮住一个人就揍，万一揍错了人，国际形象受损不说，还会引起国际社会的反弹，更可能会引发国际围攻。真正的霸主就应该像大侠一样，把人揍了，围观的群众还要鼓掌叫好。

这八十个人就担负着这样的隐蔽使命，寻找治理混乱的国家，来给齐桓公当称霸的垫脚石。这个任务基本上来说并不是很难，因为礼崩乐坏的春秋那叫一个乱，闭着眼睛都能抓出一大堆反面典型。

第一个被抓起来的是最近这两年跟齐国十分要好的宋国。

《第四章》

宋国之乱

《第四章》 宋国之乱

秋八月甲午，宋万弑其君捷，及其大夫仇牧。（《春秋·庄公十二年》）

公元前682年的八月，宋国的大夫宋万杀了宋国的国君捷，也就是宋闵公，同时被杀掉的还有大夫仇牧。

这位弑君凶手其实不叫宋万，他的本名叫南宫长万，因为弑了国君，被剥夺政治权利也就是姓氏权利终身，以宋国为氏。

这是宋国在春秋发生的第二起弑君事件。宋国再次陷入大乱，而宋国的这起大乱，说起来，齐桓公还要负上一点责任。

前年夏天，齐桓公急于出兵称霸，联合了宋国进攻鲁国，结果被鲁国公子偃用假虎大军打得大败。在那次交战中，齐桓公根本就没有下场，看着宋国被鲁军击溃。

在宋兵四散逃命时，宋国还有一名猛将在奋勇迎战，这位猛将就是南宫长万先生。等鲁庄公的第二波攻击发起时，南宫长万也顶不住了。据记载，鲁庄公用了祖传的神弓金仆姑，这种弓据说十分神奇，具有自动导向及跟踪定位功能，也就是说，不用瞄准，射出去，它自动会寻找目标进行攻击，百发百中。是否真的如此神乎其神，大家姑妄听之，反正这弓是好弓，后代诗人写诗，提及名弓，必定叫金仆姑。箭也是好箭，鲁庄公一箭射出去，就射中了南宫长万，最终南宫将军被鲁庄公活捉。

抓住南宫长万后，鲁庄公对这位宋国敌将还是很敬重的，他亲自给南宫长万松了绑，安排他到鲁国的宫里居住，过了数个月，把南宫先生的伤养好了，等宋国一来要人，就派专车把南宫大将送了回去。由此，春秋时代的侠义气息可见一斑。

这实在是一段战场佳话，如果南宫先生会说话一些，宋国国君宋闵公气度又大一些的话。

回到宋国后，宋闵公并没有因为南宫长万当过俘虏而降他的职，依旧让他当大夫，国内有什么活动还照常请南宫长万参加。

有一次，宋闵公举行宴会，会议期间举行了博戏，大概是投壶之类的游戏。这种活动是活跃宴会气氛的重要节目，大家一般不在乎输赢，就图个高兴，也不知道南宫长万先生是不是高兴过了头，突然喊了一句：

"甚矣，鲁侯之淑，鲁侯之美也！天下诸侯宜为君者，唯鲁侯尔！"

翻译过来就是，鲁侯好，鲁侯棒，天下够资格当国君的，我看就只有鲁侯一个人了。

这应该是喝多了，这么一句话怎么能够当着宋闵公的面说呢？你占着宋国的编制，拿着宋闵公的工资，怎么说只有鲁侯够格当国君呢？那你是啥意思，让宋闵公下岗？更要命的是，还是当着这么多大臣的面，更更要命的是，在场的还有数位美女。据某些野史说，宋闵公举办这场宴会是为

《第四章》宋国之乱

了讨数位美女的欢心。在宋闵公最需要树立君主权威、展现雄性风采的时候，南宫长万竟然公然不给国君面子。

我只能推测，南宫长万先生也是这数位美女的仰慕者，他的这些话纯粹是在争风吃醋。

宋闵公的脸挂不住了，偏他的嘴也不比宋祖德的小。他尴尬地笑了两声，然后面对着大家，主要是面对美女说道："你们看，这位就是鲁侯的俘虏。"介绍完南宫长万先生之后，他又面向南宫长万，准备从言语上击败他，"我看，你是因为当过鲁侯的俘虏才如此说吧，不然，鲁侯怎么会像你说的那样完美。"

作为一员大将，被俘实在是一件奇耻大辱，而且南宫长万先生也不是君子，不必遵守君子动口不动手的行为准则，一听宋闵公揭他最深处的伤疤，勃然大怒，冲上去就抓住了宋闵公，用力一扭，就将对方的脖子扭断了。这就是所谓的祸从口出吧。

大夫仇牧听说国君被杀，跑步赶来，在宫殿的门口碰到了弑君者南宫长万。据小说家言，南宫长万是春秋第一猛男，鲁庄公鉴定他有触山举鼎之力，吾国无其对手。从他扭国君的脖子像拧鸡脖子来看，应该还是比较写实的。

仇牧自知不是他的对手，但他依然来了，堵在门口，手持利剑，大声呵斥南宫长万。南宫长万大概是铁臂阿童木变的，一挥臂就将仇牧拍死了，仇牧的头骨几乎碎掉，一颗牙齿蹦出来嵌进了门里。

仇牧的勇气为他在史书中争得了一席之位。《春秋》里一般是不记载国君被弑的牵连者，但孔老师特地用"及"将仇牧的名字带出来。不要小看这个"及"字，这可是了不得的荣誉，后来的学者认为，孔子先生编修

霸主崛起

《春秋》，文含褒贬，要是荣幸得到孔子先生一个字的褒奖，能够垂名于竹帛，这里面的荣耀比得到一件华衮还要高级（所谓华衮就是黄马褂之类的高档礼服）。要是受到孔老师的片言之贬，那倒霉了，就像被戴了高帽，游行示街，两千年也别想翻身。

仇牧不畏强敌的勇气值得这样的表扬。

顺便提一下，南宫长万的前辈，老一辈的弑君家、爱情家华父督听到国君被杀后，跑过来看热闹，结果也被南宫长万杀死了。这正应了一句老话，长江后浪推前浪，前浪死在沙滩上。这算起来也是因公牺牲吧，但考虑到华父督那些不光彩的历史，孔老师的表扬就没有"及"到他的头上。

南宫长万的弑君事件并不是春秋的第一起弑君事件，但跟以前的案件还是有所不同的。这是一起临时起意的弑君案件，凶手没有经过策划，只因一时冲动，就犯下了不可挽回的错误。

事情到了这一步，南宫长万也是万万没想到的，但连国君都杀了，也只有把造反这条路走到底。于是南宫长万抓来了宋国的公子游，扶助他成为宋国的国君。但南宫先生毕竟是弑君这个领域的新手，只知道抓住一点，忘了兼顾其余。在南宫长万将公子游扶上君位时，其他宋国公子纷纷出逃，等南宫先生反应过来，国都已经一个公子都不见了。

走了也好，南宫长万松了一口气。可让他没想到的是，这些公子全部都杀了回来。率领他们的是宋国封于萧地的大夫萧叔大心。

在宋国兵乱时，萧大心敞开大门，接收了从国都逃出来的诸公子，又跑到曹国借来了兵马。

萧叔不是一个人在战斗，据统计，除了借来曹国的兵马，他还汇集了

《第四章》 宋国之乱

宋国诸先君的子弟，计有戴、武、宣、穆、庄的族人。在这一刻，萧叔继承宋国的光荣传统，爱民如子的宋戴公（戴姓始祖）、英勇神武的宋武公、传位于弟的宋宣公、感恩知礼的宋穆公、好财重利的宋庄公，都在萧叔身上灵魂附体。

萧叔率领宋国贵族大军卷土重来，却不是直奔国都商丘，而是杀向了亳邑。这是一个极具战略眼光的举动，正因为这个举动，一直没踏上春秋大变局节奏的宋国终于看到了复苏的曙光。

宋国此次大乱的主谋是南宫长万，但解决这次动乱的良药却在亳邑。

亳邑里有一个人。

在诸多宋国公子里，有一位公子并没有逃到萧地，而是跑到了亳邑避难，这个人叫公子御说，是宋庄公的儿子，宋闵公的弟弟。此人在宋国拥有很高的声望，史书记载，他在礼仪方面有很深的造诣。

去年的秋天，宋国国内发生大水，洪水一直泛滥到了鲁国的境内。鲁庄公同志还是比较友善的，虽然这一年刚跟宋国打完仗，但考虑到宋国的百姓也受了灾，就本着人道主义的精神，派人前往宋国进行慰问。

鲁国的来访大大出乎宋国的意料。宋闵公亲自接见鲁国使者，面露愧色，对过去宋鲁之间的不愉快表示歉意，并进行了深刻的自我检讨："孤实大不敬，所以天降灾难，竟然还让贵国国君担忧，专程派人前来慰问，实在是不敢当。"

鲁国使者回去后，将宋闵公的话转告给鲁庄公，这段话受到了鲁国大夫的高度评价，认为宋国国君自称孤，是很合适的自称，因为诸侯一般谦称为寡人，表示是寡德之人，孤与寡的意思相同，但语气更谦卑，因为孤一般是小国国君的自称，宋国不算小国，爵位更是最高的公，但因为国内发生了灾难，宋闵公就自降身份自称为孤。

鲁国大夫们认为，宋闵公用词准确，说话谦恭谨慎，认错态度很诚恳，敢于罪已。宋国应该要兴盛了。

能得到鲁国在礼上的表扬，这实在是难得，翻遍《春秋》也找不到多少例。这也是一个准确的判断，宋国从宋殇公到宋庄公已经乱了二十多年了，现在风水轮流转，也该轮到宋国兴盛一次，但宋国的兴盛只怕无法在宋闵公身上得到应验，因为这一段合礼谦恭的话的版权是宋国公子御说的。宋闵公只不过当了一回复读机。

南宫长万也意识到公子御说对宋国政局的重要性，他放着一大堆跑到萧地的公子不管，专门派儿子南宫牛将亳邑围了起来。但一切已经晚了。

萧叔领着多公子联军冲向了亳邑，南宫牛再牛，也经不起群殴。交战之后，南宫牛被当场砍死，亳邑的大门打开，公子御说站到了众人的面前。

现在，让我们去面对南宫长万吧。

萧叔却告诉公子御说，我们真正要面对的不是南宫长万。南宫长万虽然力拔山兮气盖世，但只要我们抓住了一点，就能让他时不利兮骓不逝。

关键点在南宫长万扶持的公子游身上。

据史书记载，南宫长万并不是什么贵族出身，他可能是靠自己的武力才成为大夫的。虽然现在我们倡导人人平等，人人有机会，但事实上，春秋时只有贵族才有前途。南宫长万也明白自己的缺陷，弑君之后没有自己当国君，而是扶持公子游出来撑场面，大有挟国君以令大夫的意思。

公子御说沉默了，这也就意味着要真正消灭南宫长万，就必须先拿公子游开刀，这位公子游可能也不是自愿当国君的，只是被南宫长万抓了壮

《第四章》 宋国之乱

丁。要对他下手，似乎有点伤及无辜。

停了一会儿，在萧叔的注目下，公子御说点了点头。为了国家利益，就只好委屈一下公子游吧。大军杀向了商丘，首先抓住了紧急上岗两个月的公子游，请他到地府一游。

没有了公子游，南宫长万也知道自己玩不转了，三十六计，走为上策。

长万先生逃跑起来还是很迅猛的，而且这位南宫跑跑很有孝心，跑路不忘亲娘，拉着马车，载着自己七十多的老母亲一起跑，就这样，还一天之内就跑到了陈国。据估算，陈宋两国之间有二百六十里。善跑如此，实在令人叹为观止。

到了陈国之后，南宫长万松了一口气。他之所以跑到陈国，大概是在陈国认识什么人，毕竟这些年，陈宋两国经常一起出征，作为大将的南宫长万有很多机会结识陈国高层。

果然，跑到陈国没两天，陈国人就请南宫长万吃饭，还特别有东道主精神，专门安排了两位妇人给南宫长万倒酒。

著名学者竹添光鸿看到这一篇，嫣然一笑：对付强力者，莫过酒色，用其一就足以毙之，况用其两乎？

陈国确实没安好心，他们并不打算为南宫长万提供政治庇护，但南宫长万这个人国际上都知道，力量大，练过铁砂掌，一巴掌就能拍死一个人。武力制服困难太大，于是，陈国采用了酒色双管其下的办法。顺便提一下，竹添光鸿是位日本学者，这样大家也应该理解他为什么善于从酒色的角度来解说历史事件了。

陈国的美女很快将南宫长万灌醉了，虽然南宫先生瘫在地上如一只病猫，但怎么看也不能让人放心，于是，陈国人下了血本，用珍贵的犀牛皮将他包扎了起来。这样应该万无一失了吧。

马车朝着宋国出发，宋陈两国交接完毕，宋国士兵朝囚车走去，发现囚车摇晃得厉害。有大胆的挑开帘子一看，南宫长万正在拼死挣扎，手脚已经挣破犀牛皮，全部露了出来。

此等猛力，实属罕见！可惜，功夫再好，也怕砍刀，惊恐的宋兵挥刀齐下，大概是被南宫长万的勇力吓坏了，不管不顾地将南宫长万砍成了肉饼才停下疯狂的举动。

宋国的这一起混乱来得快，去得也快，南宫长万七月弑的君，十月逃跑，年底就被砍死了，在慢节奏的春秋，实在不是一段很宽裕的时间。但齐国还是及时抓住了这次机会。

宋国动荡的消息第一时间被送到齐国，管仲马上意识到这是齐国涉足国际事务，树立霸主声威的绝佳切入点。于是，齐国的数十路惩恶罚善大使都接到了新的使命，给各国诸侯送出英雄帖，邀请各位诸侯一起到齐国会盟以平定宋国的动乱。

这是齐桓公继位后的第五个年头。

十有三年春，齐侯、宋人、陈人、蔡人、邾人会于北杏。

（《春秋·庄公十三年》）

公元前681年，在齐国的北杏，齐桓公举办了一次诸侯大会，这是齐桓公作为霸主九合诸侯的第一次。

会议在比较祥和的气氛中召开了，作为东道主，齐桓公做了很多准备（物质上精神上的皆有），与会者也很积极。其中，就有刚上位的宋国国君，想必大家都知道了，就是那位会说话的公子御说，史称宋桓公。

大家熟读《春秋》，可能已经注意到了，孔子先生特地用宋人、陈人、蔡人、邾人来称呼这些与会的大佬们，是因为这个会议有点怪，按鲁国行话来说就是"非礼"。

在这次会议上，诸位国君搞了一次投票，选举齐桓公为伯（音同霸）主，这应该是春秋历史上的第一次。会议的成果是喜人的，会议的流程却是非法的。

自春秋以来，中原各国也搞了多次首脑会议，但这一次，齐桓公正式当选为伯主，这个身份的变化导致了这次会议的性质发生了变化。打个武术界的比方，以前不过是各大门派开武林大会，大家切磋武功，地位还是平等的，这一次，却是武林盟主召开工作会议，主要内容就是盟主发言，大家鼓掌。

这就有点不对头了，因为真正的武林盟主，也就是伯主，不是诸侯选举产生的，而是由周王室指定的，齐桓公搞民主搞到大佬的头上，就太不讲规矩了。

与会的各国国君也跟着瞎起哄，乱投票，孔老师为了替他们隐讳错误，就不点他们的名了，只把首罪齐桓公点了出来。

这些道理各位国君应该是知道的，尤其是刚上任的宋国国君宋桓公，宋国刚在礼上得到了鲁国的口头表扬，不可能不知道这样做属于非法集会，无效选举。但他还是来了。因为这个会议就是为他召开的。

齐桓公打的就是平定宋乱的旗号，宋桓公要不来，国际社会可是不会承认他的合法地位的。而陈侯也不远千里而来，他应该是来领奖的，他刚擒拿了弑君凶手南宫长万，齐国的国际道德基金会大概会颁发给他一个见义勇为之类的称号，发点玉带之类的奖品。而蔡国……蔡国真的是只有蔡人来参的会，蔡国国君现在比较惨，蔡人来参会也是有苦处的，我们后面会介绍。而郕国国君，嗯，他应该就是来领点会议纪念品。

各有所求，但一拍即合，北杏诸侯大会顺利召开，在这次会议上，齐桓公首先对宋国最近发生的动乱表示了关注，对宋闵公的死表示遗憾，强烈谴责犯上作乱的南宫长万。并鼓励宋桓公，不要太过悲伤，应该化悲痛为力量，继承先君遗志，为把宋国建设为中原一流的大国而继续努力。

接下来，齐桓公又大力赞扬了陈侯智擒凶徒的行为，算起来，这是陈国第二次替他国主持正义了。上一回，大家应该还记得，是卫国的公子州吁。

紧接着齐桓公希望大家能够尽自己所能帮助宋国，使宋国尽快恢复和平。最后，齐桓公倡议，大家以后加强合作，在齐国的领导下，为维护国际秩序共同努力。

诸君纷纷起身行礼，齐桓公心满意足地一一回礼，而管仲站在他的身后，总觉得有些不对劲。

会议达成了盟约，齐桓公也正式被推举为伯主，似乎齐国的目的已经达到。但管仲还是意识到了，这次会议仍有很多不足的地方。

中原一些传统强国缺席了，比如郑鲁卫这三个大国就没有参加。

郑国国内郑子婴跟公子突也就是郑厉公两君并立，自己家的事情都搞得一塌糊涂，自然没有心情来平什么宋乱。

卫国人不来就太奇怪了，这些年，卫国一向唯齐国马首是瞻，而且齐桓公说起来还是卫女之子。外甥开武林大会，舅舅竟然不来支持。这是一个值得关注的问题。

而鲁庄公没来参加平宋大会，应该是有原因，一是为了避免上齐国的

《第四章》宋国之乱

当，给齐国称霸抬轿子，另外，他确实也不好参与，上一次平宋乱，他的父亲鲁桓公从宋国搞到的郜鼎，现在还在祖庙里放着，国内的大夫路过时，都要指指点点。这次去，再搞点贿赂品回来，还不被国内道德君子们的唾沫给淹死。

鲁国不参会，对北杏大会来说，是个重大遗憾。做为执礼之国，鲁国要是能够前来主持一下齐桓公的伯主升台仪式那该多好，也能在国际上起个模范带头作用。

宋国乱不乱，陈国有多见义勇为，其实并不是管仲重点关心的，他关心的是郑卫鲁这些国家对齐国称霸是什么态度。这一次北杏会议可谓是该来的一个没来。管仲越来越觉得这次北杏之盟是一个错误。

而齐桓公本人却不这么想。回临淄的一路上，齐桓公兴高采烈，得意扬扬，毕竟在众诸侯面前威风了一把。当年长勺之战留下的阴影可以一扫而光了。

到国都之后，管仲第一时间找到了齐桓公，将这些问题给他分析了一下。齐桓公的笑脸冻结了。过了一会儿，他对管仲说：我们把遂国灭了吧。

在召开北杏之会时，齐国也给遂国发了邀请函。遂国是齐国北面的一个小国，在国际上没有什么影响力，只是因为遂国离会议地点北杏很近，在人家家门口开会，不邀请人家似乎有点说不过去，齐国就顺便给遂国发了一份邀请函。

也不知道遂国是太自卑，还是国君实在很忙，竟然没有来。这就不对了，虽然是小国，但人家陈蔡两国都不远千里而来，你就在会场附近，当天往返的事竟然也不来！

正愁抓不到反面典型，打出齐国称霸的气势，你无故缺席就不能怪齐国下手太狠了。齐国点起兵马，杀进遂国，没费多少大力气就将遂国给灭了。齐国专门派了一支军队进驻遂国，接管了遂国的主权。

这是管仲犯的第二个错误，而这个错误的后果还要四年后才能看出来。

灭遂国之后，管仲发现国际反响并不大，不要说鼓掌，连喝倒彩的也没有。这大概还是因为遂国太小了。

齐国的霸业似乎陷入了一种迷雾的境地，无法说失败，但也看不到真正的方向，管仲苦苦思索其中的原因，而齐桓公似乎胸有成竹。他告诉管仲，灭遂国太简单了，所以效果不佳，我看要成就霸业，还是得先把鲁国制服！

齐国的大军再次出征，据有的史料记载，经过管仲寄兵于民的政策，齐国已经拥有甲士十万人，兵车五千乘。兵力不可谓不雄厚。

大军开拔到边境线上时，齐桓公停了下来。因为鲁庄公派来一个使者，要求跟齐桓公在柯邑单独会盟。

开大会请你来你不来，现在知道求着跟我会盟，果然是不打不成器。

《第五章》

最初的挑战

第五章 最初的挑战

鲁庄公快疯了。

说实话，鲁庄公虽然资质平庸，但延续了鲁国国君厚道稳重的传统，平时基本不惹事，处处讲文明树新风，无奈摊上了齐国这么一个爱挑事的邻居。

从他出生那一天起，他的身上就围绕着有关齐国的风言风语，他本人是从来不信的，直到他的父亲死在了齐国，母亲跟舅舅的奸情曝光。

杀死我父亲的那个人，到底是不是我的生父？

虽然鲁庄公不会在任何人面前提起这个问题，但夜深人静的时候，他总会站在铜镜前，仔细地观看自己的长相，然后回忆舅舅齐襄公的样子。

如果不报仇，自己会被人认为是不孝，如果报仇，万一仇人是自己的生父呢？这种困境实在让人纠结，更不用提他那个不省事的老妈了，天天没事往齐国跑。

等他的舅舅齐襄公死掉后，鲁庄公终于松了一口气，他的母亲文姜也终于定了性，回到鲁国，老老实实当了一名太后。

事情刚刚好转，齐国又冒出一个二不愣登的要称霸的国君，还把鲁庄公当假想敌，把鲁国当副本。这日子实在没法过了。

"寡人被欺负成这样，还不如死了好。"鲁庄公愤然说道。

坐在鲁庄公对面的是曹刿。此时正是庄公十三年的冬天，大概曹刿地里的活忙得差不多了，听说齐国人又来欺负鲁国，曹刿再次出山。

作为鲁国的长者，曹刿对自己的国君似乎有一种父子情结。听到国君被齐国打压得都悲观厌世了，一向冷静的他也不禁义愤填膺。"国君只管前去跟齐侯会盟，你来对付齐侯，齐国的大夫交给我来对付。"

鲁庄公点点头，齐国厉害就厉害在管仲上面，如果曹大夫替我摆平管仲，自己应该还是有把握搞定那位姜小白的。

在鲁庄公跟曹刿朝柯邑出发时，齐桓公也准备上路了，鲁国的使者带来了他期待的消息。鲁庄公表示，只要齐国愿意休兵，鲁国就愿意按照关内诸侯的顺序，服从齐国。换句话说，就是承认北杏会盟形成的文件，承认齐桓公伯主的地位。

能够不动手就达到这样的效果，正是齐桓公所希望的，但要出发时，管仲再一次拦住了他，告诉他柯邑去不得。

"为什么不能去？"齐桓公奇怪地反问。

"国君，你没注意到鲁国使者又提了一个要求吗？"

齐桓公"哦"了一声。原来你说的是这个啊。

在转述鲁国将服从的同时，鲁国的使者还转达了鲁庄公的一个请求，要求齐桓公跟他会盟时不要佩剑。鲁庄公的理由很充分，他表示鲁国是小国，自然不会带兵器来。而如果齐国带了兵器来开会，那我们就不是会盟而变成武装谈判了，这个消息要是传开来，会在国际上造成很不好的影响。最后使者表示，如果齐国非要带兵器，那我们鲁侯就不来了。

听到这个请求时，齐桓公毫不犹豫地答应了。大家都不带兵器，谁怕谁呢？

这个表态暴露了齐桓公还是有一些小白。那时候，又没有金属检测装置，也没有第三方充当会场安保来检查与会者的随身物品，鱼肚子里都能藏刀呢，何况春秋时大家穿的都是宽松大袍。

菜市场卖过菜、战场上当过兵、街道上混过的管仲自然是知道这些的。

齐桓公这次对鲁用兵，管仲本来就不同意，但他也没有想明白齐桓公称霸的真正道路，也不好强行阻拦。大不了再败一次，只要国君还在，可以重头再来。可要是齐桓公被鲁国人在会场上干掉了，还怎么东山再起？

管仲给齐桓公分析了局面，表示就是鲁国真的想跟我们达成和平协议，这个协议也是用武力威胁取得的。以后国际上都知道齐国喜欢以武力压人，这样的结果就是大家都忌恨齐国，小国会玩命，大国会加强防备，到最后，齐国会成为国际公敌。

最后，管仲还重点介绍了曹刿这个人。自从长勺之败后，管仲就对这个鲁国突然冒出来的大夫进行了重点跟踪，他发现这个人不显山不露水，但下手十分狠，这次会盟，让我们不带兵器，他们肯定会带！

齐桓公再一次否决了管仲的建议，胜利果实的诱惑太大了，他奋斗这么多年，就是想打服鲁国，现在鲁国主动要求臣服，就算是刀山火海，也要去闯一闯。

柯邑，冬。

会盟的场地布置完毕。一个用来誓盟的三阶土台搭建了起来，用来宰杀牲畜的土坎也挖好了，牛羊也已备齐，就等两国国君谈妥条件，喝牲血定名分。

管仲紧紧跟在齐桓公的身后，他仔细观察了鲁庄公以及那位喜欢耍狠的曹刿，发现他们的腰间都没有挂剑。难道鲁国人真的是礼仪之邦，不会动刀动枪？

管仲只是一个疏忽，情况就不对了。

国君开始登台祷告，先后的顺序很重要。论年纪，齐桓公年长鲁庄公十年，但鲁庄公的工龄比齐桓公多八年。不过鲁庄公还是表态，齐侯是伯主，地位超然，齐侯先请。

齐桓公也不客气，大大咧咧地朝台上走去，紧接着鲁庄公也上去了。管仲却暗叫一声坏了，因为紧跟着鲁庄公的那位曹刿也三步两步冲上了盟台。

诸侯盟誓，你跑上去干什么？管仲赶紧冲上去。刚到盟台下，管仲不敢动了。鲁庄公从怀中掏出了一把匕首，对着齐桓公："现在鲁国的国境离都城只有五十里了，我同你一起死在这台上算了。"

曹刿同样抽出了一把匕首，紧握剑柄挡在台阶上，大有谁敢上台，鲁庄公就要撕票的感觉："两位国君将改变原来的结盟计划，谁也不准近前！"

据史书记载，齐国这个国家向来凶悍，国内有不少人干劫匪这个很有前途的职业（怯于众斗，勇于持刺，故多劫人者），可谓劫匪的故乡，而鲁国大家都了解，处处仁人君子。可没想到，跑江湖的今天栽在了穷酸书生的手上。

大意了，还是大意了，哪里想到鲁国的君臣两位都藏了短剑，还分工如此明确，动作如此迅速，到了此时，只有任人宰割。

第五章 最初的挑战

管仲连忙招手："贵国国君有什么要求尽管提！"千万不要冲动啊。

曹刿站在中间，怒发冲冠："齐强鲁弱，你们齐国数次侵犯我们鲁国，夺走我们的地，要想我们罢休，除非把地还给我们鲁国。"

管仲松了一口气，只要不是抱着玉石俱焚的决心，要什么都好商量。他连忙朝台上的齐桓公大喊："请君上把土地还给鲁国！"

齐桓公点头如鸡啄米："好，好，没问题！"

得到齐桓公的许诺，曹刿也是一个爽快人，也不要齐桓公发誓签字，自己把匕首往地上一扔，大摇大摆地径直下了台阶，脸不红心不跳地回到群臣当中，还马上跟附近的大夫们寒暄起来，仿佛刚才啥都没发生。

而鲁庄公也把匕首一扔，招呼齐桓公："来，就我们刚才谈好的条件结盟吧。"

齐桓公在台上气得发抖，本想当老大来了，结果被人绑了票，还当着这么多人的面，实在没面子。

刚才你们有管制刀具，我权且答应你们，现在你们都是赤手空拳，我还怕你们？齐桓公理都没理鲁庄公，准备下台先收拾了敢威胁他的曹刿。虽然刚许下的诺言还热乎，但他这样做，倒不算违约，国际公法也支持他。因为在国际上，有个重要的原则叫要盟可犯。

凡是通过威胁达成的盟约都可以不去遵守，而曹刿以臣子的身份劫持君王，这属于严重的暴力犯罪，搞不好是要五马分尸的。

这个应该比较好理解，比如说，一个人跑到大街上，用刀劫持一个人，威胁他开了一张五百万的支票。第二天，这位仁兄真跑到银行去兑现，只怕手还没数上钱就要被铐起来。

在气冲冲步下台阶时，满面怒色的齐桓公被管仲拦住了。

在听到曹刿开出的条件后，管仲突然意识到这对齐国来说，不是一种危难，而是一个机遇，一个让齐国取信于诸侯的机遇。

管仲将齐桓公拉到一边，告诉他你现在去杀了曹刿，痛快是痛快了，但从此弃信于诸侯，也失掉了天下诸侯的支援，不如干脆把那些地还给鲁国。

在很多年以前，管仲与召忽、鲍叔牙论齐国诸公子时，管仲就看出来了，公子小白也就是眼前的齐侯有着这样那样的不足，但真碰到大事，还是比较听劝的。

想了一会儿，齐桓公的怒气降了下去，同意了管仲的提议。作为一名受害人，能够转变思维，被释后还如数支付赎金，这实在是一位不可多得的模范肉票。

齐桓公与鲁庄公交割土地，本来的收小弟仪式变成了丧权辱国的割地仪式，这看上去是吃了一个大亏，但回去没多久，齐桓公就从他的使者那里收到了正面的回应。

各国元首对齐桓公遵诺守信的行为给予了高度评价，纷纷称赞齐侯的君子之风，认为齐国不愧为诸侯选举出来的伯主（就是宋陈蔡邾四位选民投的票）。

齐国在北杏发了一大笔会务费都不达到的效果，竟然在齐鲁两国的柯之盟上达到了。究其原因，是因为有的东西仅靠武力是得不到的，诚信往往比武力更有力量。

鲁国人作为绑架国，对齐桓公也是推崇备至，他们认为齐桓公的信义传遍天下，就是从这次柯之盟开始的。

但管仲并没有因此沉醉在这样的胜利当中，他已经意识到北杏之盟是

第五章　最初的挑战

一个错误的开始，虽然利用柯之盟扭转了一些小小的局面，但并不足以弥补所有的错误。

这个判断很快得到了证实。在这一年的年底，北杏之盟的重要参与国宋国就撕毁协议，宣布不再奉齐侯为伯主。

宋桓公发现自己被涮了一把。

当初，宋桓公初即位，国内局势不稳，他对国际形势也缺乏研判。齐国让他开会，他就去了。可等回来之后，他越琢磨越不对劲。

齐国凭什么打着以平宋乱的旗号开大会啊！要知道，对于这样的旗号，宋国可是有着深刻记忆的。上一回宋华督之乱，就是齐国的僖公主会，郑国附会，鲁卫等国参会，搞了一次以平宋乱。在那次，宋国被各国狠狠敲了一笔竹杠。

上一次，自己国内大夫内斗，国君被弑，新任国君宋庄公还是从郑国回去的，自己不争气，被人敲诈勒索也就认了。这一次宋国虽然也是大乱，但宋国人自力更生，没有依靠外国的军事力量，还是靠着宋国大夫萧叔的英明决断，以及公子御说的超高声望自己解决了。

我们自己就解决了，关你们齐国什么事，竟然让你打着帮助宋国的旗号登上了伯主的高位？要真承认了，自己不就跟华父督是一样的了？

想明白后，宋桓公宣布不再遵守北杏之盟形成的协议。

收到消息后，齐桓公并没有像以前那样着急上火，而是主动请来管仲商量。可出乎他的意料，一向不主张用兵的管仲这一次竟然建议他对宋国用兵，而且还不要小打小闹，最好搞一个英雄大会，召集各路诸侯一起讨伐宋国。借口嘛，就以背盟的名义吧。

产生这样的转变是有原因的,管仲虽然不是一个军事狂人,但他也深知,要成就霸业,单单靠展示诚信与礼仪是不成的,还需要展现强有力的军事实力。齐国上回大战还是长勺之战的大败,在国际上还没有打出威风,这也造成了北杏大会开得不那么成功,许多大国都没重视起来,不来参会。

齐国要想称霸,就急需一场大战来树立威信,而大战的对象很关键。

鲁国,就不是一个好的对象。鲁国这个国家,虽然军事实力不是很强,但毕竟是执礼之国,在国际上声望很高,甚至有些国家把鲁国当作精神领袖来对待,鲁国最近也没有犯什么错,平白无故去进攻鲁国,自然会对自己的国际声誉有损。这也是管仲前面数次不赞同攻打鲁国的原因。

但宋国就不同了。大家可能知道,宋国这个国家自殷商之后,在以周为天下的中原大家族里,算是一个外来户,而且宋国这个国家喜欢闹事,在国际上也没有什么真正的朋友。实力呢,又不高不低。拿他开刀,国际上不会有什么抗议声,说不定还会有人拍掌叫好。

现在,宋国又先背叛北杏大会,属于不守信诺。而且北杏大会是齐桓公召开的第一次会议,这个会议的落实情况将为齐国霸业定下基调,如果一开始就有背盟不纠的情况,以后大家就不会把齐桓公开的大会当回事。

算来算去,宋国必须要打!

十有四年春,齐人、陈人、曹人伐宋。(《春秋·庄公十四年》)

公元前680年,齐陈曹三国大军联合进攻宋国。这一次,是一次大夫级的军事行动,各国国君并没有亲自参加,只是派出了大夫。值得注意的是，去年刚帮宋国平定叛乱的曹人竟然又站到了齐的阵营，参与攻宋的军事行动。这大概只能认为曹国是收钱办事而已。

这样的组合显然是雷声大，雨点小。比起当年齐僖公组织齐鲁郑三大军事强国进攻宋国，级别要弱了不少。但管仲却信心十足，告诉齐桓公不要着急，可以坐等佳音。

事情朝着管仲判定的方向发展，到了夏天的时候，一直顽抗的宋国突然举手投诚。这是宋国在齐桓公时期第一次也是最后一次对抗齐国。自此战之后，宋桓公成了齐桓公最坚定最亲密的战友，哪里有齐桓公战斗的身影，哪里就有宋桓公鞍前马后的身影。出现这样重大的转变，除上面分析的原因，宋国理亏在先，实力不济，没有国际声援之外，还有一个意外的因素。

在攻宋的三路联军里突然出现了一支对于中原战场来说十分陌生的军队。周王室卿士单伯率领天子之军参与到攻宋的阵营里。这支大军是管仲请来的。在春天围攻宋国之后，管仲就跟周王室进行了接触，请求周王室派兵参战。

这些年，周王室跟齐国的关系还是不错的，当年齐僖公在的时候，就主动朝见天子，齐襄公也娶了周王室的公主。而在三年前，齐桓公经鲁庄公做媒，也娶了周王室的公主。

对于这个邀请，大概可以用受宠若惊来形容周王室的反应。自从平王东迁以来，周王室的声望只能用王小二过年，一年不如一年来形容。史书上，周王室拉下脸皮，四处跟诸侯国要钱要物的记录也越来越多。

现在，竟然有人还记得周王室，竟然还请周王室参战。原来自己并没有完全被忘记啊。

顺便介绍一下，现任的周王是周僖王，是进入春秋之后的第四位周王，周桓王的孙子。他去年才继承王位，上岗才一年，就碰上这样的好事，周僖王没有放过这次展现天子风采的机会，积极派出大夫参战。

周王的参战人员不多，但有的时候，人数并不重要，战斗积极不积极也不重要，重要的是出席。虽然周室衰败，但王旗依然有它独特的力量。

顽强的宋桓公放弃了继续抵抗，他毕竟是一个知礼的国君，知道王旗意味着什么。前些年，郑国能够率先称霸，就是打着周王上卿的旗号，非法盗用周桓王的名义四处用兵，齐僖公也频频利用齐国征伐之国的身份。但他们都比不了周天子的兵马亲临。

借用周天子的力量，管仲轻松就摆平了宋桓公发出的第一次挑战，至此，他也终于找到了齐国称霸的第一块思想拼图：要称霸，必须要奉王之令。

这一年的冬天，在卫国的鄄地，齐桓公再一次就宋国的事情搞了一次诸侯会盟。在这次会议上，齐桓公热烈赞扬了周天子不辞辛劳，为平定宋国动乱所做出的努力与贡献，并宣布，这一次宋国的事情能够得到圆满解决，完全是周天子的功劳，普天之下，依然是周天子最伟大。

这一次大会，不是齐国的伯主之会，而是天子的诸侯大会。齐桓公只是充当了周僖王的会务，可取得的效果却比北杏之盟好得多。不但周天子派员参加，而且卫侯也百忙之中抽空参加。鲁庄公虽然没有来，但有柯之盟做铺垫，大家只会认为鲁国小气，不会责怪齐国以势压人。而且鲁庄公越不参加，对鲁国越不利，毕竟参加诸侯大会也是一种身份与地位的象征。当今世界大国元首无不以出席多边元首会议为一种荣耀及展开多边外交的最佳途径。鲁国不来，只能让自己被国际社会排挤。

让齐桓公格外惊喜的是，这些年跟齐国一直对着干的郑国国君也来参了会。这位国君不是郑子婴，却是原本占据着栎邑的郑厉公。而齐桓公并

《第五章》 最初的挑战

没有意识到，郑厉公将成为继宋桓公之后第二个向他挑战的人。

在齐国攻打宋国时，郑厉公倾情演绎了《我还会回来的》第二季。

六年以前，在郑国国都新郑发生了一件奇怪的事情。打南门外来了一条蛇，打南门里也来了一条蛇，南门外的蛇想进城，南门里的蛇想出城。狭路相逢分外眼红，两条蛇互不相让，就在城门相斗起来，结果，乡下蛇完胜城里蛇，打死城里蛇后，乡下蛇溜进了城。

这个奇怪的现象被鲁国人捕捉到了。鲁庄公听到这个消息，特地问自己国内的大夫，这不是有什么征兆吧？鲁国大夫就此事高谈阔论了一番，无非是礼义正气之类的东西，这种邪门歪道，不用理它。

鲁庄公点点头称是，接受了这个看法。但并不是所有人都有鲁国大夫们那样的唯物主义精神。内蛇死，外蛇入，在迷信者看来，这是一个明显的预兆。而且据考证，春秋各国喜欢用动物来暗喻人，比如楚国喜欢用凤鸟之类的来喻人，晋人喜欢用龙，而郑国就是喜欢用蛇。

这个带有强烈政治暗喻的事件被居住在栎邑的郑厉公领会到了，这位姬寤生的二儿子、夺位不成的反叛者已经在外地流浪了十多年，他无时无刻不盼望着杀回新郑，而南门的两蛇相争或者就是为新郑百姓上演的一场动物杂耍，为的就是给自己还乡铺路。

又过了四年，郑厉公再次收到一个好消息，他的死对头祭仲去世了。

祭仲大概就是那条内蛇吧，现在他都去世了，还有什么能够阻挡我对新郑的向往？

郑厉公率领兵马出栎邑，搞了一次突然袭击，虽然没能攻破新郑，但俘获了一位新郑的大夫傅瑕。

在这件事情上，我们可以看出当年郑厉公跟宋国人劫持祭仲的影子，这么多年过去了，招数还是那些招数，效果还是那个效果。而这位傅瑕比祭仲更配合，主动提出只要放了他，就愿意替郑厉公夺回君位。

搞劫持，郑厉公是有经验的，想了一下，他同意了这个建议，跟傅瑕订立了盟誓，然后放了傅瑕。这位傅瑕逃回来后，也没有食言，找到一个机会，杀死了新郑的国君郑子婴，将郑厉公迎回了新郑。

站在新郑的街头，郑厉公感慨良多，他已经久违这座城市整整十七年。十七年间，他从一个血气方刚的少年变成了一个饱经沧桑的中年大叔。郑国也从一个中原霸主国变成了二流配角，不但无法左右他国的局势，就是本国的事务还需要仰他人鼻息。

从头再来吧，或许，这个世界还有郑国的一席之地！

听说齐桓公开英雄大会，郑厉公主动跑来参会。郑厉公的想法简单不单纯，无非就是借此机会让各诸侯承认自己郑国国君的地位。

齐桓公要在国际上形成更大的影响力，郑厉公要稳定国内的形势。两位各取所需，公平公正。齐桓公也乐开了花，特地跟郑厉公打招呼，希望大家以后齐心协力，维护周王的权威。当然，这个工作，主要是要在齐国的领导下进行的。

另一个隐患就此埋下。

第二年的春天，考虑到去年冬天在鄄地的会盟主要是为周王室友情出演，齐桓公决定再把这些演员召集起来，上演鄄地会盟第二季。各位演员还是很给力的，宋桓公、陈宣公、卫惠公以及郑厉公全部出席。

在这一年的夏天，春秋著名社交名媛文姜女士又跑到了齐国。鲁国史官对此很不满意，认为妇人出嫁了，如果父母在，左手一只鸭右手一只鸡地回去看看老爸老妈是合礼的，称为归宁。父母都不在了，就不要随便回去了，派个卿士代表一下就可以了。文姜女士这次回娘家，自然又被鲁国人毫不客气地划归为非礼行为。

我必须为文姜说一句公道话，虽然文女士早年因为年轻不成熟，做过一些错事，但人家已经迷途知返了，相好的也已经死了，她去齐国不过是为了贺一下兄弟齐桓公的始霸。你们国君不知道抓住机会，参与鄄地会盟，久而久之，就要被边缘化了。人家一个妇道人家尚且知道积极参与国际事务，你们不支持就算了，怎么可以妄加评论呢？

鲁国虽然没来参加鄄地会盟，但文姜女士作为鲁庄公的妈妈，鲁国的国母，亲自来祝贺齐桓公，也等于鲁国认同了齐桓公的霸主地位。严苛的史学家们终于肯认定这次会议是齐桓公霸业上的一个里程碑：齐侯始霸。

对于霸业，齐桓公已经上路。但仅仅是上路而已，说成功还太早。

到了这一年的秋天，又发生了一件说大不大说小不小的事情。

秋，宋人、齐人、邾人伐郳。（《左传·庄公十五年》）

孔子先生把宋放到前面，说明这次军事行动是宋国主导的，齐国跟邾国只是助个拳。至于起兵原因则不祥，大概在南宫长万之乱中，郳国有什么做得不对的地方，不然，以宋桓公的性子是断然不会贸然进攻他国的，管仲也不会同意齐桓公带兵去凑热闹。

两个大国带一个小弟邾国，教训一下一个更微不足道的小弟郳国，这本来是一件很小的事情，三国元首都没有亲自参与。一场看似不足道的小战却依然出了问题。趁着宋国进攻郳国，郑厉公突然率领大军袭击了宋国。

这其中的原因更令人费解了。打的是郳国，跟你郑国有什么关系？况且，去年冬天跟这一年的春天，咱们大家都在一起开过会，喝过酒，烧过香，发过誓，要互相尊重，不相攻伐。盟约的火灰还在，你郑国就攻打起宋国来了？

很多人认为郑厉公是江湖好汉，看着两大一小欺负一小，忍不住路见不平一声吼。

这个推测不无道理，但更主要的原因，还得从郑厉公身上找。

郑厉公是一个意气风发、骄傲自诩的人。

回到新郑后，郑厉公干的第一件事情就是把带路党傅瑕给斩杀了。

傅瑕虽然对郑厉公有功，但在他看来，这个人待奉国君三心二意，为了自己活命，就可以出卖国君，今天卖的是郑子婴，明天就会卖他郑厉公。

该杀的人杀了，就是死人，郑厉公也不准备放过，他又把祭仲、高渠弥揪出来批判了一通。当年，他跟自己的表哥雍纠准备刺杀祭仲，结果雍纠壮志不酬身先死，郑厉公也没忘记替他报仇，揪出相关人员治罪。

除此之外，还有一个人要对付。这个人叫原繁，是郑国的老资格大夫，祭仲为郑国上卿，原繁是下大夫。对于这位原繁，郑厉公是有怨言的，当年他在父亲的手下征战，跟这位原繁也算得上忘年战友，可等他落难在外，整整十七年，这位原繁从来没有派人前来慰问，更不用说提供什么帮助了。

杀了傅瑕，郑厉公专门给原繁带了一个口信。

"傅瑕有二心，我已经按照周朝的刑法处置他了。当初我在栎邑的时候，答应帮助我们回国的人我都给他们上大夫的职务，我很想跟伯父您商量这些事。但遗憾啊，寡人出逃在外的时候，您也不跟我通个信，现在寡人我回来了，您也不来见我。"

现在我又回来了，我该怎么对您呢？难道您真的要等我动手？

原繁听出了这后面的意思，他给郑厉公回了信，表示自己只知道一心奉国，国家已经有君王，自己不会与逃亡的人私通。说完，原繁找了根丝巾悬梁自尽。

这么多年过去了，郑厉公依然是那个骄傲的郑厉公，可骄傲之外，他已经学会了他父亲的阴沉与隐忍。在参与两次鄄地之会时，郑厉公满面笑脸，恭维齐桓公，祝贺齐国，但要是你认为郑厉公甘当小弟那就大错特错了。

在春秋这个充满变化的时代，小到每一个人，中到每个家族，大到每个诸侯国，甚至每个联盟体，都处在竞争的环境中。在这样的背景下，每个国家都会有自己的诉求。像周王室，希冀的是重振雄心；像齐国这样的大国，图谋的是霸业；像鲁国这样的礼仪之国，想的是固守传统，传承礼仪；像宋国这样的殷商之后，可能还想着复兴；而像卫国这样曾经强盛现在弱小的国家，也无时不希望积蓄力量，恢复国力。其他的小国，或许不会有称霸之心，但无一不希望能够立足在强国之林，至少不要被吞并，总的来说，是大国图霸，小国图强，弱国图存的时代。

像郑国这样曾经强盛过的大国，当然是希望能够重回大国的行列，就算成不了霸主，也要成为能够对国际事务有足够影响力的强国。

这对郑国来说，不是一个轻松的任务。郑国国土面积不大，又强国环伺，当年郑庄公姬寤生也只是趁着大家观念没跟上，率先抢跑，才成为霸主三巨头之一。现在，真正的大国已经苏醒，底蕴深厚的国家，比如眼下正红火的齐国，以及在黄河之北默默发展的晋国，已经凭借雄厚的国力，越发显出高人一等的竞争力。身为二等实力的郑国，想要再现辉煌，这简直是一个不可能完成的任务。

话虽如此，但在实力之上，还有一种更重要的东西，就是意志。国家意志，领袖意志！郑厉公恰巧就是那种意志力超强，绝不接受屈服的人。

当年老子大打四方，所向无敌，郑国在中原称霸的时候，你齐桓公还是小白呢。现在就敢在老夫面前称大哥，不给你一点厉害瞧瞧，你还以为中原是随便可以玩的。

趁着宋齐邾联手攻打郳国，郑厉公出其不意，进攻宋国，一来报复当年宋国敲诈郑国，搞得他君位不稳，二来也是提醒一下大家，我郑厉公不点头，谁也当不上霸主。

对于这样惹是生非的，齐桓公也不准备客套。第二年的夏天，鄄地之盟的成员国宋国、齐国、卫国联合进攻会盟的背叛国郑国。虽然是三英战郑国，但郑厉公显然比吕布先生还要猛，是以少打多这个领域的奇才，三国联军攻打了数月，都没取得什么像样的成绩。

看来，马马虎虎打打是不能收服郑国了。齐桓公准备整合资源，加大投入，一定要将郑国拿下。正在此时，齐桓公突然接到郑国的示好。

郑厉公愿意回到谈判桌前，与齐国重新签订盟约。

让一向高傲的郑厉公低下头的是南方的楚国人。

> 郑伯自栎入，缓告于楚。秋，楚伐郑，及栎，为不礼故也。
> （《左传·庄公十六年》）

楚国的荆尸阵终于杀到了中原腹地！

第六章

新的楚王

第六章 新的楚王

公元前689年，楚文王第一次登上历史的舞台。因为他的父亲，楚武王熊通本着从大局出发，一直主动延长退休年龄，在国君这个光荣的岗位上一干就是五十一年。等楚文王上台时，已经是人到中年。

混到这个年纪，再讲什么适应新岗位，磨合磨合，厚积薄发似乎有点不合适了。刚登上国君之位，这位楚文王就甩开膀子，搞起了大工程。

这一年，楚国将国都从丹阳搬到了郢（今湖北省江陵县）。

这个地方相比以前的丹阳，地势较高，农业发达，更重要的是，有一条直通中原的大道，十分利于战车通过。如果说，以前的丹阳旁边不过是有一两条省级的盘山公路，现在郢的旁边就是一条开往中原的高速公路。

当然，这条高速公路还没有实现全免费通行，一路上，坐落着不少让人厌恶的收费站。这些收费站当中资格最老、收费最贵的就是申国。

说起来，这座收费站的收费历史已经很长了，它是一百年前，由周宣王主持修建的，而且收费目标就是楚国。

周宣王即位之初，楚国人又趁着中原大乱，频频对中原玩点小花招，结果惹怒了周宣王。后果是很严重的，这位周宣王号称周朝中兴之主，脾气不好，能力很强，很快组织军队南下，大败楚军，抓了大量俘虏，诗经里《小雅·采芑》专门描写了这一战争场面。

> 蠢尔蛮荆，大邦为仇。方叔元老，克壮其犹。方叔率止，执讯获丑。戎车啴啴，啴啴焞焞，如霆如雷。显允方叔，征伐玁狁，蛮荆来威。

用词比较直接，我就暂不翻译了。

收拾完楚国后，周宣王还是觉得不放心，怕楚王逮住机会卷土重来，就特地把自己的舅舅申伯迁到谢邑，建立了南申国，大概位于今天的南阳位置，是中原的南大门。申国在早期也是一个强大的国家，郑国国母武姜女士就是申国国君的女儿。

这么多年过去了，周王室自顾不暇，也没办法帮着舅舅国搞经济促发展，混到春秋，申国已经彻底沦为一个小国。

但国虽小，丢在地上也扎脚，申国好坏还是起到了收费站的作用，一直防范着楚国的北上。现在，楚文王已经把国都搬到了高速路上，是时候拆掉申国这个收费站了。

第二年，楚文王兵发申国。而在抵达申国之前，他还必须要经过邓国。

借道打仗算是国际惯例，邓国的同志大方得多，不但答应借道，还盛情邀请楚文王顺便到邓国访问，并设了丰富的晚宴招待楚文王。

其原因很简单，楚文王的母亲邓曼就是邓侯的姐姐，也就是说，邓侯是楚文王的亲舅舅，外甥借个路当然不成问题，留下来吃顿饭更是必须的。

楚文王欣然前往，至于这位楚文王是不是奔着饭去的就不知道了，但

第六章 新的楚王

从"文"这个高档大气上档次的谥号，大家应该知道楚王这个人不是吃货，去赴舅舅的宴，大概也是想考察一下邓国的情况。毕竟邓国也算是中原高速路上的一个收费站，要是情况合适，就干脆一起清台算了。

这个意图被邓国的大夫察觉到了，还不是一个人发现，是三个人同时发现了。说明楚国这些年四处搞兼并，各国都对它很警惕。

这三个人分别是骓甥、聃甥和养甥，三位名甥的大夫一致认为楚外甥就是一个坑舅舅的主。他们听说楚文王竟然敢来赴宴，连忙找到国君，请示是不是马上就将楚子拿下。

听到三位的请求，邓侯莫名惊讶，我请外甥吃个饭而已，干吗动刀子呢？看来邓侯还束缚在亲情里。

三位耐心给邓侯做工作，表示将来灭亡邓国的一定就是你的外甥，今天你不干掉他，以后他就会干掉你。现在就是斩草除根的最佳机会。

邓侯一脸惊讶，对着自己的三位大夫大吼道："胡说，这样干，以后我祭祀祖先剩下的东西都没有人敢吃了。"

三位面面相觑，终于有人大胆说了出来："如果不听我们的，邓国就要亡了，到时候连祭祖先都不可能，您哪里还有什么剩菜剩饭给人吃！"

邓侯满面怒色，严词警告他们不要乱来，出了事情唯你们是问。

于是，邓侯与楚文王的这次舅甥酒会在愉快的气氛中召开了。邓侯先是询问了自己家姐的健康情况，然后又对外甥的大气魄表示了由衷的赞许，并热烈祝贺他旗开得胜。

这次，算是我的壮行酒，得胜过来，我还要摆酒为你庆功。

楚文王举杯相谢。

宴会结束后，楚文王带着舅舅的祝福以及他要的信息回到了军营，第二天，大军开拔，经邓国，直扑申国。

这是一次充满冒险的出击，因为申国距离楚国有四百里，中间还隔着邓国。要是邓侯不是一个仁厚的人，只怕楚文王就要出师未捷身先死。

楚文王为了进军中原，完成父亲楚武王"以观中国之政"的梦想，做出了一次赌博，他赌对了。

申国被攻打时，中原正陷在群龙无首的境地中，郑国正在搞一国两君，齐国襄公忙着跟妹子约会，鲁国人在追国母文姜的头条新闻。周王室……不提也罢。于是，没有人记得申国其实是先人安排给中原守南天门，防止南霸天侵扰的。也就没有人为了中原利益来拉申国一把，申国连申诉的机会都没有，就被楚文王灭了。

回军的路上，楚文王没有去喝舅舅邓侯的庆功酒，而是直接进攻了邓国。

这个先借道后拆桥的故事在三十三年后又被晋献公用了一次，那个故事一般人都知道，叫"假虞灭虢"。这个假虞灭虢的山寨攻略的知名度竟然超过了原版的假邓灭申。说明要想闹大动静，还是得去中原。

楚文王很快攻陷了邓国，但他并没有灭掉邓国，只是将邓国打残了。残到什么程度？大概就是楚文王以后从这条道过，邓国只有迎接往送的分。

至于为什么不直接灭掉邓国，这应该不是为了替广大读者朋友留个悬念，而是因为邓侯毕竟是楚文王的舅舅。娘亲还在世，要是把舅舅活捉了回去，怎么跟老娘汇报工作？难道说，娘，你以后没有娘家了？

过了数年，大概楚文王的母亲去世了，楚文王也没必要留着邓国，派兵直接灭掉了邓国。

至此，通往中原的大路上再没有什么收费站恶意收费。接下来，该是楚文王大展拳脚的时候。但接下来四年，楚国都没有大的举动，出现这样

第六章 新的楚王

的情况，只能从楚文王这个人身上找原因了。

楚文王，芈姓，熊氏，名赀，是楚武王精心培育的接班人。

大概是为了避免屈瑕的悲剧再次上演，楚武王狠抓教育，专门从申国请了一个洋家教保申来教育儿子。教育的成果是突出，保申老师也没有私心，把楚文王培育得登位第二年就灭了保老师的故乡申国。

保老师大概是松了一口气，总算对得起死去的楚武王跟这些年的工资，但没想到的是，楚文王也松了一口气。

继位之初，楚文王憋着一股干劲，接连干了迁都、灭申、制邓三大工程。照这个速度，再过些年，只怕就要到洛邑喝酒。但治国是一场漫长的马拉松比赛，人又不可能时时处于冲刺状态。搞完这三件大事，楚文王准备休息一下。

这个大家也能理解吧，在楚国当太子很辛苦，当国君压力更大。楚文王人到中年，有奋斗的压力，也有解压的需要。

于是，楚文王决定休一个假，这个假期比较长，娱乐项目也比较多，据记载，他搞到了茹邑的优良猎犬，又划拉来宛邑制作的利箭。这两件东西都是狩猎的必备良品。楚文王拿着这两件宝贝到云梦泽去打猎，一去就是三个月，颇有乐不思都的意思，而且他还纳了一个宠姬。

这些情况，楚国的大夫们都是了解的，一开始，他们也没有采取措施，毕竟楚文王干的这些事，是够他老人家吃两年老本。可过了四年，还躺在功劳薄上过日子就太不好了。

眼见春宵苦短日高起，从此君王不早朝的情况还没有终止的迹象，保申老师终于坐不住，他找到楚文王，表示先王让我做你的师傅，占卜吉凶，我今天算了一卦，卦象显示大王有罪，现在请国君趴下，我要打你的屁股。说完，保老师从身后拿出一捆荆条来。看来不是说着玩的。

保老师啊，你的教育是不是太简单粗暴了啊，咱们早就不兴体罚这一套了。楚文王也傻眼了，这阵势，他应该不是第一次见，以前就享受过这样的待遇，但今日毕竟不同往日了啊。

"寡人现在不是小孩了，已经位列诸侯，寡人要是有罪，您说我改，体罚就请师傅免了吧。"

想这样混过去是不现实的。"臣受命于先王，不敢违抗，大王要是不肯受罚，那就是违先王之命。臣宁可开罪于大王，也不敢开罪于先王。"保申表情严肃，不容反驳。

看到老师把死去的爹都搬出来了，这顿揍是跑不掉了。楚文王老老实实地趴下来，等待大刑伺候。据史书记载，保老师的这根教鞭比我当年班主任那根粗多了，是由五十根细荆条扎起来的一根大棒，打下去必须打得楚文王下半身不遂，无法早朝。

保申恭敬地跪下去，然后举起荆条，啪的一声，打完了。楚王请起。

听到保申的调度，楚文王站了起来，拍了拍衣服，喜开颜笑。原来保老师的荆条举得很高，落下来却很轻，只是在楚文王的屁股上碰了一下。

早说嘛，差点吓得失禁。

楚文王还挺高兴，他说道："师傅，这么轻，打跟没打不一个样嘛。"

这一笑，又犯错误了。保老师拉长了脸："臣听说君子以受笞为辱，小人才以受笞为痛。现在大王被打了，不感到耻辱，反而说不痛，那我打这一顿有什么用处呢？"

说完这一句，保申就往外面跑，准备投江自尽。这一哭二闹三跳河的将楚文王吓出一身冷汗，赶紧追上去拉回了师傅，不然，这一死，领先屈原数百年。

《第六章》 新的楚王

楚文王恭顺地将师傅保申请回来，做了深刻的检讨，表示自己已经认识到了错误，马上改进，师傅就不要跳江了。

楚文王说到做到，回头就将猎犬杀死，又折掉了那些利箭，最后还休掉了那位宠姬。

楚文王终于回到了正道上，可见我们这位楚文王虽然工作起来很卖力，干劲十足，但意志不坚定，容易掉链子，幸亏他父亲给他留了一大帮敢死队型的大夫，能够及时把他从歧路上拉回来。

后来的儒士谈起这件事情，倒不全是表扬保申的，认为这是楚国失掉荆罚的象征，君王是管臣的，哪能被臣打呢？当年周公辅助周成王时，什么时候听说他老人家打过成王的屁股？就算成王犯了错，周公也就是打自己儿子伯禽的屁股充数。

对于这个，我只说三点：一、楚国强就强在敢于打老板的屁股。二、伯禽同学好可怜。三、体罚学生要不得。

迷途知返的楚文王重新打起精神，继承先王遗志，进军中原。中原局势错综复杂，实力都很强劲，绝非江汉平原这些小国可比。要挑选合适的对手实在不容易。但这个问题也没有难倒楚文王。

中原人竟然主动邀请楚国来"观中国之政"。

借邓伐申的四年后，楚文王接到一个盛情邀请："请您来揍我！"

这个明显带有自虐倾向的要求是息国国君提出来的。这不是息国第一次在春秋中露面了，当年郑庄公姬寤生如日中天的时候，这个息国竟然主动朝郑国发起了攻击，结果可想而知，被姬寤生打得大败而归。左丘明先生当年就批评过息国的不自量力。

这一次，息国国君又主动惹上了楚国，这应该不是大脑再次短路了。

息侯提出这个令人瞠目结舌的要求说到底不过是冲冠一怒为红颜。

息侯的新婚老婆被人调戏了！

前不久，息侯从陈国娶了一个老婆，史称息妫（guī）。这位息妫在经过蔡国时，被蔡国的国君姬献舞留了下来，要请她吃饭。

从礼上来说，这顿饭本不该吃，但息妫还是去吃了，因为姬献舞是她的姐夫，她的姐姐嫁的就是这位蔡侯。

《左传》如下记录蔡侯请息妫吃饭时的理由——蔡侯曰："吾姨也。"

姐夫请小姨子吃饭，天经地义。但吃饭时，姬献舞搞了诸如摸手扯衣袖的小动作，大有姐夫调戏小姨子也是天经地义的意思。

也不能全怪姬献舞先生不讲究，实在是这位息妫太漂亮，如果春秋有个美女排行榜，她应该是继孔父嘉的妻子，以及宣姜之后的春秋第三大美女。后人传言她艳如桃花，遂名桃花夫人。

数天后，望眼欲穿的息侯终于见到了自己的新娘子，跟传说中的一样漂亮，同时，他也听妻子哭诉了在蔡国受到的无礼待遇。

老婆自己都没见上一面，就被连襟姬献舞截了和，这口气怎么咽得下去？但要真的去攻打蔡国，为老婆讨个公道，息侯又有点偃旗息鼓的意思。

息国当年敢单挑郑国，虽然有点搞不清自己几斤几两，但毕竟还是有点军事实力的，而蔡国也不是什么大国。但有个麻烦的地方，蔡国的朋友多，蔡国靠着这些年持续不断地打酱油积累下来的人品，只怕一开战，真有不少老大哥愿意罩着它。比如齐鲁这些大国都跟蔡国保持过良好的关系。

蔡国不可怕，可怕的是蔡国后面的关系，想来想去，也只有请帮手了。而放眼天下，敢跟中原大国叫板的大概只有楚国。

第六章 新的楚王

于是，息侯给楚文王送了那封初看吓人一跳的求打信，息侯表示，楚国可以来进攻我，我就向蔡国求救，到时你就可以顺理成章地攻打蔡国，一定能够大获成功。

正找不到门路向中原进军，这下有人甘于牺牲自己，充当带路党。楚文王没有犹豫，刚被师傅打了屁股，正好拿蔡国开刀当交作业。

公元前684年，楚军进攻息国，息侯依计向蔡国送去了求救信。接信后，姬献舞亲自率兵来救苦救难。想来，姬献舞先生大概想着要是打赢了楚军，少不得息侯要请自己吃饭，一吃饭就又可以看到桃花小姨子了。

这说明，色真的令智昏。

刚来到息国，蔡国就进入了楚军的包围圈，姬献舞奋力杀出重围，直奔息国的都城。为色鬼进出的城门紧闭着。姬献舞搞不清楚为什么自己兴兵来救息国，息国却不按说好的时间、地点来接应，现在又不肯放他进城。但他已经没有时间去考虑这些了，因为楚军已经追上来了。

姬献舞只好再次脚底抹油，掉头就走。基本上，逃脱的可能性还是很大的，因为在春秋时，大家还是比较注意保持君子作风的，一般不赶尽杀绝，更不会刻意活捉对方的国君。毕竟抓回去，杀了会引起国际社会的共愤，不杀，这么个大活人，要吃要喝还要防逃跑，实在不是什么划算的买卖。但这伙南方来的荆蛮子显然不懂中原行规，竟然紧追不放，一直追到莘野这个地方，将姬献舞给活捉了。

第二天，姬献舞明白了自己失败的原因。息侯拿着酒肉前来犒劳他口中的侵略者楚军。

这个事情说起来是姬献舞非礼小姨子在先，但息侯设计陷害前来救援自己的盟友国也并不光彩，而且还破坏了春秋的传统。以前大家都是有难必救，自此之后，哪国要再想搬救兵，就得先派一个世子（至少是公子）过去当人质。

想来，春秋前的我们，还是保有一份互信的，随着我们越来越聪明，这些信任逐渐烟消云散。

楚文王大败蔡军，还活捉了蔡国国君，这个成绩是辉煌的，辉煌到孔子先生都不能忽略他们了。自进入春秋以来，楚国虽然在江汉平原搞得热火朝天，但孔子先生没有浪费一点笔墨在楚国身上。颇有些任你闹翻天，不过是第三世界小波澜的意思。但这一次，孔子先生郑重记录下这件事。

> 秋九月，荆败蔡师于莘，以蔡侯献舞归。（《春秋·庄公十年》）

大家应该知道孔老师又调皮了，明明人家是楚王，孔老师偏偏以"荆"来称呼人家。

在孔老师的称呼里，是有着严密的道德等级划分的。具体来说，以爵位来称呼是最正规最高级的，接下来，就是称人的字，再往下，就是称人的名，降一级，就称他的氏。如果叫人家老张，在春秋时就不太礼貌。比称氏还差的是称他的国。但称国还不是最差的，最差的是称州。

荆就是一个州名，孔子先生用了最低的级别来称呼楚文王。

楚文王是不在乎这些讲究的，楚国出土的文物显示楚人常自称荆人。

这些讲究也不抵饱，还是实惠最重要，孔先生拐着弯把楚国人鄙视了一顿，却也不得不记下楚国的这次军事行动：

> 楚辟陋在夷，于此始通上国。（杜预《春秋》注）

《第六章》 新的楚王

一向为中原大国所鄙夷的蛮荒小国楚国，终于在中原的逐鹿场上以强有力的一战宣示了自己的存在。经过楚国数百年的努力，终于以观中国之政了。

楚文王带着俘虏回国。一路上，楚文王却兴高采烈不起来。虽然战果是辉煌的，但战果更是烦人的。俘虏姬献舞先生一路痛骂不已。

当俘虏当然不好受，何况还是当了荆蛮子的俘虏，更何况还是因救人被坑的。姬献舞有些想不开很正常，但随便骂人就不对了。既然知道楚人属于原始社会，就应该知道原始社会有时候是会"吃人"的。

楚文王被骂得实在有些心烦，索性下令架起大锅，要把这个蔡侯煮了祭太庙。煮国君这种事，往上数，一百年前也就周夷王干过，楚文王也算开个洋荤吧。

锅架上了，水也煮开了，这也不是水煮唐僧，不会有孙悟空跳出来救人。眼见姬献舞先生就要变成姬献肉先生，有个人跳了出来。

楚国大臣鬻拳听说后，连忙跑了过来，大叫锅下留人，表示大王要是想问鼎中原，就不应该鼎煮蔡侯，因为一煮这个蔡侯，我们是吃上肉了，但会惹得其他小国畏惧我们，到时候合起伙来防备我们。

"不如把这个蔡侯放了，跟他结盟。"最后，鬻拳建议道。

放了？好不容易抓来的，这小子又骂了我四百里路九十道弯，不煮了实在难消心头之恨。楚文王下令继续添柴。

眼见楚文王是铁了心要吃人肉，鬻拳一把冲到王座前，抓住楚文王的袖子，一出手就亮了剑："你要不听我的，我们就一起死在这里算了。"楚王真不是好当的，当初保申拿着荆条来打屁股，已经吓了楚文王一跳，这次直接拔刀子。见到管制刀具，楚文王连忙服软，表示不煮了不煮了。

鬻拳松开了楚文王的袖子，剑还在手上："我用兵器威吓君王，已经犯下最大的罪行。"说罢，鬻拳挥剑斩下自己的一条腿。

为了救不相干的蔡侯，鬻拳付出了自己的一条腿，只因为他认为这样做才符合楚国的利益。有臣如此，楚国安能不兴。[1]

楚文王也被鬻拳这种敢于直谏的精神感动，据说，楚文王将鬻拳的断腿捡起来，放到太庙进行供奉。这个应该是小说家的发挥了，因为在没有冰箱的春秋，供奉一条肉腿难度实在太大。

这位鬻拳也算是一位猛人了，大概以前也是行军打仗的，现在一条腿没有了，再也没有办法上战场。于是，楚文王任命他为大阍，负责掌管城门。

这又是一个让楚文王以后会后悔得抽自己耳光的决定。

骂也骂了，煮沸的大锅也见过了。姬献舞先生总算适应了囚犯这个全新的身份，开始好好改造自己，争取早日重新做人。

他对自己调戏小姨子这件事情有没有反省就不知道了，可以确定的是，他对息侯的仇恨却与日俱增。我调戏你老婆是不对，但你可以批评我啊，大不了告诉我老婆，实在不行你还可以到老丈人那里申诉啊，怎么可以勾结南方的荆蛮子陷害我？

于是，在楚国的姬献舞第一个思考的问题不是怎么逃跑，而是怎么报复息侯。在楚国待过一段时间后，姬献舞大概也了解了自己的监狱长楚文王，知道这位寡人有疾，寡人好色。

那就好办了，算跟我有共同语言。

---

[1] 鬻拳确实兵谏楚文王，但为煮蔡侯兵谏，是源自历史小说《东周列国志》，确切与否，尚待考证。——作者注

《第六章》 新的楚王

姬献舞找到楚文王，经常跟这位文王聊聊天，主要就是反省自己以前犯下的生活作风上的错误，当然，说到最后，他总是这样为自己开解——不是寡人好色啊，实在是息妫太美，是个正常男人都会心动。

据我看，楚文王就是一个正常男人，说得多了，楚文王心里也惦记上了。是怎样的一个女人，会引起蔡侯失礼，最后还亡了国？

百闻还是不如一见吧。四年后，楚文王再也忍耐不住，发兵前往息国，号称要与息国举行会面，因为是带着兵去的，大概以军事演习为借口吧。

到了息国，楚文王表示自己还带了一些南国的土特产，请息侯一起过来吃个饭。这种招数太不新鲜，但对笨人来说，用新招数就太浪费了。息侯乘兴而来，当场被拿下，楚国趁机灭亡息国，将息妫掠了回去。

见到息妫，楚文王发现姬献舞并没有说谎，这确实是一个美女。欣喜之下，楚文王将息妫接进宫，三年后，生下两个儿子：堵敖和以后的成王。据记载，楚文王还将息妫立为正夫人。

这场婚姻从性质上来说属于梁山好汉下山抢个压寨夫人，在以后的日子里并不新鲜，比如后梁皇帝朱温就经常抢别人的老婆。但在春秋来说，还属于先例，这再一次证明了楚人敢为天下先的气魄。而且楚人还毫不避讳，将息妫立为楚国的夫人，这在中原是绝对不可想象的事情。当然，这是楚国，一切皆有可能，楚国最高级别的大臣令尹彭仲爽，就是楚文王灭申国时从申国抓回来的俘虏。人家的大臣抓来当上臣，人家的老婆抓来当夫人，也算是不拘一格用人才吧。

楚文王发现，这位息妫到楚国之后，从一个侯爵夫人变成了王后，但并没有因此而快乐起来，从来不主动说话。据说，这也是息妫得名桃花夫人的缘由之一，正所谓桃李不言，下自成蹊嘛。

楚文王很郁闷，虽然娶亲的过程粗暴简单了点，但毕竟已经睡到一起了，生米不但煮成熟饭，连锅巴都有了。这也是缘分啊，干吗还冰冷着这张脸呢？楚文王想，是不是这位息妫嫌弃自己呢？

据史书记载，楚文王虽然气度不凡，但外表欠佳，他本人是个鸡胸，顺便提一下，他的师傅保申是个驼背。楚国这一对师徒比起齐国的桓公跟管仲组合，从感观上看是要差一些。

考虑到这个因素，楚王决定跟息妫好好沟通一下，聊一聊人生。

"夫人，你是不是对我有什么不满？为什么从来不跟我说话呢？"

息妫回以一声幽幽的叹息：

"我一个女人，侍奉了两个丈夫，本该殉节而死，我又不敢死，还能说些什么呢？"

这个答案让楚文王又喜又忧，喜的是息妫没有嫌他鸡胸，但楚文王也听出了息妫语气里的不满。要想让息妫开朗起来，看来得让她出一口气。而这个事情说来说去，还是蔡国引起的。现在蔡国的姬献舞就在楚国关着呢，但杀他是不可能的，上回要煮他，鬻拳就断了一条腿，再动手，鬻拳就没有腿走路了。

想了一下，楚文王说："我替你攻打一次蔡国吧。"

于是，这一年的秋天，楚文王特地进攻蔡国。

这一年，郑国的郑厉公在搞回归之旅，齐国在组织各国攻打宋国，鲁国向来只扫门前雪，不管他人瓦上霜，自然就没有人顾得上蔡国这个跟班的。楚军大胜而归。

据说，息妫果然心情开朗了许多。这也算一起为博佳人一笑的烽火戏诸侯吧。

第七章

反楚联盟

《第七章》 反楚联盟

从表面上看，楚文王似乎跟周幽王一样爱江山更爱美人，为了红颜一笑，不惜动用军队，但究其本质，两人还是有着本质的区别。一个是业荒于嬉，一个是寓欲于业。其结果自然天差地别，周幽王身死骊山，而楚文王借着耍流氓的机会，灭了息国，败了蔡国，将楚国的声势扩散到中原腹地。

在节节挺进的同时，他面对的对手也越来越强大。打败蔡国这样的对手，现在是荣誉，将来不过是压力。因为中原已经注意上他。

楚文王抓走姬献舞时，齐鲁两国正忙着在长勺开战，而蔡国在接下来的齐国会盟中，次次不落，估计也是想请大哥帮帮忙，把国君从楚国捞出来。齐桓公在管仲的建议下，频频会盟，也多半是感受到了楚国的压力。

在各种因素作用下，齐桓公终于在鄄地搞了一次成功的结盟大会，齐侯、宋公、陈侯、卫侯、郑伯俱数参加。蔡国没参加，只是因为这一年他刚被楚国打过，估计还在盘点损失。

齐宋陈卫郑，这些都是楚国将要面对的大国，他们中的大部分绝不是蔡国这样可以轻易对付的对手，尤其他们现在还搞起了多国联盟。

在这些对手当中，必须找到一个适合的切入点。

挑来挑去，似乎没有多大的选择余地，楚国刚灭了息国，息国就在郑国附近，那就先拿郑国开练吧。

可是，以什么名义进攻郑国呢？在春秋，讲究师出有名，虽然是打仗这样的暴力行为，但也要找一个理由出来，表示自己不是随便动拳头的社会混混。而郑国这些年已经不像从前那样嚣张，一直在国内搞内斗，二十多年没到外面惹是生非，要找郑国的确实在不容易。想了半天，楚文王突然想起来——郑伯从栎地进新郑，怎么现在才给我们送消息啊？

此时，是公元前678年，郑厉公是公元前680年也就是两年前回的新郑。一般来说，新国君即位或者复位，都应该给世界各大国发个公告。楚国虽然偏僻了点，但也不至于送个信要花两年吧。

这明显是不把我放在眼里！楚文王用他的惯性思维一思考，就感觉受到了羞辱。

看不起我们的人，我们就打到他看得起为止。楚文王拍板，对郑用兵。但这是一个错误的决定，错误的根本是他没理解郑国为什么这么迟才送消息。

首先，楚文王还是不了解郑厉公啊，以郑厉公孤傲的性格，肯跟楚国打招呼已经算情商暴涨了，而郑国之所以选择两年后才通知楚国，也不是心血来潮，而是一个颇有深意的示好举动。

就在去年年底，郑国趁宋齐进攻郳国，突袭了一把宋国。郑厉公算到齐桓公的鄄盟组织会对他进行打击报复，于是放下身段主动跟南蛮楚国接触，实在是希望能跟楚国搞一个楚郑联盟来对抗齐桓公的鄄盟。

大概是楚国远离中原，对中原局势掌握得不够及时准确，楚文王没有

《第七章》反楚联盟

及时领会到郑厉公的善意，反而当作一种恶意，并在这一年的秋天，率军进攻郑国。

这次错误的用兵使楚国丧失了一次绝佳的机会。在当前的局势下，最正确的决策应该是与郑国结盟对抗齐桓公，以郑国为跳板挺进中原。他的贸然进攻结果是促使中原大国抱成一团对抗楚国。

这一年的冬天，在郑厉公的请求下，齐桓公再次组织会盟，会盟地点选择在了宋国的幽地。

> 冬十有二月，会齐侯、宋公、陈侯、卫侯、郑伯、许男、滑伯、滕子同盟于幽。（《春秋·庄公十六年》）

这无疑是一次胜利的大会，团结的大会。首先，它创造了与会人员的新记录，与会国达到了九国，而且会议的级别很高，中原各大国俱派出了国君参加。这个俱字用在这里，唯一要打上问号的是鲁国，很多人怀疑鲁庄公本人并没有到场。

鲁庄公虽然不到，但派了代表也是齐桓公会盟史上的一个突破。而且与会人员不是各怀鬼胎，各为所求而来，更没有被强迫前来。孔子先生特地用了"同盟"两个字，表示中原各国同心协力。

唯一意外的是，蔡国没来，蔡国这个千年酱油党竟然不来，应该是被楚国打服了，不敢前来。而蔡国的这一次缺席，也埋了一场大战的伏笔。

除此之外，这场大会无非是一场成功的大会。

虽然这么多年，中原各国没有一年不在相互交战，大家动起手来毫不客气，但毕竟都是自己人，再怎么有仇，也是中原人民的内部矛盾。而楚国人就不同了，文化不相同，世界观大异，要是被楚国人杀进来，可不是灭国这么简单的事，而是灭文化，灭礼仪了。国可灭，文化不可灭，礼仪不可灭。

这是齐桓公继位的第九个年头，他的霸业终于达到一个小高峰。

看到各国国君鱼贯进入誓约会场，管仲难以抑制内心的激动。早年的那些挫折终于有了答案，那些隐忍没有白费，那些努力有了回报。我终于没有辜负叔牙的厚望。召忽，你在九泉之下可以安心做死臣了，而公子纠，你的死亦不再是一文不名。

关于鄄地会盟，司马迁在《史记》里判断这是齐桓公始霸之时。而司马迁还有一个对大势的判断，那个判断是：楚亦大矣。齐楚已经成为分立中原跟南方的两个势力相当的巨无霸，可不过一年多的时间，齐桓公的霸业再上高楼，而楚国的大国事业遭受沉重的一击。在后面的数年里，他再没有染指中原事务。

这一切，不过是由于当初攻郑这个小小的判断失误造成的。看上去似乎不太公平，但逐鹿赛本就是一场艰苦的攀登，成功未必登顶，失败必然坠落。

好在，楚国犯的错误还不致命，他还可以爬起来，继续前进。

论国君PK，楚文王的才华并不输于齐桓公，甚至我个人认为，要强于齐桓公。他用兵迅猛，行事果断，知错能改的速度比齐桓公要快，而且楚文王本人比齐桓公更懂得谨慎。

据《韩非子》记载，楚人卞和在山上采到了一块玉的原石（璞玉），采玉人将这块石头献给了楚厉王。楚厉王叫来玉石专家鉴宝，专家看了一会儿，说："这是石头！"

于是，楚厉王将卞和的左足削去。

这并没有打消卞和的信心，等楚厉王去世后，他又拿着这块璞玉觐见楚王，此时的楚王正是楚武王熊通。武王又叫来了一位专家来鉴定，专家再次指定："这是石头！"

卞和的右足被削去。

楚文王即位后，卞和不再献宝了，两条腿已经没有了，再碰上坑爹的专家，拿什么去抵罪呢？但他又不甘心这样的稀世之宝埋没于人间，于是，他抱着这块给他带来横祸的璞玉来到楚山之下，日夜哭泣，三天三夜之后，泪流尽了，就流血。

楚文王终于听到了他的传闻，他派了一个人去问卞和："天底下受刖刑的人多了，你为什么哭得这么伤心？"

"我不是为了自己的腿，我是伤心这样的珍宝被说成是石头，忠贞的人被说成是骗子。这些才是我悲伤的原因。"

听到卞和的回答，楚文王下令再次鉴定这块璞玉。这回，终于碰上靠谱的专家了，稀世名玉破石而出。文王遂命名为"和氏璧"。

围绕着这块传奇之玉，历史演绎了无数的精彩故事，我们听到那些故事时，不该忘了卞和的坚持。

拥有这么多优点，让楚文王在众国君中脱颖而出，但他终究无法成为霸主，那是因为他的缺点跟他的优点一样突出。

他缺乏自制，过于自信，用兵太猛，心浮气躁。

有时候，成功和好运可以掩盖我们的一些缺陷，但无法改变它，甚至有时候会加快它的滋长。直到我们无法承受它的后果，它才会爆发出来。

公元前675年，楚文王即位的第十五年。楚文王率军出国都，去抵挡巴国人的进攻。

去年，巴国人突然进攻楚国，攻陷了楚国的那处邑，还一直打到了楚国的都城门下。实力强劲的楚国竟然被巴国攻到了家门口，这在南方可谓爆了一个冷门。而论起来，巴国原本还是楚国的盟友国，楚武王时期，巴国经常跟在楚国后面进攻江汉平原的各大诸侯国。

两国关系破裂是在十四年前，那一年，楚文王进攻申国，巴国特地去帮忙，不知道是不是因为楚文王的作战风格雷厉风行，毫无章法，不但把申国打得找不着北，还把友军巴国给搞得心惊肉跳。具体的细节已经无法考证，但回来之后，巴国人就背弃了与楚国的盟约，率兵进攻楚国。

这些年，敢惹楚国的国家已经不多了，在巴国卷土重来后，楚文王决定亲自出征，将敢惹事的巴国人彻底消灭。

这一次，楚文王不但要对付巴国人，还要对付国内的叛乱。

叛乱的是楚国那处邑的人。其原因还要归到巴人身上。去年巴人进攻那处邑，那处邑的长官阎敖眼见局势不对，就从城邑的涌水，也就是下水道里游了出来。这位阎敖也许是怕死，也有可能是为了给楚文王报个信，但在楚文王眼里，区别并不大。

楚国的法律是十分严苛的，在春秋诸国中，可以说是最严的，尤其是军规。作为一方长官，在碰到敌人进攻时，一不能守住城邑，二不能殉职，竟然从下水道里游了出来，还有脸来见我？

按屈瑕给楚国树立的榜样，阎敖只有死路一条。楚文王没有任何犹豫，处死了阎敖。消息传到那处邑，阎敖族人索性跟巴人合作，开始进攻

第七章 反楚联盟

楚国。

对于巴人跟阎敖族人的联合进攻，楚文王是没有放在眼里的。

我连中原的姬姓大国蔡国都打败了，一个家门口的小叛乱还摆不平吗？何况所谓的巴国，不过是仍处在原始社会末期的部落，跟已经迈进封建社会的楚国根本不在一个社会水平上。

不知不觉中，楚文王成了第二个屈瑕，开始变得骄傲轻敌起来。他忘了社会上最重要的一条原则，再弱小的人只要抓住机会，也会给最强的人难堪甚至是最惨痛的失败。任何轻视这条原则的人最终都会付出相应的代价。

行进到津地，楚文王碰上了严阵以待的巴人。楚军大败！

这个结果是楚文王绝对想不到的，回军的路上，他的情绪十分低落，当然，作为国君，他还不至于像屈瑕那样自杀，但回家之后，少不得要被楚国的那些大夫批判。搞不好，还要被打屁股。

楚文王想到了一百种可能碰到的惩罚，就是没有猜中真正的结果。

回到都城，他发现城门没有开。

"寡人回来了！"他在城门下大喊，过了一会儿，城头探出一颗人头。

那是鬻拳苍老而坚毅的脸："请问楚王是得胜回来了？"

楚文王老老实实回答："打败了。"

城上的声音高亢起来："我们楚国没有打败仗的军队，像巴军这样的小国，楚王您亲自出马都败了，您不怕人家笑话吗？"

言下之意，打了败仗，你怎么好意思就这样回来呢？

鬻拳主管郢都城门，相当于清朝的九门提督，算得上是门卫中的霸主，但毕竟只是个门卫而已。作为收发室的大爷，竟然不让单位大领导进

霸王崛起

单位，这实在有些说不过去。

但楚王垂头丧气，请鬻大爷指条明路。

"黄国一直不服我们楚国，楚王要是能够伐黄取胜，自然就可以进城了。"

黄国就是那位在楚武王开沈鹿大会时，敢不来参会的小国，楚国一直想收拾，但嫌远没动手。望着紧闭的城门，楚文王一咬牙：走，伐黄国去。

作为一国之君，楚文王完全可以用命令去打开城门，甚至可以用手上的兵力暴力破解这个城门，但他选择了另一条路。

不滥用权力，碰到挫折不迁怒他人，而是认真反省自己。在掉头的那一刻，楚文王是一个纯粹的人，一个杰出的君王。

领着这伙残兵败将，楚文王去完成以前军容完整时也没有去尝试的任务。在离开的那一刻，他告诉自己的军士："如果此行再不胜，寡人不会回来了。"

他已经下了败则效法屈瑕的决心。

态度决定一切，在进攻黄国时，楚文王亲自击鼓，士卒也激发出死战的决心。楚军一鼓作气击败黄国。更难得的是，楚文王保持了清醒的头脑，得胜之后，马上撤军。

毕竟只是一支残军，侥幸赢了一场，见好就收，赶紧回家吧。

楚文王再也回不去了，行到湫邑，持久地征战，还有精神上的高压，终于击倒了他。他躺在病榻上，知道自己命不久矣，他决定做最后一件事。他叫来了自己宠爱的大夫申侯。

楚国在攻下一个国家之后，往往派一名大夫驻守此地，然后任命他为

《第七章》反楚联盟

此地的侯爵。在中原各国国君还在为争个侯位打得头破血流时,楚王的手下已经公侯成群了。

这位申侯就是攻下申国后,封于申地的一位地方长官,据史书记载,这是一个奸臣。

对于申侯的奸诈本质,楚文王是很清楚的,但他依然没有将这位申侯赶跑,原因就跟乾隆明知和珅是贪官却还要重用和珅一样。奸臣虽然不干好事,但会说好听的话。谁不喜欢旁边会有一个懂得察颜观色,善于奉承的人呢?

乾隆最后把和珅留给了自己的儿子嘉庆去收拾。但楚文王还是不想麻烦儿子了。他叫来了申侯,指出他贪得无厌,以前我可以容你,现在我要死了,你还是尽快走吧,走得越远越好。

申侯身体已经在发抖,他也知道自己这些年飞扬跋扈,得罪了不少楚国高层,现在自己的保护伞文王要崩了,自己的确不能在楚国混了。可能去哪里呢?奸臣找工作可不容易。申侯把眼睛望向文王,希望这位垂死之人给他指条明路。

"寡人看你最好去郑国。"说完这一句,文王露出了狡黠的微笑。

兄弟,帮个忙,你还是祸害郑国人去吧。

楚文王还是很讲究的,特送了一块玉璧给这位老部下当路费,也算提前支付一下他为楚国祸乱郑国的奖金。

做完这件事,楚文王病死在路上。这是春秋里,第二位死于征途的国君。

楚文王的死对楚国来说,无疑是一个重大的损失。

这位楚文王有一颗狂野的心,无奈他的父亲给他留下一大堆敢打敢杀的大臣,搞得他一直不敢放松自己,在楚王这个岗位上勤劳敬业,假以时日,他定能取得更大的成就。可惜,要想成为一代雄主,除了能力,还需要一点点运气。他再没有机会问鼎中原了,也无法演绎与齐桓公的龙虎斗。

好在楚魂依炽,楚歌犹雄。

楚文王的尸体被运回了国内,安葬在夕室。他并不孤单,在他墓室前面,有一座陪葬墓,里面躺着一位断腿的人。

在将楚文王安葬完毕后,鬻拳自杀而死,并吩咐将自己葬在楚王墓前。看来,鬻拳是打算死了也要给楚文王看门护院。

第八章

郑厉公与鲁庄公

《第八章》 郑厉公与鲁庄公

幽盟会议之后，齐桓公的霸业终于走上正轨。

如果说周王室搞的是一个联合国的话，那齐桓公搞的这个幽盟组织大概就相当于今天的欧盟。幽盟的成员国都是当时中原的大国，地理位置处于经济发达与较发达的中原腹心，是一个集政治经济与军事于一身的区域一体化组织。

幽盟组织的影响力十分巨大，GDP几乎占据了中原的绝大部分，军事实力更是极具威慑力。自从幽盟成立以来，楚国近十年没有染指中原。

这个组织有具体的纲领：尊王，具体目标是在尊王的基础上，建立中原新秩序，加强中原各国之间的经济往来，促进中原各国的协调发展。通过共同的礼仪政策，在国际上形成广泛的影响力。

像欧盟一样，幽盟也有一个主席国，区别是欧盟的主席国是轮值的，任期只有半年，按国家的字母进行轮换；而幽盟的主席国，只要幽盟组织存在一天，那这个主席就只能是齐桓公先生。欧盟的决策机构是欧洲理事会，由欧盟各成员国国家元首或政府首脑担任；而幽盟的决策机构就设在齐国首都，任何大事，估计也就齐桓公跟管仲两个商量商量就办了。

对于这样的框架，是比较容易引起成员国不满的。在幽盟的九大成员国中，宋国的宋桓公已经彻底服了齐桓公，卫国的卫惠公向来是齐国的跟班，剩下的陈侯、许男、滑伯、滕子没有足够的话语权。

真正能对齐国幽盟主席国地位构成威胁的只有两个人：郑国的郑厉公以及鲁国的鲁庄公。

迫于楚国的压力，郑厉公不得不加入幽盟。论起来，这个组织的发起请求者是他，但最不想承认这个幽盟组织的也是他。

从幽邑回来之后，郑厉公没把幽盟当回事，该干吗还干吗，但很快，他听到了一个消息：幽盟的诸侯纷纷前往齐国见齐桓公。

幽盟成立时，齐桓公就约定，各成员国领袖定期到齐国来聚会，大家好沟通感情，齐国也可以趁机了解一下各国的最新情况，为幽盟的下一步发展制定规范。当然这是齐桓公自己的说法，其实，齐桓公的这套搞法，就是想当天下第二个周王，让诸侯定期去朝见他。

开会时，郑厉公没当回事，想着大家都不会去。可这下诸侯们都跑到了齐国，就把郑厉公给突出来了。

看来想蒙混过关是行不通了。但跑去齐国叫齐桓公老大又不是他的性格。想了一会儿，郑厉公叫来了本国的大夫叔詹，让他替自己去齐国跑一趟，满足一下齐桓公万国来朝的虚荣心，算是一个折衷的方案。

让人气愤的事情发生了，齐桓公并不接受这个打了八折的朝见，叔詹一到齐国，他就把人家给扣了起来。

这个就不是中原伯主风范而是中原小霸王作风了，齐桓公这么做应该也是得到管仲认可的。管仲同志对中原各国首领的情况还是了解的，知道这位郑伯是个刺头，上蹿下跳的，这次就是要扣他的大夫，杀个猴给各国

《第八章》 郑厉公与鲁庄公

诸侯看。

扣住郑国大夫，什么时候郑伯服软了，肯亲自前来见我，我就放了他。齐桓公的算盘大抵如此，但这一年，又发生了一件让他始料不及的事情。

数年前，齐国召开北杏大会，遂国无故旷会，齐桓公一生气就把遂国给灭了，然后派驻军队接管遂国。这一年的夏天，遂国的原贵族请齐国的守军吃饭，把他们灌醉后全部杀死了。

这是不成熟的北杏大会留下的后遗症。谁破坏谁治理，齐桓公只好忙着去遂国处理善后事宜，也就疏忽了监狱管理，竟然让叔詹逃出齐国，窜到了鲁国。

秋，郑詹自齐逃来。（《春秋·庄公十七年》）

这里，孔老师不称叔詹，而以国为姓叫他郑詹，就是讽刺他作为出使大夫，被抓住之后，不能一死以解国患，反而遁奔了。孔子又特意用了"逃"这个字，据孔老师的学生们解释，这相当于孔老师指着在路上慌不择路逃跑的那个人：你们看，你们看，这个奸贼跑到我们国家来了！这个奸贼跑到我们国家来了！大家快拦住他！

经过学生们的描述，孔老师严肃又活泼的教学风格跃然纸上。但我有一个小小的疑惑，孔老师放着非法拘禁他国使者的齐国不去批判，却冲着受害者一顿道德大棒，甚至还暗讽对方为什么不去死，这执行的又是哪一部文明守则呢？

大夫被扣一事，让郑厉公对幽盟彻底失去了信心。说是大家同心协力，其实就是搞专制，说是共同发展，其实就是大家为齐国称霸抬轿子。

当然，郑厉公虽然傲气，但不至于冲动至宣布退出幽盟，毕竟楚国在南边虎视眈眈，还需要借幽盟这个旗子当盾牌。可大夫被扣这口气，又实在咽不下去。到了这时，郑厉公只好又拿出家传绝技：大国分析方程式。

郑厉公对中原的形势进行了系统的分析，很快就发现，齐桓公已经搞定了半壁江山，郑国以东都是齐桓公的小弟，而郑国以西，齐桓公介入得还不深。尤其是周王室这一块，齐国又忽略了。

在鄄地会盟时，齐桓公还知道请周王派员列席，正是周王室的出现，才真正收服了宋桓公。可到了幽邑，齐桓公又甩开了周王室自己单干起来。究其原因，还是怕周王室抢了他的风头。

在郑厉公看来，这是一个致命的缺陷。你的幽盟核心会章不就是尊王吗？周王都没有出席，你到哪里尊王去？

想到这一点，郑厉公仿佛看到了冲破幽盟铁幕的缺口。他连忙收拾一下，往洛邑进发。论起来，他爷爷辈就是周王室的上卿，虽然在父亲那辈，跟周王室的关系有些紧张，但那些都是过去了。要是重新搭上周王室这条线，不就等于掀了幽盟的底牌？

郑厉公终于把握住了春秋的节奏，并幸运地得到了一个绝佳的机会。

公元前676年，周王室刚刚完成交接班，新任周王周惠王初次登基，急需广大诸侯的关怀。

第一个前去朝见周惠王的是晋国跟虢国。

周惠王刚坐上王座，就碰到两个大国国君前来朝见。周惠王相当高兴，特地请他们喝酒，把珍藏的甜酒拿出来招待他们，喝完之后，还特地

《第八章》 郑厉公与鲁庄公

送了他们每人五双玉、三匹马。在周惠王老子爷爷那些年,还穷得天天跟诸侯要东西,现在可能真的阔起来了。

当然,在鲁国人看来,这又是一个不太合礼的举止。

中国人喜欢搞平均主义,周惠王也本着人人有份的精神送了礼物。可是平均主义要不得,送礼还是应该按照客人的官职高低来。以这次为例,虢公称为公,表示他是三公,在周制中,属于官职最高的九命官爵(命为级别)。晋侯的侯要低两级,是七命,级别不同,怎么礼物都一样呢?要是贵公司发年终奖,各级别发同样的奖金,可能有的人要不乐意吧。

周惠王这样做,大概是高兴得过了头,光注意君臣三人其乐融融,也就没有注意细节。

郑厉公察觉到了这三者的亲密,意识到要打入周惠王的关系圈,就得借用晋虢两国国君当跳板。于是,在这一年的秋天,郑厉公利用与陈国比较近的优势,与晋国虢国一起主婚,将陈国的陈妫嫁给了周惠王。

为皇帝娶亲向来是鲁国的专利,三国不跟鲁国打招呼,大概也是小小惩戒一下鲁国放任齐国称霸的行为。

通过为王室主婚,郑厉公终于开辟了郑国第二条外交战线,加入到周晋虢郑的小圈子里,以后齐桓公要想对他动手,至少得惦量一下郑国的这些小伙伴们。

而就在第二年,郑厉公就无比庆幸自己把外交战线转移到了西边。东线自齐桓公一人独霸之后,半壁外交舞台就成了齐桓公的独角戏。齐桓公一个人演得过瘾,无奈大家都遵纪守法,他这位维护国际秩序的国际警察并没有什么发挥的余地。

而西边就不同了,郑厉公刚来到西边,这里就出了一件大事。

霸主崛起

　　周惠王被国内的大夫赶跑了。

　　这个事情说起来，也是周惠王不太讲究。这位仁兄有个特别的爱好，喜欢圈地。当上天子没两天，就把蔿国的菜园子给划走，然后改造成为一个野生动物园。大夫边伯的府邸靠近王宫，惠王干脆连边伯的房子强拆后一起并入了宫城。除此之外，周惠王又夺取了大夫子禽、祝跪和詹父的封地。

　　虽说普天之下莫非王土，可毕竟这些都是大夫们的自留地，你把他们的地夺走了，他们吃什么去？

　　过了一段时间，这位周惠王又干了一件事情，把王宫大厨子石速的工资扣掉了。

　　周惠王的谥号为惠，在谥法礼中有爱民亲民的意思，但据我看，这位圈地狂怎么都跟亲民没什么关系，倒跟讲实惠的惠有关系。

　　周惠王的圈地运动终于引起了国人的共愤。五位失地大夫跟一位失薪厨师扶持周惠王的叔叔公子颓发动叛乱。虽然人多，可惜力量不大，叛乱被周惠王迅速平定。五位大夫领着公子颓逃到了温邑。这下总算找到同志了。

　　记性好的同志可能记得温邑是周朝贵族苏氏的地盘，当年周桓王就是拿这个温邑去骗郑庄公姬寤生的四座城。当时光想着坑姬寤生，没想到一并连苏氏都得罪了。

　　对于出逃的公子颓，苏氏本着唯恐单位不乱的精神，护送着公子颓逃到卫国，又千里迢迢借来燕国的军队，一起杀了个回马枪，成功驱逐不良房地产开发商周惠王。

　　郑厉公意识到自己的机会来了。他全程经历了父亲郑庄公的霸业，明白这把天子剑的无形威力。现在就有一把天子剑摆在他的面前，他当然会

《第八章》 郑厉公与鲁庄公

珍惜这个机会。

公元前674年，周惠王被驱逐后第二年的春天，郑厉公动身前往洛邑。跑到洛邑之后，他召集各方代表，居中调停周王室的矛盾，希望冲突双方保持克制，尤其是公子颓一方，应该要认识到这样做的后果，并及时采取补救措施，让周惠王归位。

对于这样苦口婆心的劝导，晚辈们根本不把他放在眼里。也不是这些后辈有眼不识泰山，郑厉公威风八面的时候基本上是二十年前了，那时郑厉公的对手周桓王是现在周惠王的太爷，辈分就差了三代半。

这些年，郑厉公主要待在比大城市铁岭大不了多少的栎邑。而现在这些后生都是新生代，你一个老头子突然冒出来，要求大家卖你一个面子。说句不好听的话，你的面子多少钱一麻袋？

看着这些人不把他当回事，郑厉公又压抑不住自己的暴脾气，竟然把前来跟自己谈判的燕国大夫仲父给抓了起来。

调解工作做成这样，郑厉公应该能理解当年鲁桓公调解他跟宋庄公矛盾的苦处了。没办法帮助周惠王复位，郑厉公还是很讲究的，至少比鲁桓公要成熟得多。这个夏天他把周惠王带回了郑国，然后安置到栎邑，颇有些"天子，您不要灰心，我在这里住了十七年，还不是一样杀了回去，您一定有机会的"那意思。当然，郑厉公吃过等待的苦，他没有让周惠王再等十七年，在这一年的秋天，他就领着惠王杀回了洛邑，虽然最终还是没有成功，但郑厉公也没有白跑一趟，他冲到宫里，抢了一批周王室的宝器，就权当这一次出兵的劳务费吧。

这说明郑厉公的胆子就是大啊，连周王室的东西都敢顺。

这次失败（不算空手）之旅让郑厉公意识到了自己所面临的困境，对方不是一个人，而是周朝五大夫跟一个厨子以及周朝最具悠久历史的贵族苏氏，最后，还有两个国家的兵力为后盾。郑厉公虽是好汉，但也是双拳难敌四手。

对方是集团作战，自己单枪匹马怎么搞得过？是时候放下独来独往的性格，到国际上寻求帮助了。

可是，去哪里找盟友呢？又以什么样的借口去呢？要知道，周惠王这样的房地产商，发达的时候朋友多，要是垮台了，一般连狗都嫌。

郑厉公等到了机会，冬天，公子颓宴请五大夫，应该就是庆祝这一年的夏天成功击败了郑厉公。宴会搞得很欢乐，公子颓一高兴就把所有的乐舞都演奏了一遍。

这个就有些高兴过头了，因为乐舞这个东西，在春秋，是十分严肃认真的东西，各种舞蹈有不同的作用。比如有的是祭山川时跳的，有的是祀天神时跳的，有的是祀祖先时才跳的，也有吃饭时跳的，还有出征时跳的，现在一次性全跳了出来，显然不太合乎礼仪。

听到这个消息后，郑厉公迅速动身，跑到了虢国。前年大家一起为周惠王做过媒，有过十分愉快的合作经验。

郑厉公说："寡人听说过，悲哀或欢乐不合适时宜的话，就会有灾祸，虢公您看现在公子颓乐舞搞得乐此不倦，我看他是要倒霉了吧。我们何不让惠王回国复位？"

虢公点点头："寡人也是这么想的。"

三年前，那顿甜酒没有白喝，五双玉跟三匹马没有白送。

公元前673年的春天，郑厉公跟虢公在弭地约了一次会，誓师讨伐王子颓，商定了让惠公还乡的细节。"还乡团"正式启程，郑厉公带领惠王从南门发动攻击，虢公从北门攻击，在两面攻击下，五大夫集团终于溃

第八章 郑厉公与鲁庄公

败，郑厉公跟虢公同时攻破城门，杀进宫城，将五大夫与公子颓斩杀。

周惠王终于回到了属于他的位子，而郑厉公再一次找回了祖辈的光荣。半个世纪以前，他的爷爷郑武公就曾经是周王室强大的守护者。

为了庆祝这个辉煌的胜利，周惠王特地在宫门高台的西屋设宴犒赏郑厉公。惠王为了感谢他，特地将虎牢以东的土地赐给了郑厉公。吃完饭，惠王还把王后一个装饰有铜镜的大带赐给了他。

这应该是郑厉公一生当中最辉煌的时刻。但人的一生有两个时刻需要格外的清醒，一是春风得意时，另一个是黯然失意时。

高兴之下，郑厉公特地叫来舞伎，也把乐舞演了一遍，大概他还是好奇，这个乐舞从头演到尾到底是个什么感觉。

感觉很好，后果不太好。鲁国的大夫原伯听说后，表示郑伯跟着公子颓学坏，只怕要有报应。

这张乌鸦嘴还是很灵的。

复位之后，周惠王跑到虢国去访问，以天子的身份，或许叫巡视更为准确。虢公特修了一座宫城招待惠王。在吃完饭后，周惠王把自己喝过的酒爵送给了虢公。这个消息传到郑国，郑厉公相当不高兴，当日他得到镜带时，还高兴了好一阵，可东西就怕比较，跟虢公的酒爵相比，这个妇道人家的镜带就不值一提了。

论功劳，自然是郑厉公的大，可赏赐的结果竟然倒了过来。这难免让人生气。可让世人没想到的是，郑厉公不经气，竟然一病呜呼。当然，没有直接的证据显示他是被气死的，只能说或多或少有这样的原因吧。

活了大半辈子，经历了这么多事，郑厉公还是那个易怒的郑厉公啊。

这是一位让人颇为唏嘘的国君，论人才，他算是春秋二代中的顶尖人物。他原本可以抓住鲁国衰弱、齐国内乱的机会适时而起，将他父亲的霸业延续下去，无奈他的才华大部分消耗在郑国的内斗上，在栎地的十七年，他将最好的岁月却付诸于一个小邑，损耗于等待当中，等他回归新郑时，天下已经面目全非，曾经雄视天下的郑国沦为了二流小国，齐国已经公然称霸。

郑厉公没有气馁，反而雄心勃勃，敢跟齐桓公叫板，又另辟蹊径为郑国开辟了西方战线，并取得不俗的成绩，一时之间，连齐桓公的风头都被他抢尽。

但命运还是向他展露了残酷的一面。公元前673年五月，郑厉公去世，谥号为厉。杀戮无辜曰厉，这不是一个好谥号，但他引发郑国内乱，也着实杀了不少无辜。不算全面，但也并不冤枉。

至此，一位颇具传奇色彩的国君作别了春秋的云彩。

郑厉公的去世，对齐桓公来说无疑是个利好。对于这位跟他同辈，但江湖经历超他数代的郑伯，齐桓公一直没有很好的办法。一不留神就被抢台词抢戏份，比如周惠王这件事情，尊王本来是幽盟的主要纲领，碰到尊王的事情应该由幽盟主席国牵头，但郑厉公没打招呼就做了主。而齐桓公也没有及时参与进来，是因为他那两年实在有些忙。

先是驻守在遂国的守兵被当地的贵族暗杀，紧接着齐国就发生了大灾，虽然管仲早就有应付的手段，比如建立国家储备粮仓，在粮价上涨时平价卖粮，粮价下跌时国家收购，所以没有出现大面积饿死人以及需要向外国购粮的情况。但毕竟抗灾也是一件十分劳神的事，等齐桓公把家里的事情料理完，发现郑厉公已经在周朝把他的活干了，把他的酒喝了，把他的台词也抢光了，把他的荣誉领走了。要不是郑厉公一击得手就驾鹤西去，真不知道这位郑伯会不会连主演的角色一并抢走。

《第八章》 郑厉公与鲁庄公

现在，对齐桓公的霸主身份还有疑惑的人就只剩下鲁国的鲁庄公。

关于鲁庄公，我最关心的莫过于他到底有没有问清楚自己的身世，如果没有的话，那他永远没机会了。

郑厉公去世的那一年，鲁国的国母文姜女士也去世了。

这位老太太年轻的时候是国际著名交际花，八卦杂志头条人物，就是晚年，也十分不让人省心，经常到国外进行外事访问，为了这个，她没少受鲁国史官的批评。但她依然我行我素，活出真风采，在春秋这样礼仪森严的时代，她的勇气实在让人钦佩，也实在让她儿子有些难堪。

现在她去世了，带走了许多的秘密，也带走了那些缠绕在齐鲁两国之间剪不断理还乱的纽带。鲁庄公在悲伤之余，也终于可以松一口气。从此，他可以比较轻松地处理齐鲁两国的关系。

在早些年，鲁庄公被齐国打压得有些喘不过气，甚至有生不如死的感慨，但在我看来，鲁庄公其实还是很想搞好跟齐国的关系。毕竟他的母亲是齐国人，而他本人……是鲁国人还是齐国人，这是一个谜。

在幽盟成立之时，据有的人分析，鲁庄公本人并没有参加，而是派了大夫与会。就算这是真的，鲁庄公后面也采取了补救措施。

公元前675年，卫国国君的女儿嫁到陈国。鲁国的大夫公子结也带了一个鲁国的妹子到鄄地，准备将她跟卫国国君之女一起嫁给陈侯。这种共襄盛举的婚事在春秋并不少见。一般来说，诸侯从一个国家娶亲，另外两个国家就会送女子做为新娘的姐妹去陪嫁，地位相当于陪嫁丫环，嫁过去后称为媵女。当然，有不少媵女嫁过去，比正牌小姐还受欢迎，比如鲁隐公的母亲应该就是一位媵女。还有卫国的姬州吁的母亲虽是媵女，但因为受宠爱，连姬州吁也沾光活得比太子还滋润。

又据说，送陪嫁女的原因是诸侯一娶就娶九个老婆，一次满足，以后就不用再娶了。

这种婚事搞批发的制度明显属于封建糟粕，大家要注意分辨。就连孔老师为了不教坏学生，一般都不记这种事情，但这次孔老师还是记了。因为公子结除了送媵女，还干了一件大事。

来到鄄地后，公子结顺便就跟正在此地搞见面会的齐桓公、宋桓公结了一次盟。这大概可以算是陪嫁外交吧。

鲁庄公明白现在的天下是齐国的天下，他也没有争雄天下的勇气与能力，只想好好当自己的国君，齐国欺负他时下手轻一点就心满意足了。但鲁国的大夫们还停留在齐鲁两国旗鼓相当的老思维中，不肯让自己的国君奉齐桓公为伯主，迫于国内的压力，鲁庄公只好在嫁媵女的过程中夹带一些自己的私货，跟齐桓公这些江湖大佬们拉好关系。

这样的苦心并不受齐桓公的认可，幽盟成立时，亲自与盟的郑厉公只不过后面派了大夫去朝见，都被齐桓公扣了人质，你连结盟都不亲自来，太没诚意了。要不是考虑到这位公子结还担任着送亲的大任，齐桓公只怕连他一并扣押。办完婚事再收拾你！

这一年的冬天，齐国、宋国还有陈国一起攻打鲁国，考虑到鲁国毕竟还是做出了一些友善的表示，三国留了点情面给鲁庄公，没有攻到鲁国的国都去，只是在鲁国的边境西鄙打了一仗，也算给鲁庄公上上弦，敲敲警钟。

鲁庄公的热脸贴了一个冷屁股，但鲁庄公并没有就此放弃与齐国交好的努力。

公元前672年，鲁庄公安葬了他的母亲文姜女士。让两国关系十分尴尬的这个人去了，鲁庄公似乎找到了开展外交的活力。

> 秋七月丙申，及齐高傒盟于防。（《春秋·庄公二十二年》）

在七月九日这一天，鲁国有个人跟齐国的上卿高傒在防邑结了盟。这个人当然就是鲁庄公先生本人。因为对方只派了一个上卿，鲁国却出动了国君，孔老师故意将鲁庄公的名字隐去，免得让大家知道鲁庄公竟然自降身份跟齐国大夫结盟。

而齐桓公之所以只派出一个大夫，除彰显自己霸主的超然地位外，也是对上一次齐鲁宋会盟的一次反击。上回，你不是派一个大夫跟我结盟吗？这次，我也派一个大夫来跟你谈。

虽然有些火药味，但这一次会盟还是取得了很好的效果。据后面来看，鲁庄公跟齐桓公的这次会盟不是普通的聊国际形势、谈天气之类的会盟，而是有具体会议事项的。这是一件将让鲁国再次蒙羞的事情。

当日郑国的叔詹成功从齐国越狱，逃到了鲁国。孔老师对他极尽嘲讽。对孔老师这样过激的行为，他的学生们进行了解释，认为孔老师之所以不批齐国而批叔詹，实在是为鲁国感到痛心。

鲁国明明知道这位叔詹不是一个忠臣，还为他提供庇护，不但如此，还听了他的计策，干了一些坏事，从而导致了后来一系列的失败。

这大概属于推测吧，因为叔詹只是在鲁国待了一段时间，后面又回到了郑国，这个主意未必是他出的。而且就算是他出的，也不能断定就是一个坏的主意。

据孔老师的学生推测，这个主意是让鲁庄公娶齐国的女人。

这就有点胡搞了，上一位齐女文姜女士把鲁国搞得天翻地覆，刚刚才安息下来，鲁庄公又跑到齐国去娶老婆，实在是不长记性。而且鲁庄公要迎娶的这个齐国女人历史上称为哀姜，她是齐僖公的女儿，齐桓公的妹妹，当然，也是他母亲文姜的小妹妹。相当于鲁庄公玩了一回无影脚，把十三姨娶了回来。

还有一种说法，认为这位哀姜其实是齐襄公的女儿，考虑到鲁庄公跟齐襄公的风言风语……我们还是祈祷鲁庄公娶的是十三姨吧。

娶小姨妈这样的事情在春秋似乎不算什么失礼的事情，让孔老师看不惯的是鲁庄公娶亲的方式。

冬，公如齐纳币。（《春秋·庄公二十二年》）

秋天，鲁庄公自降身份与齐国大夫高傒开会完，冬天的时候，鲁庄公就亲自到齐国下了聘礼。

这个就太失礼了。根据礼制，结婚要分四步走。第一步是纳采，拿着礼物上门提亲。第二步是问名，由媒人问女方的姓名、年庚以及八字，现在可能还要问星座、血型，然后请算命的先生来算算男女双方有没有相冲相克的地方，俗称算八字。下一步是纳吉，算好了八字，没有什么问题，就正式定婚。最后是纳徵，也就是给彩礼，各国情况不一样。

鲁庄公大概在防邑已经完成了纳采、问名以及纳吉，最后这个下聘礼就是纳徵了。基本流程没有错，错就错在鲁庄公亲自去了。

跟嫁女国君不能送出国门一样，国君娶老婆，也是不能亲自上门下聘的，应该派国内的大夫去。而鲁庄公作为礼仪之国的国君，不可能不明白这一点，但他依然不辞辛苦，跑到齐国下聘，应该不是为了想早一点看到新娘，而是为了考察一下女方的真实情况。

大家都知道媒婆是靠不住的，说是一朵花，结果娶回来可能是一朵奇葩，说是又帅又有车，结果嫁过来，发现对方家里就有一木刻象棋。况且鲁国是吃过亏的，上回就娶回来一个跟兄长乱来的齐妇，这回一定看准了。

有关这位哀姜的疑问也很多，如果她真的是齐僖公之女，潇洒豪迈的齐僖公已经离开我们二十七个年头了，也就是说这位哀姜最少也是近三十的人了，放在春秋就是剩斗士。要是没有问题，怎么嫁不出去呢？

鲁庄公这一考察就考察到了第二年的春天。

二十有三年春，公至自齐。（《春秋·庄公二十三年》）

二十三年的春天，鲁庄公自个儿从齐国回国了。

一般来说，孔子先生记载国君出国的日期，不记载国君回来的日期，因为有去就一定有回，是不用多说的。如果专门记载，就表示去的时候有问题，更可能是有危险。比如这次下聘礼，鲁庄公去得非礼，所以回来时特意记上。

回到鲁国没两天，到了夏天的时候，鲁庄公又往齐国跑了。这一次，他号称是去看齐国的社祭。看完之后，他又回国了。

夏，公如齐观社。公至自齐。（《春秋·庄公二十三年》）

所谓社祭，就是一种祭神活动，属于民间的一种大规模社会活动，大抵跟现在的庙会相当。

齐国的这种社祭，除了祭神，主要是搞一搞娱乐活动，把齐国的男男女女聚集起来，大家多多认识，加强了解。据我推测，这可能是齐国搞的一种文化旅游项目，类似于现在的德国啤酒节、巴西狂欢节的，是为了促进旅游，搞活经济。这个多半就是管仲的主意。

对于这样的活动，孔老师当然是很生气的。他专门在后面加上"公至自齐"。这是孔子在这一年第二次记下鲁庄公回来了，大概意思是你鲁庄公没事跑齐国去，没像你老子桓公一样喝酒了被勒死在齐国真是幸运啊。

去的时候，曹刿劝他不要去看。因为国君的一举一动都关乎到国家的安危，而作为国君，要么是去朝觐天子，要么是与他国会盟，其他的都不应该跑到国外去。

孔子老师的观点跟曹刿大夫一致，而据孔子的学生们介绍，孔老师在讲解国君出国时，如果是正常的事则用"视"，如果不正常的事情则用"观"。鲁庄公跑到齐国去观社祭属于无事之辞，有些不正经。

怎么不正经呢？他是打着观社的幌子去看妹子的（尸女也）！

鲁庄公是打定主意向齐国靠拢了。观社祭后没多久，他又跟齐桓公在谷地见了一次（公及齐侯遇于谷）。孔老师特别用了"及"，表示这次会面就是鲁庄公自己主动要求的。

到了年底，鲁庄公又再次与齐桓公在扈邑搞了一个会盟。

这比他老妈当年跑齐国还勤快。当年，吸引他妈的是他的舅舅齐襄公，鲁庄公跑这么勤快，大概是被未过门的妻子哀姜吸引，准备跟齐桓公谈定迎亲的细节吧。而《列女传》的说法就比较夸张了，这本书讲鲁庄公

《第八章》 郑厉公与鲁庄公

频频往齐国跑,那是因为他已经跟哀姜勾搭上了(初,哀姜未入时,公数如齐,与哀姜淫)。是真是假,我们姑妄听之吧。

当年,那个自称被齐国逼得生不如死的鲁庄公不见了,现在两国关系真正进入春秋以来的历史最好时期,比齐僖公鲁隐公时期还要好。

这样的频繁接触,对于两国关系当然是有好处的,但对鲁庄公来说,却未必全是好事。我们知道齐鲁两国虽然是近邻,但从两国立国之时起,就已经形成了截然不同的国家气质。鲁国重传统,齐国很开放。传统跟开放一接触,通常是开放的占上风。

在这一年的夏天,从齐国回来之后,大概是受齐国宫殿建筑的影响,也有可能是为了迎娶齐国的哀姜,鲁庄公给父亲桓公庙宇的木柱涂上了朱红色的油漆。据我所知,尚红是南方蛮夷楚人的风格,按中原风格,天子诸侯的庙应该用黑色漆,大夫用青色,士人的庙用黄色。身为周礼传承者的鲁国,竟然在祖庙的着漆上跟荆蛮子一样,悲哀啊!

在第二年,鲁庄公又再接再厉把桓宫的方椽进行了一番雕刻。这当然又是一件不合礼的事情。根据礼制,天子之庙的椽子只是削一下,然后用砻石打磨,最后用较细的细磨石进行抛光,而诸侯的省掉第三步,大夫的只做第一步。要是士的话,更只是椽头削一下,椽身是不做任何修饰的。

现在鲁庄公不但打磨了,甚至还加上了雕刻,简直就是穷奢极欲。

鲁庄公本不是这么奢侈的人,发生这样的变化就是在跟齐国接触之后。而且他修饰桓宫一事,大概跟要迎娶哀姜有关,毕竟娶老婆了,家里是要装修一下的。

顶着国内巨大的舆论压力,鲁庄公终于把哀姜娶了回来。这一次,鲁庄公又亲自前往齐国迎娶,这样做倒是合乎周礼,可迎娶的对象是齐国的女人就有点欠考虑了。

咱们鲁国吃了齐国女人这么多年的亏，还不醒悟，就有点犯傻了。孔子老师没有客气，第三次用了"公至自齐"。表示我们真幸运啊，鲁庄公去了齐国，竟然又活着回来了，说得齐国像龙潭虎穴一样危险。

鲁庄公不但活着回来了，还成功领回了大活人哀姜女士。一路上，不知道是哀姜女摆大国公主的架子还是贪玩，在路上耽误了很长时候，搞得很晚才进入曲阜。

孔子先生用"夫人姜氏入"表示哀姜女士并不受鲁国人的欢迎，尤其不受先王鲁桓公的欢迎。

鲁桓公是死人了，不能发表意见，可偏偏他还要观礼这场婚礼。

接回哀姜后，照例，婚礼就在他的桓宫举行。现在大家知道鲁庄公没事要把桓宫刷成红漆，还要雕刻方椽的原因了，这一切都是为了讨老婆的欢心啊（丹其父桓公庙宫之楹，刻其桷，以夸哀姜）。

第二天，按例国内大夫的妻子们要带着礼物来看新娘子，这个过程叫"觌"。大概是鲁庄公的指示，三姑六婆们带了玉帛这样的高档礼物。

这又是一个越礼的行为。在春秋，男人的见面礼，高档的是玉帛，差一点的是禽鸟（所以颖考叔抓了两只猫头鹰去见郑庄公）。不同的礼物代表不同的等级，而女人的见面礼，应该是些榛果、栗子、枣子、干肉之类的物品，表示大家互相敬爱就可以了。现在鲁国的官太太们竟然也用上了玉帛这样的见面礼。

鲁庄公这两年为了娶老婆，昏招迭出，看来鲁国连续数百年学周礼先进示范单位的牌牌该摘下来了。

第九章

霸业进阶

第九章 霸业进阶

刺头郑厉公被天收了，愣头鲁庄公又成了齐国的铁杆跟班。齐桓公的霸业形势一片大好。

要说这几年，唯一美中不足的就是没赶上周王室的内乱，错过了一举扩大霸主声誉的良好机会。现在齐国国内的灾后重建已经结束，社会重回正轨，是时候把工作重点转移到国际社会上来。而重点中的重点当然就是怎么弥补这些年忽视周王室造成的不利影响，使幽盟组织从区域性的国际联盟变成天下的联盟。

公元前667年，齐桓公再在幽地举行多国首领会谈。

> 夏六月，公会齐侯、宋公、陈侯、郑伯，同盟于幽。（《春秋·庄公二十七年》）

这一次鲁庄公确定是亲自参会了，此外，郑国的国君是郑厉公的儿子，叫姬踕，史称郑文公，也亲自来参会。宋桓公以及陈宣公当然都百忙之中抽空参加。

孔子先生在记载这件事时，没有记载日期，也没有记载鲁庄公是什么时候回来的，这是因为齐桓公是一个讲信用的人，他组织的会议都是以礼服人的会议（衣裳之会），而不是动刀动枪的会议（兵车之会），不用担心去了回不来，所以就省略了什么时候回来的记录。

这次会议是上一次幽地会盟的延续，主要议题还是尊王，也就是怎么在齐国的领导下，共同尊重周王室，以维护周王室的权威。在这次会议上，据说又进行了一次无差额伯主推选，当然，齐桓公又再一次众望所归，全票当选，蝉联伯主。

虽然有些老调重弹，但老调弹多了，总能找到一些新感觉。可能大家也发现了，一向与会积极，投票投到手软的卫国缺席了。

此时的卫国国君也已经进行了换代，现任国君是卫懿公，是前任国君卫惠公的儿子，上任才两年。这位仁兄有个特殊的爱好，喜欢养鹤。

卫懿公不来，不是因为刚上台，大家还不认识他。其实越是刚上任，越要积极参加这样的国际性首脑会议。他也不是因为忙于鹤的养殖工作耽误了开会。事实上，是齐桓公没有通知他。

这一次幽盟会议说是大家重温友谊，再续辉煌，实质上，却是商量怎么讨伐卫国。

论起来，卫国是齐国的老朋友了，从齐僖公嫁女开始，那些让人脸红的友谊就一直深植于齐卫之间。现在的卫懿公的奶奶宣姜女士就是齐桓公的姐姐，所以卫懿公见到齐桓公还要叫一声舅姥爷。

齐桓公不顾传统友谊，找卫国开刀，是因为卫国犯了一个大错误。

想必大家还记得，当年周王室内乱，卫国曾经跟燕国一起扶持过周朝的反政府人士公子颓。幽盟最核心的目标就是尊王，你卫国不但不按这个

《第九章》 霸业进阶

纲领办事，还粗暴干涉周王室，不打你打谁呢？

我算了一下，那件事情发生在鲁庄公十九年，现在是鲁庄公二十七年，事情已经过去了八年。虽然得罪了领导，领导一般不会忘记你的，可我怀疑，身为事主的周惠王都未必有这么好的记性。

显然，这不是周惠王要秋后算账，而是齐桓公主动帮周惠王报仇，因为周惠王有点健忘，所以齐桓公就提醒一下周惠王。这种行为大概就是传说中的有困难要帮，没有困难制造困难也要帮吧。

周惠王及时领悟到了齐桓公的深意。这一年的冬天，周惠王特地派人到齐国，要求齐桓公讨伐卫国，为了让齐桓公师出有名，周惠王正式宣布承认齐桓公的伯主地位。

这是我在春秋第一次看到周王室册立伯主，当年姬寤生以天子上卿的身份四面开战，多少还有点拿着鸡毛当令箭的意思，齐桓公是真正第一个握有天子剑的伯主。

周惠王这么大方，却是给齐桓公出了一个难题。齐桓公这么多年一直喊着尊王，把周天子当幽盟的精神领袖，却从来没有实际行动，现在正式册立你为伯主，看你到底是不是玩虚的。

齐桓公没有任何的犹豫。幽盟二次会议后的第一个春天，齐桓公亲自动手清理门户，率兵攻到卫国的都城下，将卫国打得大败，并以天子的名义宣读了卫国的罪状，最后顺手捞了不少东西回国。这一大义灭亲的行为郑重向大家宣告了齐桓公说的尊王是认真的，不光是喊喊口号而已。

卫国是彻底认罪了，但当年那起乱周案件并没有就此结束，大家应该还记得，当时一起扶助反政府武装公子颓的还有燕国。

本着主犯从严，从犯也从严的严打精神，也确实该顺便教训一下燕国。

当齐桓公严肃考虑这个问题的时候，一个更好的机会摆到了他的面前，让他找到了另一件更具威力的称霸武器。

就在卫国被齐国开展尊王教育的第二年，燕国国君燕庄公主动给齐国派来了使者。他倒不是来投案自首的，事实上，他是来求救的。

燕国第一任国君是武王的弟弟召公，属根正苗红的姬姓诸侯国，但由于地处中原五环以外，素来不跟中原各大国打交道，进入春秋以来就露了两回面，一回是跟齐僖公攻打纪国，结果大败，另一回就是跟着卫国掺和周朝的内乱。除此之外，燕国一直关起门来过自己的小日子。

但最近这几年，燕国有点扛不住了。山戎闹得太凶了。

山戎是北方一些少数民族的统称，主要活动范围就在燕国跟齐国的中间地带。这些人主要搞畜牧业，马上功夫了得，善于射箭，机动性很强，一直是农耕文明的大敌。从春秋一开始，山戎就敢频频进犯齐鲁这些中原大国。进攻燕国的这支山戎据记载是鲜卑人的祖先。有趣的是，后来鲜卑人于五胡十六国时期在山东建立了一个国家就叫南燕。相信大家都有些印象，在金庸的小说里，南燕国有一个后代叫慕容复，武功高强，与乔峰齐名，为了复国东奔西走，最后疯掉了。

当年齐国就曾经被山戎进攻过，当时郑鲁等各国纷纷出手援助，还替齐国守过边境，现在齐国强大了，是时候回报一下国际社会。

齐桓公马上答应了燕庄公的请求，并提出不但要帮助燕国打退山戎，还要攻到山戎的大本营去，彻底解决这些骚扰中原的山戎人。显然，齐桓公是纯粹显摆去了。在他看来，去年打卫国打得太轻松，还没有向国际社会尽情展示齐国的军事实力，这一次攻打山戎是一次绝佳的机会。

管仲也对这次出征投了赞成票，不过从后面的发展来看，他的出发点跟齐桓公的并不相同。

长期以来，中原各国对山戎人都是采取防御为主的措施，这一次还是自春秋以来，中原第一次主动出击。考虑到任务的艰巨性，齐桓公决定叫上鲁庄公一起行动。

在齐桓公看来，鲁国一定会答应这次远征，因为在燕国被山戎搞得焦头烂额之前，鲁庄公已经跟山戎人大战数回了。虽然鲁国数次都取得了自卫反击战的胜利，但山戎人屡败屡来，搞得鲁庄公不厌其烦。

果然，在收到齐桓公的邀请后，鲁庄公专程前往济水，在济水岸跟齐桓公见了一次面。这两位齐鲁大地的重量级国君就威胁中原繁荣与稳定的山戎问题进行了详细而坦诚的交流，两国国君达成了共识：中原要稳定，中原要发展，必须要拔掉山戎这个不安定因素。两国国君约定，回去之后，就各率本国兵马，深入山戎之境，彻底扫荡山戎人！

会谈结束后，齐桓公调出兵马，来到约定集合的地方。然而，约定的时间过去了，不要说鲁侯没看到，就是卤肉也没看到一块。他齐桓公被鲁庄公放鸽子了。

从济水回来之后，鲁庄公召集国内大夫，商议出兵之事，国内的意见出奇一致，认为孤军深入到蛮夷之地，只怕是有去无回。鲁庄公就此取消了出兵的计划。

没有了援兵，齐桓公依然决定独自前进，去扫荡那些行踪不定的山戎，在这一点上，齐桓公是一个勇敢的人，而鲁庄公无疑是怯懦的。

摆在齐桓公面前的是一些神秘的对手，他们生活习惯、居住地点并不为齐桓公所熟悉，齐桓公也没有做充分的军事侦察。这样领着大军进攻到戎地，深入到陌生的他境，也意味着中原最强大的武器、战车将失去用武之地，他们得骑马或者步行前进，去寻找那些传说中的敌人。

从这个意义上来说，这是一次军事上的冒险。它没有详细稳妥的策划，是缺乏深思熟虑的鲁莽行动。这样的军事行动并非仅此一次，很多很多年以后，西汉名将陈汤也曾经孤军深入大漠，一举扫平对抗汉朝的匈奴人。这些原本风险极大的军事行动往往取得意想不到的大胜，只能说这是命运的安排，大抵命运之神也是一个喜欢冒险的人，一向听命于敢于挑战、勇于实践的强者。

齐桓公的出击同样取得了奇效，山戎人根本没想到一向羸弱，只知防守的中原人竟然敢于主动进攻他们。当齐国的士兵出现在他们面前时，他们彻底慌乱了，跑得慢的成了刀下鬼，跑得快的逃向更为荒凉的北边，从此再没有形成气候。

进军的时候出奇顺利，但回来时还是出了一点问题，齐军迷路了。

山戎之地对齐军来说是完全陌生的地方，齐国也没有找两个老乡当向导，在山地间转来转去，最后找不到出山的道路了。

原本的喜悦开始被恐慌所替代，难道鲁国的大夫们都是开过光的乌鸦嘴，说回不来就回不来？

齐国士兵望向齐桓公，齐桓公望向了管仲。敢问，路在何方？

望着白雾弥漫的山谷，四下里空寂，唯有偶尔响起的野兽声以及马的嘶鸣。电光石火之间，管仲突然叫道："快，松开两匹老马的缰绳，让它们在前面带路。"

老马能够带我们走出山谷？齐桓公疑惑地望向管仲。

管仲信心十足地告诉他:"老马之智可用也!"

齐桓公恍然大悟,连忙下令按管仲的要求去做。

大军终于开始移动,在老马的带领下,齐国终于找到了出谷的道路。这就是成语"老马识途"的出处。

在这个老马识途的故事后,还有另一个故事。齐军行到山中,没有找到水源。大夫隰朋说:"蚂蚁冬天住在阳光充足的南面,夏天住在阴凉的北面,如果蚁穴有寸高的话,那地下八尺深的地方就会有水。"按照这个指示,齐国开始挖蚁穴,果然挖到了水源。

这两个故事都出自《韩非子》,主要是教育大家,像管仲、隰朋这样聪明的人,也有不知道的时候,也会向老马、蚂蚁学习,今天我们没有管仲二人的聪明,不更应该向圣人们学习吗?

韩非子骂我蠢我认了,但在我看来,这个故事更加暗示了管仲、隰朋就像齐桓公的老马、蚂蚁。没有这两位,齐桓公是真的有去无回。

齐军得胜归来,对齐桓公来说,他的冒险故事就此结束了,而对管仲来说,他的任务才刚刚开始。

燕国的燕庄公收到齐军大胜的消息后,喜出望外。这么多年,他被山戎搞得快得神经病了,用文言文说就是"病燕矣"。现在齐桓公不但替他治了标(打退了山戎),还拔了根(打残山戎)。燕国后来能成为战国七雄,或多或少还要感谢齐桓公。

为了表达自己的感激之情,燕庄公亲自送齐桓公回国。齐桓公是冬天出的征,回来时已经快到第二年的夏天,这一趟真是辛苦了。燕庄公说着佩服加感激的话,不知不觉十八相送般将齐桓公送到了齐国的国境线以内。

这下问题来了，一般来说，国君相送是不送出国境线的。当然，问题也不大，这些都是周礼的条条框框，就连鲁国人，现在也不全按这个办事，何况一向开放的齐国跟一向对礼缺乏传承的燕国。

可接下来的事情让燕庄公惊呆了。齐桓公说：两国相送，不出国境，但燕侯既然已经送到这里了，为了不让别人挑我们的礼，我们就以此地为国境线，把那边的土地送给你们燕国了。

帮人打仗不收分文，还好事做到底，彻底消灭了对方的敌人，最后还要送地给人家，这种土豪做派实在是世所罕见。燕庄公当下感动得难以名状。想不到这个世界上还有这么高风亮节的人啊，我要做些什么来报答齐侯的大恩大德呢？

在将燕庄公感动得一塌糊涂之后，齐桓公提了一个小小的请求："请复修召公之政，纳贡于周，如成康之时。"

所谓的修召公之政，就是传承并发扬燕国第一任国君召公全心全意为周王室服务的精神，以后燕国应该及时向周王室纳贡，就像周成王、周康王时那样，天下诸侯听命于周王室。

说起来，燕国这么多年一直有着天高皇帝远的情结，常常以路上有山戎作乱为借口不向周朝交纳份子钱。当然，自从扶持公子颓失败之后，燕国跟周王室的关系就更差了。

现在齐国替燕国扫平了去中原的道路，燕国也再没有理由拖欠提成。

这一切自然都是管仲的安排。

燕卫都是为乱周王室的国家，但管仲采取了截然不同的策略，对于中原腹心的卫国，齐国直接发兵，彻底打服为止；而对于偏远的燕国，则先施以恩惠，然后提出要求。毕竟人家远，打起来不方便，而且一直都是落

第九章 霸业进阶

后生,也需要给人家一个进步的机会。

以齐国的军事实力,就是强行出兵,也能达到让燕国臣服的目的,可齐桓公不但不打,还送他土地。细节做到这一步,就是万年落后生也知道该进步了,燕庄公当场表示一定照齐桓公的要求办。

此事传开之后,齐国的声望再上一个台阶:诸侯闻之,皆从齐。

司马迁评价管仲的为政时,总结出了一个特点:管仲善于因祸而福,转败为功,通俗点说,就是能把一件坏事办成好事。

本来是一场军事冒险,而管仲把它变成一件重申幽盟尊王纲领的机会,成功劝说燕国回到尊王的大家庭当中来。这无疑巩固了齐桓公伯主的地位。

而这还不是管仲围绕征戎做的全部文章。

回到齐国之后,管仲派出一路使者,给鲁国送去了征山戎得来的战利品。当初大家说好一起打山戎,就好比谈妥一起去做生意,结果出发时,你打了退堂鼓,但这个主意是大家一起谈的,论收益也该算你一份。

齐国不但没有怪鲁国不守信,反而分红不忘鲁国,这种以德报怨的仁义行为,不要说当中原霸主了,就是当个江湖大哥也完全够格嘛。

鲁国史官对这件事情进行了批评,认为就算献,也该献给周王室,因为诸侯国之间是不会互赠战利品的,齐国此番颇有些得了便宜还卖乖的意思。

虽然嘴有点硬,但鲁国彻底对齐国服气了。据《说苑权谋》记载,到了第二年,齐国要征伐莒国,鲁国下令"丁男悉发,五尺童子皆至"。从放鸽子到全民总动员支持齐桓公的霸主事业,这都是齐桓公用自己的人品赚来的。

霸主崛起

鲁庄公总算明白了自己跟齐桓公的差距。古语云：朝闻道，夕可死也。

全民动员跟随齐桓公征莒国是鲁庄公三十二年，这也是鲁庄公人生的最后一年。鲁庄公病了。

这一年，鲁庄公四十四岁，年纪不算太大，但工龄却有三十二年。十二岁时，他就登上鲁国的君位，又身处大动荡的时代，鲁国要求生存，求发展，事务不可谓不繁杂。鲁庄公资质中等，却一直兢兢业业，没有在大国竞争当中掉太大的链子，甚至一度取得了长勺之战这样的胜利。作为一名鄙的肉食者（肉食者鄙），实在是辛苦了。

自知大限将至，鲁庄公开始考虑身后的事情。跟所有的国君一样，这常常是一件让人难以做出决定的事。

我们也知道鲁庄公不是一个很会决策的人，他的成绩大多是被动得来的。在死后谁接班这个问题上，鲁庄公也举棋不定，最终，他叫来了自己的弟弟叔牙，问可以将君位交付到谁的手上。

"庆父有才能！"叔牙说道。

这位庆父是鲁庄公的弟弟，叔牙的哥哥，在春秋中经常率领鲁国军队出征，算是军中的实力派。至于这位庆父的性格，我可以举一个例子。

鲁庄公八年，那时，齐国的国君还是齐襄公，有一回，鲁庄公跟随他的大舅舅齐襄公去攻打郕国。郕国是一个小国，自然经不起打，但小国的心眼也很小，看着齐鲁两个大国合着伙打他，就使了一个坏主意。郕国单独向齐国投降了。齐襄公是个豪迈的人，也没有多想，一个人搞完了受降仪式，呵呵笑纳了战利品。

这就不太对了，大家一起出来做生意，赚到了钱，应该大家一起分，郕国这一投降等于让齐国独吞了胜利果实。据史料显示，鲁国对这次出兵

《第九章》 霸业进阶

十分重视，专门搞了演练，祭祀祖先。

现在什么都没捞到，回去怎么向鲁桓公鲁隐公们的上天之灵交代？庆父听说以后，火冒三丈，向鲁庄公提了一个建议：要不咱们干脆袭击齐军，把战利品抢过来。

但在这件事情上，鲁庄公表现出了很高的道德水准，表示齐国并没有什么罪，郕国向齐国投降，那是因为我们自己做得不好。我们应该先培育自己的德行，只有我们有了德行，别人才会向我们投降。

从这件事情上可以看出，鲁庄公是比较谨慎的，而庆父这个人脾气火暴，还有些不讲究，连友军都想攻打。因此显然，这不是一个让鲁庄公满意的答复。等叔牙走后，鲁庄公叫来了自己最小的弟弟季友。

至此，鲁桓公的四个儿子都露面了，鲁庄公是长子，庆父行二，叔牙行三，而季友最年轻。除鲁庄公之外，这三位兄弟都是鲁国的当权者，他们的后人在后面基本掌控了鲁国的政权，历史上称为三桓。

鲁庄公再次问了同样的问题：我亡故之后，谁来接任鲁国国君之位？

听到这个问题，季友没有评价候选人的优劣，因为他明白这其实不是一个问题，鲁庄公要的也不是一个答案，而是一个表态。

季友马上起来，躬下身子：臣将用死来侍奉公子般。

公子般，鲁庄公的亲生儿子！

关于子般的出生有一个十分浪漫的故事。

很久以前，鲁庄公修建了一个高台，目的不详，但修成之后，鲁庄公发现没白修，因为登上高台之后，视野开阔，十分有利于偷窥等活动。鲁庄公就看到对面党氏家里有一个漂亮的姑娘。

经过打听，他得知这位姑娘叫孟任，现在还没有嫁人。喜出望外的鲁庄公马上跑到党氏的家门口，要去追求孟任。从这种说爱就爱的性格上来看，他的父亲是谁难以确定，但无疑就是文姜女士的亲生儿子了。

这是一个不太合礼的举动，孟任也没有开门。但鲁庄公赖在门口不走，还当场许诺让她做夫人。得到这样的承诺无异于看到了五克拉的钻戒。孟任打开一条门缝，伸出手。不是拉钩上吊一百年不变，而是要与鲁庄公歃血为盟。鲁庄公没有犹豫，当下掏出刀子，在自己与孟任的手臂上划出鲜血，两只手贴到了一起。没多久，两人就开始一起吃早餐了。

公子般就是庄公与孟任自由恋爱生下的儿子，此时，大概孟任已经去世，鲁庄公这才娶了齐桓公的妹妹哀姜。而哀姜大概还没有生下儿子来挑战公子般的世子地位。

让公子般接任国君之位，才是鲁庄公心底的答案，他把叔牙、季友叫过来，只是试探一下国内大夫的意向，而独独没有叫庆父，就是怕庆父阻止他把君位传给儿子。

听了季友的话，鲁庄公很不厚道地说了一句："刚才叔牙说，庆父有才能。"

说完，鲁庄公闭目养神，不出一言，而季友已经领会到了国君的意思。

下来后，季友用鲁庄公的名义请叔牙到鍼巫氏家里去一趟，叔牙到了以后，这位鍼巫氏为他准备了一杯毒酒："喝下这杯酒，你的后人还能在鲁国生存，不喝的话，不但你要死，而且你要绝后！"

叔牙愕然了，他马上明白过来，这一切都缘于自己这一天的回答。答错了题，原来后果这么严重！

据有的史料说，叔牙就是想帮助兄长庆父夺取君位，甚至连刺杀鲁庄

《第九章》霸业进阶

公的兵器都准备好了。这个结论应该是不太靠谱的,因为鲁庄公本来就要死了,何必多此一举,而且叔牙如果真的想弑兄,也没有必要向鲁庄公推举庆父,从而暴露了自己,更何况他还如约而来。要知道鍼巫的名字里带着巫字,说明他是巫这方面的专业人才,这些巫士家里一般都常备各种毒药,以备不时之需。

最大的可能,他只不过是庆父的粉丝,诚心诚意地向领导推荐了一个人才,可从现实来看,说得对不如他猜领导的心思猜得对。

叔牙没有别的选择,不喝,就是被砍死兼灭族,喝,不过牺牲我一个,保全后人。于是,他举起毒药,一饮而尽,然后放下杯子,开始往回走,行到逵泉毒发身亡。

叔牙逝世的一个月后,庄公的人生画上了句号。死得不算光荣,但可以算从容。

鲁隐公是被公子翚刺死的,鲁桓公是被齐襄公弄死的,鲁庄公先生虽然事业未必做得比前两任大,但在死上超越了前辈,他是病死在他平常办公的正厅。这种死法称为正寝(夫人死于内室,称为内寝)。要是鲁庄公年纪再大点,都可以称得上寿终正寝。

孔子先生大概也是松了一口气,鲁国的国君终于能够死在床上了。

鲁庄公死后,他的儿子公子般顺利接掌君位,顺利了两个月。两个月后,公子般被刺死在大夫党氏家里。刺杀他的主谋正是那位被叔牙推荐的庆父,行凶者却是一个叫荦(luò)的牧马官。

这位杀手接这一趟活倒不是为了赚钱,而是为了报仇。鲁庄公还在的时候,有一次,公子般祭祀求雨,他的妹妹跑来围看,而这位叫荦的牧马官不好好放马,却也跑过来,还隔着围墙调戏公子般的妹妹,这大概相当于孙猴子调戏了七仙女。公子般勃然大怒,叫人把荦抽了一顿鞭子。鲁庄公听说了这个消息,对儿子说道:"你还不如杀了他,这种人是打不得的,因为他的力气很大,能够把车盖抛到稷门上去。"

鲁庄公的思维方式是很好的,他的意思是不要跟粗人比暴力,因为你永远比不过他。但鲁庄公这个人有想法却没有决断力。明明知道荦会闯祸,为什么不替儿子杀掉他?明明知道庆父这个人是威胁,是主谋,为什么不除掉他?

季友也意识到了自己的这一个疏忽,在公子般被杀后他连忙做出了一个决定,开溜。自己毒死叔牙的消息是纸不包住火的,现在再不跑,就真得跟大哥鲁庄公黄泉相会了。

这位季友兄弟在出生时,他的父亲鲁桓公曾经请人给他算过命,得到一个卜辞:为公室辅,季氏亡,则鲁不昌。意思是说他会成为王室的辅助,如果他死了,鲁国就无法昌盛。

这是一个注定要成为鲁国一流政治家的人,可在当一个高超的政治家之前,季友先生,要先学会做一个合格的阴谋家啊。

庆父终于成了鲁国的掌权者,该是他站到前台接掌君位了。可奇怪的是庆父并没有自己上场,而是把鲁庄公另一个儿子姬启推上了国君之位。

这个世界从来就没有奇怪的事情,有的只是重重的大幕。但大幕一一揭开,就成了四个字:原来如此。

第一层大幕是姬启的身份。这位姬启是鲁庄公跟一个媵女生的儿子,这个媵女是齐国来的叔姜,是跟那位哀姜一起嫁过来的。叔姜虽然是陪嫁丫头,但善于抓住不多的机会,生下了儿子姬启。

《第九章》 霸业进阶

考虑到自己的声望还震不住国内的贵族，庆父把姬启推出来，是想获得齐国的支持。另一方面，这位姬启年纪很小，只有八岁，是个很好操纵的对象。

这样的示好似乎取得了效果，在姬启即位的第二年，齐桓公就同意跟姬启见一面，在落姑举行一个会盟。

天下的霸主跟一个玩泥巴的八岁小孩子能结成什么样的盟呢？在庆父看来，也就齐桓公塞点糖，姬启同学叫齐桓公一声舅姥爷，大家算是认认亲戚，顺便造成伯主认可姬启诸侯地位的事实。

于是，庆父就没有参加这次会盟，而是留在国内处理国内事务。这是一个天大的错误。很快，庆父就听到了一个让自己差点崩溃的消息。

自己这个八岁的国君跟齐桓公在落姑会盟上除了认亲戚，还谈了一件大事，他们商议把季友从陈国接回来。据说这个事情还是姬启主动提出来的。但从年纪上看，姬启要求把父亲从天堂接回来的可能性比较大，把叔叔季友接回来的可能性接近为零。这个议题只可能是出自齐桓公的安排。

庆父感到大惑不解，自己已经安排跟齐国有血缘关系的姬启继位了，为什么你们还要找季友呢？

这个答案还要从庆父自己身上找。在齐国看来，庆父这个人极有野心，而且不讲规矩（当年曾建议兵袭作为友军的齐军），要是让他掌权，鲁国岂不大乱。而齐桓公的霸业需要一个稳定的鲁国，一个不闹事的邻居。好战的庆父无法实现齐国在鲁国的利益最大化。

而季友是个合适的选择，至少他这个人还讲点道理，可以商量。

《左传》记载：齐侯许之。齐桓公欣然同意了姬启这个请求。自己提请求，自己答应，齐桓公的演技也日益精进了。

于是，在齐国的安排下，鲁国决定召回季友，齐国专门派人从陈国去接季友，而姬启在落姑开完会后也没有直接回家，却跑到了鲁国的边境郎地等候。

三年前的春天，鲁庄公在郎修了一座高台，大概还想偷窥谁家的美女。因为是在农时开工，这个举止受到了孔老师的批评，但这个高台没算白修。

八岁的姬启站在这座高台上，于萧瑟的秋风中望向南方，等待着季友的归来。这座高台大概可以称为望叔台。

季友叔叔终于出现在视线以内。姬启可能并不理解这件事情的意思，对他来说，什么时候能回家才是重要的。真正受影响的是那些追逐权力的成年人。

庆父眼睁睁看着季友大摇大摆地跟在国君的后面回到了鲁国。

孔子老师用"季子来归"形容季友的归来，一是不称季友的名字，而是尊称他为"季子"，用"来归"表示鲁国人十分欢迎季友。如果是庆父逃而复返，那大概就叫"入"吧。

庆父很快就发现，姬启跟季友的关系不错。大概是他舅姥爷给他上了课，叫他回家一定要听季友叔叔的话。为了替季友稳定大局，季友前脚刚进家门，齐国的使者后脚就来了。

冬，齐仲孙来。（《春秋·闵公元年》）

这位齐国使者叫仲孙湫，孔老师称他为仲孙，而省略他的名字，就是表扬这位齐国使者。这位齐国使者对鲁国近期的内乱进行了调查与研究，发现了鲁国国内的一些突出的矛盾，也就是鲁国之乱，是乱在庆父身上，

第九章 霸业进阶

要想安定鲁国，就必须除掉庆父。除此之外，这位使者应该也发现了另一件让他感到羞愧的事情。

庆父之所以敢大着胆子弑君，又扶立跟齐国有血缘关系的姬启，是因为他在齐国这条线上，还有一条内应。内应不是别人，就是鲁庄公的妻子哀姜女士。不知道从什么时候开始，庆父就跟自己的嫂嫂哀姜搞到了一起。

这是春秋以来，齐国之女送给鲁国国君的第二顶绿帽子了。

齐国一直批评鲁国最近乱得一塌糊涂，可齐桓公也没有想到根子竟然还在他们齐国身上。听到仲孙湫的汇报之后，齐桓公彻底无语了。

当然，要说有什么羞愧的话，似乎也过了。齐桓公本人的私生活也不怎么光彩，他之所以沉默，是因为他突然意识到，一个千载难逢的机会摆在了他的面前。

看来鲁国国内是乱成一锅粥了，要是抓住这个机会，说不定就可以吞并鲁国。

这实在是一个大胆的设想，春秋时，经常有国家被灭，但那都是虾米小国，大国之间的兼并活动要等到战国时期才会发生。要是齐桓公吞并鲁国，是不是会引起连锁反应，继而引发大国吞并潮，从而使中国的历史进程提前个两三百年？

仲孙湫否决了这个可能性，他告诉齐桓公，国家要灭亡，一定要断了根本，现在鲁国还没有丢弃周礼，我们就没办法灭亡它。我们应该帮助鲁国平定内乱并且亲近它。亲近有礼的国家，灭掉无可救药的国家，这才是成就霸业的策略。

齐桓公点点头，认可了这个判断。这应该也是管仲的判断，而对齐桓公来说，灭鲁大概也是一时兴起，他本来就不是雄心万丈的帝才。

那就执行二号方案：平鲁难吧。

仲孙湫给出了他的考察结果：不去庆父，鲁难未已。

齐桓公又点头同意。但扫帚不到，灰尘不会自己跑掉，怎么去掉这位庆父呢（若之何而去之）？

仲孙湫高深莫测地说道："难不已，将自毙，君其待之。"

我们什么也不用做，只要耐心等待，庆父就会自己玩儿完。

那就等待吧。第二年的秋天，庆父又搞大动作了。

庆父很郁闷，所有的坏事他都做了，可所有的成果都变成了季友的。这不是典型的为他人做嫁衣吗？

想了想自己这一年来的造反事迹，他找到了问题所在：当年就是看错了齐国，以为扶持姬启，就可以得到齐国的支持，哪知道齐国另外找了季友当代言人。要是自己一开始就当国君，就不会有后来的这些事了。

看来，扶持傀儡这条路已经走不通，那就亲自上吧。

庆父做出决定：单干。要实现这个转变，首先就得除掉姬启。对庆父这样的弑君人才来说，这不是一个难题。

秋季的一天，姬启从路寝出来，被躲在旁门的鲁国大夫卜齮杀死。根据礼制，天子有六寝，诸侯有三寝，分别是路寝、燕寝、侧室。路寝是办公室，燕寝是休息室，侧室则是燕寝之后更私密的休息室。也就是说姬启算是下班途中被杀死的。

背后主谋当然还是庆父先生，而且这一次，庆父可能同样没有支付杀手的劳务费。这位卜齮因为自己的田地被姬启师傅夺走了，姬启没有制止，所以怀恨在心，甘愿替庆父杀人。

第九章 霸业进阶

我就奇怪了，姬启一个八九岁的小孩还能怎么制止，要追究责任，也该找庆父啊。在杀人越货这件事情上，不得不佩服庆父先生，雇了两位杀手，竟然一分钱都没花。

听到姬启的死讯之后，季友再次跑路，动作依然是那么迅捷，但这一次，他总算没有一个人开溜，而是带走了鲁庄公一个叫姬申的儿子。这位姬申年纪也不大，带着跑路实在不方便，但不带，按庆父的杀人效率，只怕不用多久鲁庄公就要绝后了。

在季友跑路没多久后，庆父也起跑了。

本来杀了姬启，吓跑了季友，庆父准备上台，可他马上发现自己有点下不了台。他的行为引起了共愤。

国际社会纷纷谴责庆父，这其中又以齐国的态度最为坚决。这也不能怪别人。虽然春秋时，弑君已经是家常便饭了，但庆父先生在两年之内就弑了两位，其中还包括一个八九岁的小孩。

鲁国贵族更是义愤填膺。随着庆父准备到前台运作，他跟哀姜女士的关系也曝光了。这个关系彻底触痛了鲁国敏感而脆弱的神经。三十多年前，齐女文姜就搞得鲁国国君桓公横死，鲁国鸡飞狗跳不得安宁。现在文姜好不容易仙逝，哀姜又接过她的旗帜，将绿帽精神继续发扬光大，只用了两年，就干掉了鲁国的两位国君，就是鲁庄公生再多的儿子也不够哀姜女士折腾。

一时之间，群情激奋，考虑到鲁国的军队很大一部分都掌握在一些有名望的大夫手里，要是他们联合起来，国君也是搞不定的。

搞到这一步，是庆父想不到的。他只好收拾一下包裹，逃到了莒国。据记载，他领了一帮亲信，这些亲信里没有他的情人哀姜。

哀姜一个人逃到了邾国。这应该不是两人采取分头跑的策略来迷惑追兵。说到底,庆父也不是爱上了哀姜,他只是看上了哀姜齐国之女的身份,希望能够得到齐国的支持,哪知道齐国根本没有一点娘家人意识,那这位哀姜就不是资产,而成了负担。

抛弃情人,独自逃到莒国之后,庆父知道自己已经不会再有机会了。本来他也是一个人才,可他碰上的是不世出的天才。人才碰到天才,也只有低头认输吧。

没过多久,莒人就把他赶跑了,这也不奇怪,作为一个小国,实在不敢收留庆父之流。这里的庙小,容不得诸位真神,你们还是去齐国吧。

看来莒国是待不下去,庆父又领着团友跑到了齐国。当然,这有点慌不择路,齐国要能收留他,他就不用逃跑了。在齐国吃了闭门羹,庆父只好又往回跑。

天下之大,哪里才是自己的容身之所?

看来,只有投案自首,争取宽大处理吧。

庆父派出了自己的亲信公子鱼回鲁国求情,请鲁国的执政者给他一条活路。这位执政者正是庆父的弟弟季友。

庆父前脚刚出鲁国,季友就上演了《王者归来》第二部,回国后就将自己带走的姬申送上君位。这位姬申是鲁国的第十八任国君,史称鲁僖公。

最后的赢家不是两次挥刀的庆父,而是两次当逃兵的季友。这样的结果无非是告诉我们,有的时候做大事并不需要使尽力气,而只需要把握节奏,踩准要点。

这一次,季友不再给庆父新的机会,他让公子鱼转告庆父:如果你敢回来,我就杀了你。

第九章 霸业进阶

逃亡吧，鲁国已经不再有你的立足之地。

公子鱼往回走，到了庆父暂住的地方。公子鱼无法将这个残酷的消息告诉庆父，他在外面徘徊，最后号啕大哭。

"这是公子鱼的哭声……"庆父愣住了，他很快明白过来，"我再也回不去鲁国了。"

说完这句话，庆父吊死在自己的车辕上。

事情到了这里，大概可以谢幕了，可莒国又抱着抢头条的心理冒了出来。他们听到庆父自杀的消息，连忙跑去鲁国报信，表示自己为鲁国抓住了逆贼。言下之意，鲁国得支付点劳务费吧。

这就太荒唐可笑了，人家兄弟相争，死了两个，已经够伤心了，莒国一个芝麻大小的国家，竟然还想寻机敲鲁国的竹杠。季友严词拒绝了莒国的索贿，让他们哪里凉快哪里待着去。

莒国相当愤怒，竟然拉出军队进攻鲁国，这大概就是江湖上所说的不作死就不会死吧。

面对来犯之敌，季友亲自出征，并且以偏战相迎。所谓的偏战，就是约定时间地点，大家各据一边，各自鸣鼓，然后发动进攻，颇似一种组团式的单挑。

莒国同样也摆好了阵势，虽然莒国的国力不如鲁国，但趁着鲁国大难，说不定真能浑水摸鱼一把。正要开战时，季友突然跑到了阵前，向莒国的主将叫起阵来。

季友表示我跟你们莒国主将互相厌恶，打一场很应该，但士兵是无辜的，我们没必要让士兵为了我们的私人恩怨送死，不如我们两人下场一决胜负吧。

这位季友大概是从哪本武侠小说里穿越过来的，两军交战，竟然要求下场单练。

莒国的主将名叫莒挐，这位仁兄在莒国的地位很低，连大夫都不是，还处在士这一级。按春秋的惯例来说，不是大夫是不提他的名字的，是谓无名小卒。可莒挐竟然在《春秋》里露了脸，其原因是他答应了季友这个莫名其妙的要求。

这位莒挐并不笨，他看到莒军的实力不如鲁军，但自己的身体素质要强于季友，单挑正中他的下怀。

莒挐跳下战车，跟季友对打起来，据后面的情节来看，他们还本着友谊第一比赛第二的精神没有拿兵器，而是赤手空拳开始了较量。过了一会儿，季友就开始招架不住。说时迟那时快，季友的随从突然从空中扔过来一个东西。

"孟劳！"孟劳是鲁国的宝刀。

鲁国毕竟是传统大国，家里还是有底子的，论弓有自动导航的金仆姑；论刀，这把孟劳可是兵器谱上十分靠前的名刀。

季友接过孟劳宝刀，顺势就砍。事实证明，大汉再猛，也猛不过砍刀。最终季友凭借兵器上的优势，成功抓获莒挐，大败莒军。

显然，季友太不守江湖规则了，相当于暗器伤人。史书也对他的这种行为进行了批评。从道义上来说，只能给个负分评论，但从战术上说，该给个好评。

季友再一次发挥才能，用最少的代价达到了利益的最大化。

《第九章》 霸业进阶

庆父用一根绳索结束了自己狂奔的生命。做了这么多坏事，至少死得利落，没有给齐桓公添麻烦。剩下的哀姜就有些难处理了。

哀姜不是一个快乐的女人，她是政治的牺牲品，她的婚姻是为了保证两国的交好。在鲁国，以鲁庄公的性格，估计很快就对她审美疲劳了，不然她也不会生不下孩子，更不会与庆父搞到一起。而最终，她还被自己的情人抛弃了。

在庆父逃向莒国时，哀姜没有跑回娘家齐国，她知道，自己的大哥齐桓公正在天下各地抓反面典型，自己回去未必有好果子吃。

这个猜测得到了证实。齐桓公下令将她从邾国押解回来，行到夷地，齐国使者递给她一杯毒酒（另一个说法是绳子）。

不为夫家所容，连娘家人也上吊不夺绳，喝药就给瓶。

在齐桓公看来，他这是大义灭亲，给鲁国一个交代，也给国际社会树一个榜样。但他这样的表态并没有得到鲁国的赞许。鲁国人听说自己的国君夫人自杀后，专人派人到齐国要回了哀姜的尸体，运回国安葬。她是鲁国内乱的祸首，可从她在桓宫行完婚礼之后，她就生是鲁国的人，死是鲁国的鬼。而且齐国做得太过分了，哀姜虽然做错了事情，但她终究是一个妇道人家，不过是听从他人指使罢了，实在罪不至死。

想想文姜，闹出来的动静比她还厉害，鲁国人还把她老人家当姑奶奶侍候着，一直在鲁国老死还送终，现在逢年过节还上香。相比之下，哀姜就太可怜了。所以鲁国人还专门给了哀姜一个"哀"的谥号。

鲁国人实在太绅士太宽容太有同情心了。

在哀姜的事情上，鲁国没有领齐国的情，但在其他方面，鲁国还是感谢齐桓公的。要不是齐桓公，鲁国的内乱还不知道要乱成什么样子，而且齐国在帮助鲁国平定叛乱的同时，还做了一些让人称道的事情。

齐桓公为了平定鲁难，专门派了上卿高氏到齐国。这位高氏帮着季友稳住局势之后，发现没什么事干，就主动当起工程兵来。

鲁国这些年经济搞不上去，天灾不断，内乱丛生，城市基础建设很落后，这位高氏就领着齐国士兵帮着鲁国把都城修缮了一下。这件事情赢得了鲁国人的普遍赞誉，在很长的一段时间内，鲁国人提起齐国的高子，都竖起大姆指，并指着都城教育下一代，从鹿门到争门这一段就是当年高子修的，此时，还会有路人甲插话说从争门到吏门其实也是那一年高子帮着修的。

最后，这些人脸上都带着无限的期待。真希望高子能再来啊！

这些城市工程象征了齐鲁两国的友谊，也让齐桓公的霸业达到了一个新的高度。

公元前660年，在齐国上卿高子向鲁国进发搞工程建设时，齐国下卿管仲先生向齐国宫殿跑去，他要向齐桓公报告一个重要的情况。

幽盟的重要成员国卫国正在遭受狄人的进攻。

所谓的狄人，就是指北方的少数民族。在春秋，按照区域给少数民族归了类：东方的叫东夷，西边的叫西戎，南方的叫南蛮，北方的就是北狄了。当然，这个划分并不准确，比如戎未必是西方的，前段时间，被齐桓公赶到东北的就叫山戎。

当时这些民族跟号称正统的中原人相隔并不远，相互还有一些杂居的情况，闲时打个仗很方便快捷。

管仲先生走得特别着急。因为进攻卫国的狄人是赤狄，一般来说，狄人主要分为赤狄、白狄、长狄。这三族中，以赤狄实力最强，赤狄已经完成了狄人的资源整合，号令诸部，组团运作，可以称得上是狄人中的霸主。如此，自然只有中原的霸主齐桓公才能抵挡得住。

当管仲见到齐桓公时，他惊呆了。齐桓公先生正躺在床榻上，光着上身，胸部缠着夸张的帛布挡住敏感部位（裸体纫胸）。

"仲父啊，我有一千年的食物，却没有百年的寿命，现在我又生病了，就姑且让我行乐一下吧。"齐桓公说道。

管仲明白了，这是领导在装病罢工。这不是齐桓公第一次露出松懈的意思。在去年狄人进攻邢国时，齐桓公就表示事不关己，高高挂起，经过管仲劝说，齐桓公勉强跑了一趟。

齐桓公已经当了二十六年的国君，霸主也干了二十年。当一年两年的霸主容易，难就难在一直当霸主，这些年，齐桓公内政外交一把抓，哪里有事哪里有他，虽然威风，也实在辛苦了。现在好不容易把鲁国的事情办清楚了，也该休息一下。

愣了一会儿，管仲说道："好吧。"

管仲亲自安排，在殿里悬起钟磬，召来了歌伎搞起了娱乐表演，每天杀十多条牛办大席。

这样的娱乐活动一搞就是几十天。管仲每天的活动就是陪着齐桓公吃喝玩乐，大有彻底放纵的感觉。到了最后，齐国的大夫们看不下去了，纷纷前来劝齐桓公赶紧干正事救卫国。齐桓公一听大夫来了，马上换上之前的标准病友装，把跟管仲说的及时行乐的理论搬出来说一遍，并表示现在狄人进攻的是卫国，又没打我们齐国，我们干吗着急。

你永远无法治好一个装病的人，国君要装病，大夫也没办法。而齐桓

183

公在霸主这个岗位上干了二十多年，终于露出了他顽劣的本性。

在齐桓公歌舞取乐的时候，卫懿公正在跟狄人苦战。

说起来卫国也是老牌的中原大国，但经过公子州吁、卫宣公、卫惠公等老一辈有产阶段的大力折腾，国家实力江河日下。而卫懿公再接再厉，在亡国这个领域玩出了花样。我们已经介绍过，这位仁兄喜欢养鹤。爱好动物并无指责之处，下了班，到皇家动物园看看仙鹤，也能培养情操，放松精神，至少比逛后宫有益身心。但这位卫懿公坏就坏在个人爱好与工作职责不能很好地区分开来。

为了不让鹤在园里闷着，卫懿公经常出去遛鹤，这本来也是一件好事，但卫懿公做了一件出格的事情，他让鹤坐着大夫的车子出游。

在春秋时，车子还没有得到普及，绝大部分都是公务用车，只有大夫及以上的人才有资格乘坐。孔子老师最喜欢的学生颜回去世时，家里没钱办葬礼，颜回他爹颜路请孔子帮忙，请孔老师把自己的配车卖了厚葬颜回。孔子以自己是大夫，出去不能没有车拒绝了。

可见，车子是身份的象征，也是礼的外在表象。现在，卫懿公竟然让鹤坐公务员的车，那岂不成了鸟车？而这些配车的鹤还有一个相应的称号：鹤将军。

卫懿公为自己这个荒唐的行为付出了代价。在狄人进攻时，卫国号召卫国人拿起武器保卫家园，应者寥寥。卫国人表示，国君你还是领着你的鹤将军去跟狄人作战吧，鹤已经有禄位了，哪里用得着我们？

动员工作结束之后，偌大的演兵场空空如野，卫国人集体躲到了山里。这样的场面，卫懿公要负主要领导责任。但让人钦佩的是，卫懿公虽

《 第九章 》 霸业进阶

然玩物，并不丧志。虽然没有召集到足够的军队，但他没有退缩，依然决定出征。

他将传国之宝玉玦交给了大夫石祁子，把象征国君权威的箭矢交给了甯庄子："你们用这两样东西守护国都，只要是有利的事情，你们都不用请示我了，大胆去做！"

最后，他把一件绣衣交给自己的夫人，告诉她："你要听这两个人的。"

这大概算交代后事了。

卫懿公前往战场，碰到狄军后，他亲自向敌人发起了攻击，因为实力差距太大，卫军大败。一般到了这个时候，就该易帜换装跑路了，很多国君都干过这样的事情。但在手下请国君换车时，卫懿公毅然拒绝了，他依旧打着自己的旗号，驾着车横冲直撞，最终战死沙场。

这一刻，卫懿公是一个勇敢的人，是一个值得尊敬的人。

砍死了卫国的国君，狄人清点了一下俘虏，发现有两个官员模样的。

狄人决定让这两位在前面带路，进攻卫国的国都。这两位主动交代，他们是卫国的大史官华龙滑和礼孔，掌管着卫国的祭祀，不如你们放我们回去，我们替你们打个前站，这样你们才能顺利得到卫国。

这就是欺负狄人没文化了，史官顶多也就记录一下国家大事、国君言行，怎么轮得上主持祭祀？这个明显的谎言竟然骗到了狄人。

狄人是怕鬼的，要是跑到卫国，卫国的祖先显灵出来吓他们就不好了。于是，狄人同意了，让这两人先行出发。数天后，狄人也来到了卫国，卫国的城门大开着，狄人大喜。

卫国一定是打开城门迎接我们。狄人蜂拥进城里，准备大发一笔横财，结果把卫国的都城逛了一遍，连个人影都没有看到。卫都已经成了一座空城。

两位史官跑回来后，告诉守城的大夫石祁子跟甯庄子，狄人军势甚猛，都城已经守不住了，趁早逃跑吧。石祁子看了看卫懿公留给他的玉玦，甯庄子则看了看自己得到的箭矢，马上同意了这个看法，当天夜里就打开城门，率领卫国人跑了个干净。

狄人愤怒了，他们远道而来可不是来参观卫都的，他们要的是财宝以及可以充当奴隶的俘虏。愤怒之下，狄国人循着卫人逃跑的方向追去。

大概是带的东西太多，在黄河边上，卫人被狄人从后面追上。一顿冲杀之后，狄人终于得到了自己想要的财富跟奴隶。

等幸存者渡过黄河，清理人数，卫国只剩了七百三十人。

卫国已经亡了。

在我看来，卫国人之所以不愿意出战并不全是因为鹤的规格用车，而是卫国人本来就厌恶卫懿公这一脉，自从当年卫宣公被老婆宣姜的枕头风吹昏，杀了卫国贤者公子寿之后，卫国人就一直没有原谅这一家人。史书记载，卫国人常欲败之。

现在他们终于达成所愿，但他们忘了自己本就跟卫国是一体的，放任外敌入侵，同样需要付出血的代价。

有一个卫国人做出了截然不同的举动。

卫国的幸存者渡过黄河之时，卫国大夫弘演却奔向了战场。在卫国跟狄人大战时，弘演在国外出使，回到国内，卫国却已经不存在了，国君也下落不明。

战场上残矢满地，横尸遍野，弘演怀着凄凉的心茫然四顾。错过这场

《第九章》 霸业进阶

大战的弘演唯有通过替国君收尸来弥补遗憾。在一处行军营地，他找到了卫懿公的一部分。

卫懿公战死之后，狄人分食了他的身体，只剩下一副肝。

弘演瘫倒在地，呼天抢地，号啕大哭，直到哭不出声音。良久，他说道：国君已经没有了身躯，就用我的身躯来安葬国君吧。说完，他用刀子切开自己的腹，掏出自己的内脏，然后将卫懿公的肝装进去，用自己的身体为懿公做了一副肉体棺材。

这种为国君死的忠臣思想显然已经过时了，但弘演的死最终却脱离了为国君效忠的范围，而达到了为国家而死，为国民而死的效果。

卫国人放弃了抵抗，幽盟似乎也放弃了对卫国的义务。此时，齐桓公正在殿内欣赏着美妙的音乐。

齐桓公穿行在钟磬之间，后面紧跟着管仲。走到钟磬的西面，齐桓公停了下来，面朝南站立。管仲站在他的对面，望着这位诸侯的伯主。钟磬被敲响，悠长的音乐响起，在殿内激荡回响。齐桓公闭上眼睛，聆听这天籁之声。

再没有比这更好听的音乐，再没有比这更悠闲的时光。

音乐停了下来，齐桓公满意地睁开眼："快乐吗，仲父？"

管仲同样睁开了眼，脸上挂着忧患："我没有听到快乐，我只听到了悲鸣。这不是真正的快乐。"

"这都不是？那什么才是？"

"真正快乐的音乐，是行于天下之君王的命令，真正的悠闲是天下无兵革之患。"管仲停了一下，望着自己辅助的君王，"现在你的命令没有行于天下，你在这钟磬之间，而四面兵革不休。这是悲哀，不是真正的快乐。"

接下来，管仲给他讲了卫国的事情，最后，告诉了他弘演的事情。

齐桓公沉默了，这数十天，他也听过卫国的事情，但他本人对卫国没有什么好感，更不想强出头，然而卫国的大夫再一次感动了他。

他叹道："卫国的灭亡，我以为是无道，但卫国有弘演这样的大臣，不可不存！"齐桓公猛地拔出长剑，斩断了悬挂钟磬的绳索。随着钟磬落在地上发出的轻脆声音，天下的伯主终于归位了。

仲父，让我们重建卫国吧！

当年齐僖公先生强迫卫国公子顽强行烝宣姜女士，结果生了一大批儿女出来。这件事情当时有点无礼，但到了现在，就显出人多力量大的优势来了。

两个儿子戴公跟文公正好可以填补懿公死后留下的空白。两个女儿长大后分别嫁给了宋桓公以及许穆公。娘家有难，闺女支援，这其中，又以许穆夫人最为娘家着想。

据史料记载，许穆公对老婆娘家的重建工作不太感兴趣。原因大家也理解，许国是个小国，搞重建这种活动，是需要认捐的。许国心疼腰包，干脆就不来。

对此，许穆夫人的心情很不好。这位许穆夫人文才出众，被誉为第一位爱国女诗人（她的姨妈文姜是第一位女诗人。朱熹评定）。在娘家国灭之后，她专门写了一首诗《载驰》来记载卫国的重建：

　　　　载驰载驱，归唁卫侯。驱马悠悠，言至于漕。大夫跋涉，我

第九章 霸业进阶

心则忧。

既不我嘉，不能旋反。视尔不臧，我思不远。既不我嘉，不能旋济。视尔不臧，我思不閟。

陟彼阿丘，言采其蝱。女子善怀，亦各有行，许人尤之，众稚且狂。

我行其野，芃芃其麦。控于大邦，谁因谁极？大夫君子，无我有尤。百尔所思，不如我所之。

大意是娘家灭国了，许穆夫人心急如焚，要回去帮忙，结果许国大夫前来阻拦。但许穆夫人突破重围，回到了家乡，抵达卫国余民暂住的曹邑。麦子密布垄上，她在田野里缓步，不知道要去哪里寻找帮助。

有困难，当然要找齐桓公了。没用多久，齐桓公就以幽盟主席、诸侯伯主的身份召集各路诸侯，命令一出，天下响应。

有的小说里记载，这位许穆夫人跟齐桓公曾经一见钟情，正是她专程写信，齐桓公才肯出面重建卫国。这种浪漫的事情，大家就当故事听吧。

卫国重建会议顺利召开，齐桓公财大气粗，认捐了重建的大部分开支，派兵守卫卫国临都曹邑，又友情赠送卫国新国君戴公大马数匹，祭服五套，若干建筑材料。此外，还专门送给戴公夫人鱼皮装饰和车子以及三十匹上等丝绸。更为有心的是，还有牛、羊、猪、鸡、狗各三百，足够卫国办一个大规模养殖场了。如此大方，实在是货真价实的土豪朋友。

到了第二年，齐桓公还组织各国工程兵在楚丘为卫国重建了国都，将余下的七百三十人聚集起来，再从共、滕两邑抽调出一些人，凑了五千人，搬进了新都。虽然人口还不如现在一个大公司的员工多，但卫国总算半血复活。

唯一奇怪的是，卫国的新国君戴公只干了十几天就死了。齐桓公重新立了文公为国君。这位文公在卫国亡国时并不在国内，他早就发现卫国将乱，逃到了齐国。

这里面有没有什么内幕？史书没有记，咱们还是不要乱猜了吧。

而对卫国来说，文公成为国君是一件幸事，这位文公率领这五千人开始了艰辛的重建工作。他平时穿粗布衣服，戴粗帛帽子，用心农事，发展商业，盘活百工，重视教育，鼓励学习，任用贤良……实现了GDP的迅猛发展。在头一年，国内只有兵车三十，到了他的晚年，增到了三百辆。虽然离千乘为大国的标准差了"一点"，但总算恢复了元气。

卫国，终于有了一个靠谱的国君。

除了重建卫国，齐国率领齐、宋、曹国的军队为同样受到狄人进攻的邢国筑城。鲁国史官详细记载了这些事情，他们认为齐桓公这样干，也是不对的，因为只有天子才有封疆建国的权力。齐桓公这样，有点越权包办的嫌疑。

对于鲁国人的这一表态，大家应该也习以为常了，鸡蛋里他们都能挑出一套完整的恐龙骸骨来。国际社会对这件事情普遍还是给出了好评，尤其是卫、邢两国，他们在齐国的帮助下，很快忘掉了亡国的悲伤，投入到新生活当中去（邢迁如归，卫国忘亡）。

如果能够好好地活下去，又何必执着于礼？

而对于齐桓公跟管仲的这对霸主组合来说，他们也终于找到了尊王之外的另一项主业：攘夷。

第九章　霸业进阶

自春秋以来，四夷势力迅速扩张，已经对中原构成了极大的威胁。西周镐京被犬戎攻陷，王室不得不抛弃基地东迁洛邑。秦国与戎人及狄人交战近百年，数任国君死在战场上。晋国处于偏北之地，国土为戎狄所围，互相交战极为频繁。燕国为山戎所困，不得不放下架子，向中原求救。鲁国常年与夷人交战，互有胜负。强大如齐国，在齐僖公时期，也难以应付北戎的攻击，不得不向郑庄公们求救。现在，邢国、卫国直接被狄人灭了一遍……

原本，周王室是天下共主，也是天下诸侯国的保护者，可以号召天下共同抵御四夷的入侵。可共主先生现在做不了主，天下诸侯一盘散沙，这给四夷提供了绝佳的机会。据我观察，此时，正是春秋历史上闹夷乱最为剧烈的时候。后人认为，这是中原文明面临的最严重的挑战。

其时，中原文明尚未经过淬炼，还处在蓬勃发展的初级阶段，也是极为脆弱的时候，如果中原为四夷攻陷，那中原文明将面临着彻底倾覆的危险。

多年以后，孔老师想起这个时刻，也不禁心里打了一个寒战。要不是中原文明抵住了这最为猛烈的冲击波，只怕自己真的要当一个夷人了。

谢天谢地，谢管仲啊。管仲早就看到了四夷对中原的威胁，这也是他最初告诫齐桓公要想守护齐国就必须要称霸的原因。

周天子的共主地位已经名存实亡，天下急需一个可以号召诸侯共同抵御四夷的伯主。如果没有这个伯主，也就没有天下诸侯国的立足之地，齐国的安全也就无从谈起。

要想守住齐国的祖业，就得承担守护中原的重任。伯主，也不仅仅是一份荣耀，更是时代对中原的诉求。而这份荣耀、这份使命、这份重担，落到了齐桓公跟管仲的身上，这是他们的荣幸，也是最为艰苦的挑战。

霸主崛起

从卫国回来，齐桓公很快就享受到了完成使命所带来的好处，原本各国对伯主这种东西都有抵触情绪，认为这不过是齐国想要威风搞出来的东西。平时，齐桓公没事就开会，大家跟着这位会长四处开会，搞得颇为疲劳。更不用提见了面还要放下自尊，尊称齐桓公一声伯主。有时候，这位会长还很霸道，经常干涉一下诸国内政，这对平时关起门来老子最大的诸侯们来说，实在有些难以适应。

但现在攘夷这个事情出来后，大家开始琢磨出一些味道了，原来幽盟这个组织也真不是为齐桓公一个人定制的。拥立伯主，成立诸侯联盟，确实是当前形势下的必要措施，对大家都是有好处的。

齐桓公在幽盟组织的向心力无疑得到了增强。

作为一个国际性组织，是需要一些经常性事务的。比如欧佩克组织的主要工作就是调控油价，安理会是维护世界和平。先前，幽盟组织虽然打出了尊王的招牌，但这项工作任务不重，更像是一个精神上的纲领，而不是一个行动上的纲领，也就无法撑起一个国际组织的正常运作，而攘夷正好解决了这个问题。

齐桓公可以顺理成章地号令诸侯开展活动，并在活动当中巩固自己的霸主地位。当然，能力越大，责任也越大，攘夷并不是一项轻松的工作。到目前为止，齐国对抗的这些山戎赤狄还处在原始社会，组织能力并不强大。中原真正的劲敌将是已经进化到封建社会，拥有完善社会组织和强大军事能力的，被他们称为荆蛮的楚国。

第十章

齐楚交锋

第十章 齐楚交锋

公元前678年，齐桓公成立了幽盟组织，自此之后，楚国消停了许多年。楚国再一次出现在中原人的视野中已经是八年以后的事情了。

荆人来聘。（《春秋·庄公二十三年》）

孔老师这一句话的意思是，楚国人派了使者前来鲁国进行友好访问。当然，以孔老师的性格，他的话是有深意的。这是孔老师第一次用"荆人"来称呼楚国人。

庄公十年时，楚文王抓获蔡国姬献舞，孔老师记"荆败蔡师于莘"。庄公十四年，楚文王为讨息妫一笑，再次侵蔡，孔老师记"荆入蔡"。而两年后，楚文王犯下错误，进攻郑国，孔老师记"荆伐郑"。

这一次孔老师特地在荆后面加了一个人字，表示像楚国那样的荆蛮子也开始懂礼了，知道派使者到我们鲁国进行聘问。当然，虽然可以称为人，但还是荆人，依旧是野蛮人。

看来，要获得孔老师的认可，楚国人还需要继续努力。

在楚国使者为自己争来人的称号时，楚国国内的事情却有点不那么人道。

自从楚文王驾崩后，楚文王与息妫生的大儿子熊囏被立为新任楚王，这个囏发"艰"的音，但据说这位熊囏同学一点也不艰苦奋斗，天天放鹰走狗，不理政务，还特别忌恨自己的同胞弟弟熊恽，欲杀之而后快。最后，扶持熊恽的大夫请来了随国的外援，将熊囏杀死。

这个故事应该是不靠谱的，因为据推算，两兄弟这时候不过七八岁，应该还没有学会权力斗争这种高层次的游戏。这起政变的背后操纵者应该是楚国的大夫。

哥哥被杀，弟弟熊恽成为新任国君，历史上称为楚成王。因为年纪太小，政务委托给楚国最高执政者令尹子元。

说起这位子元，就有些让人汗颜了。子元是楚文王的弟弟，也就是楚成王的叔叔，他干了一件很不要脸的事情：试图勾引嫂嫂息妫（欲蛊文夫人）。

子元特地在寡居嫂嫂的宫城外修了一座馆舍，天天在馆舍里敲锣打鼓，排演一种叫"万"的舞蹈，据考，这种万舞以武舞为主，演绎的是当年巴蜀汉子随武王伐纣的情形。这种舞蹈原始粗犷，舞者为精壮男子，赤着上身，抹上桐油，散发着十分强烈的雄性荷尔蒙气息。

大概这位子元兄曾经试探过文夫人，但在对方那里吃了一颗软钉子。于是，想了这么一个办法——你毕竟是一个寡居的少妇，也是有生理需求的，我现在天天在你的墙外排黄色话剧，看你红杏出不出墙。

为了及时打探文夫人的反应，子元收买了宫中的奴婢，他很快就收到了文夫人对他排舞事件的回应。

"先君用这种乐舞来演习军事，可现在令尹不把它用在仇敌身上，却

第十章 齐楚交锋

用在我这位寡妇身上，这太出格了。"

自古寡妇门前事非多，何况还是正处在艳丽年华的寡妇。而中原也颇多没能守住牌坊的妇女，比如齐国的三位姐妹花文姜、宣姜以及哀姜。从这一点看，陈国女子的道德水准要高出齐国的不少。

当年出嫁被姐夫姬献舞调戏，老公息侯又引狼入室，最终导致国破家亡，自己被迫改嫁给楚文王。虽然年华未老，桃面依旧，但她的内心已经如一口枯井，永远无法泛起涟漪。

听到文夫人的回答，子元叹了一口气："妇人尚没有忘记仇敌，我反倒忘了！"

子元将万舞撤走，召集军队，宣布进攻郑国，颇有些知耻而后勇的感觉。文夫人也松了一口气，希望这位子元能改过自新，把他无穷的精力用到该用的地方去。

事后来看，文夫人还是高估了自己这位小叔子的思想境界。

领着楚国的大军，子元向郑国进军了。他认为，文夫人之所以一直不接纳他，就是嫌他只会玩万舞的假把戏，只要他向她展现真正的能力，就一定能够俘获芳心。

行军十分顺利，一路上，子元没有碰到任何的抵抗，一直进军到新郑郊外的一座大门：桔柣之门。郊门大开，一个士兵都没有。到了此时，子元开始犯嘀咕了。难不成郑国人在玩空城计？可开弓没有回箭，想想还在楚都守候的文夫人，子元咬咬牙，继续前进！

子元亲自打着旆旗走到最前面。很快，大军抵达新郑城的外郭门，城门依旧大开。

我认为战场上最可怕的不是面对强大的敌军，而是自己领着军队千里迢迢来到沙场，却看不到一个人。此时，是公元前666年的秋天，秋风扫过城门，卷起枯枝败叶，子元似乎嗅到了一些肃杀之气。

是继续前进还是后退？子元陷入了困境。此时他应该涌起了一丝悔意，还是跳万舞比较靠谱一些啊。

文夫人的人面桃花再次浮现在他的眼前，这重新给了他勇气，子元下令：进城！然而外城空空如野，看不到一个人，道路两边的店铺大门紧闭，地上有匆忙撤走时留下的杂物。

当行进到内城门外时，楚军停了下来。内城的闸门依旧开着，里面就是郑国的宫殿所在。他的敌人会在里面吗？

楚国的士兵发慌了，他们感觉自己像进了一座鬼城，开始交头接耳，议论纷纷。盯着那个黑乎乎的内城门，子元有一种杀进城的冲动，但最后理智告诉他，这里面一定有问题。

过了一会儿，内门突然有兵出来了，三三两两，似乎在散步，对眼前的楚军却毫不在意，更为吓人的，这些士兵竟然说着楚国的地方方言。

这是什么回事？子元不禁毛骨悚然。

"郑国一定有能人！"子元下了这个判断，然后下令撤军。

这是一个错误又正确的决定。

错误的是，此时的新郑内城并没有什么伏兵。这是一出空城计，大家都知道诸葛亮的空城计，却多半不知道空城计的祖师爷是郑国国君郑文公。

在收到楚军大举进犯的消息时，郑文公大吃一惊。这次进攻太突然了，这些年，楚国很少到中原来惹事，前些年楚国还派使者去朝见了周王室，进贡了楚国特产，并得到了周王赏的祭肉，让他管理好南方的蛮人。

《第十章》 齐楚交锋

而且此时楚国国君还是小孩子，按理说，也没到惹事的年纪。

千算万算，就是没算到楚国令尹子元先生那颗不正经的心。

事发突然，组织大军抵抗已经来不及了，郑文公下令打开城门，让楚军长驱直入，还刻意安排了一些郑兵说着楚话在内城门转悠。这些奇怪的举动终于吓跑了远道而来的楚军。

而楚军在半路上碰到万人空巷，倒不是郑文公的刻意安排，而是城门打开之后，新郑的百姓都趁机逃跑了。毕竟不是人人都有郑文公这样的大心脏。

于是，奇怪的一幕出现了，郑国人拼命地朝北跑，楚国人拼命地朝南跑。最终，还是郑国人恋家，派了人回去打探消息，发现楚军的大营帐篷上有野鸟停留。

这位探子算是一位能人了，他据此推断，楚军肯定撤退了。

子元错失了一个绝佳的机会，但他撤军的决定又是正确的，因为就在他撤走后不久，齐桓公率领的救援大军就到了。听到楚军已经逃跑的消息，齐桓公还是挺遗憾的。这些年，他唯一没有打败的就是楚国。

楚军来也匆匆去也匆匆，什么也没干成，顶多算搞了一次武装郑国游。但子元却趾高气扬，他自认率领楚军冲进了郑国的国都，又一个不少地拉了回来，已经称得上壮举了。

凭着这样的辉煌战果，子元同志干脆搬到了王宫去住，准备以王宫为家，以文夫人为夫人。他在王宫里一住就是两年，这期间到底有没有达到目地，因为史书未记，咱们就不好瞎猜了。

子元如此色胆包天，堂而皇之，无非是欺负文王死得早，文夫人孤儿寡母的。但子元还是应该低调一些，毕竟勾引嫂子是江湖大忌。两年之后，子元的行为终于引起了公愤。

楚国大夫申公鬬班劝告子元先生，这样搞下去，会坏了社会风气，您还是趁早搬出来吧。

偷情这种事最怕人说，何况还是偷情不成，既丢面子又伤自尊。子元一气之下，就把鬬班铐起来关了禁闭。

子元先生终于惹祸了，这位鬬班先生可不是随便能铐的。他们这一脉是楚国数一数二的大族，鬬班的爷爷就是武王时期的令尹鬬伯比。鬬班的父亲也是楚国历史上一位传奇人物。

鬬班的父亲叫鬬縠於菟，其身世十分传奇。据记载，很久以前鬬伯比跟着母亲在外公家邧国居住，鬬伯比与表妹到野外游玩，回来后就生下了鬬縠於菟。当小孩生下来后，小孩的外婆十分吃惊，毕竟他父母还没结婚呢，就有小孩了。于是，她将这个小孩子丢到了云梦泽里。

不久后，外公邧国国君到野外打猎，发现有一只老虎在喂养一个小孩。他十分惊奇，回来告诉老婆，到了这时，老婆才把实情告诉他。邧国国君将这个孩子接了回来，取名为縠於菟。

縠就是喂奶的意思，於菟就是老虎的湖北称法。所以这位仁兄大概也可以称为鬬奶虎。当然，这个名字不太雅，我们还是用他的字来称呼他吧，他字子文。

被子元铐住的鬬班，名字里的班也是老虎的别称，可以说，子元一下就得罪了楚国的两只大老虎。据史料记载，当年楚成王继位，鬬子文先生功劳最大，但子文先生没有出头，而是让子元当了令尹，希望子元能扶助幼君、强大楚国。可没想到子元心里没有国君，只有国君他妈，根本不干

《第十章》齐楚交锋

正事。

搞成这样，只好拨乱反正。这一年的秋天，鬭班杀死子元，子文亲自出山，担任令尹。这是楚国历史上最为有名的两名令尹之一，另一名是孙叔敖。

这两位令尹有一个共同的特点，特别的廉洁。孙叔敖当令尹，家里穷得叮当响，死时连棺材都没有，死后，儿子穿得破破烂烂，靠打柴为生。

子文与他相比有过之而无不及。在当令尹之初，子文家里还是有钱的，但因为前任子元天天想嫂子，不抓经济，搞得楚国赤字很大，令尹就主动捐出了自己的家财以充国库。

在当任令尹期间，子文天不亮就上朝，到了晚上饿着肚子回家，工作餐都不在宫里吃，家里面也经常缺衣少吃，老婆孩子吃不饱穿不暖。相比之下，管仲先生在齐国的日子就舒服多了，妓院办着，市契收着，大房子住着，仲父仲父的被叫着。

楚成王也终于发现自己这位极臣面有菜色，枯瘦如柴，打听之下大为感动，特地下令每天给他一束干肉，一筐干粮，算是发餐补吧。

吃饭的问题算是解决了，但作为一名政府高官，子文的开支依旧十分紧张，后人形容他无一日之积，超越了月光族，达到了日光族的水平。

对一名日光族来说，加薪应该是最高兴的事情了，楚成王也在考虑给子文提高一下薪资待遇。可一听楚王要给他加薪，子文就往外面跑，采取罢工的策略，直到楚成王收回给他加薪的命令。

现在世界各地常有因为工资太低而发生的罢工事件，因为加薪要罢工的，据我所知，仅此春秋一例，别无他号。

别人问子文原因，他说道，执政是为了庇护百姓，如果减少百姓的财富增加我的财富，那我离死就不远了。我逃避加俸，就是逃避死亡。

廉洁如此，楚国安能不强！

在子文的辅助下，楚国这辆战车重新驶上轨道。

五年以后，楚成王长大成人，楚国再次吹响了进军中原的号角。

秋，楚人伐郑。（《春秋·僖公元年》）

冬十月，不雨。楚人侵郑。（《春秋·僖公二年》）

冬……楚人伐郑。（《春秋·僖公三年》）

想必大家已经看出来了，孔老师没有使用"荆"这个鄙视的字眼，正式称他们为"楚"。

这么多年的奋斗，楚国终于让中原开始正视他们。

第三年，是公元前657年，楚国已经在南方降服各路蛮夷，成了南蛮总舵主。这一年，齐桓公也完成了卫国的重建工作，登上了霸业的另一个高峰。

成王与子文的舵主拍档终于对上了桓公和管仲的霸主组合。

齐桓公注意楚成王很久了。

在成王、子文第一次进攻郑国时，齐桓公就召开了诸侯大会，专门商议抗楚援郑。这个会议也起到了应有的作用，楚军骚扰了一下郑国边境就跑掉了，并没有大举进犯，大概楚人也只是跑到郑国打个招呼，告诉中原人，我荆蛮子又回来了。

《第十章》 齐楚交锋

第二年，楚国再次入侵的时候，齐桓公还是拿出了老办法：开会。

会议地点设在贯邑，这一次齐桓公不但邀请了中原的诸侯，还特邀江国、黄国两国国君参加。江国是淮河流域的一个小国，夹在楚国与中原之间；而黄国大家应该都记得，当年楚武王开沈鹿大会，黄国就没参加，算是老资格的反楚势力。

这两国从地缘政治来说，都属于南国，齐桓公特地邀请他们参会，应该是想在楚国的后院培育一下反楚武装。这个思路是对的，但操作上并不太成功。后面的晋国受这个思路的启发，终于想到了扼制楚国的方法。当然，那是后话，略过不提。

到了楚国人第三次进攻郑国时，齐桓公再次祭出开会这个法宝。江黄两国再次参会，会议地点在齐国的阳谷邑，就是《水浒传》中武松打虎的地方。而这次会议，齐桓公就是商量怎么打斗子文这头云梦泽的老虎。

在这个会议上，齐桓公提出了四点会议精神。一是不要阻断河谷，二是不要囤积粮食，三是要尊重嫡长制，不要随便换世子，四是不能让小三转正（不把侍妾当妻子）。

这四点看上去是老调重弹，但玩过政治的都知道，会议提倡什么，那一定是有人违反了什么。

比如第一条，齐桓公提出不要阻断河谷，那必定是有人干了阻断河谷的事。是谁这么缺德呢？不用迟疑，给你两个备选答案，你猜——A：荆人；B：楚人。

楚国人拦截宋国的农田用水，又从两侧堵塞了两条河水，使河水不能顺利东流，结果东山的西面，水深没墙，四百里以外才能种地。

又比如第二条不要囤积粮食，大概是楚国破坏宋国的农业生产，然后囤积粮食高价出售，获取不正当的暴利。

再比如第三条，尊重嫡长制，现任楚国国君楚成王就是老二干掉老大，当上的国君。

至于第四条，楚成王这一年刚成年，大概还不至于犯这样的错误，但楚国向来不讲礼数，令尹鬭子文是野地里怀上的，文夫人是抢来的，现在提一提，就当给楚国打个预防针吧。

这次阳谷大会虽然没有点明，但显然是一次反楚大会。大家讨论热烈，发言积极，表示一定围绕在齐桓公的周围，打击一切敢于违反阳谷四条的不法分子。

齐桓公的会开得不亦乐乎，郑文公都火烧眉毛了。

文山会海能够制定四条五条，却消灭不了楚军荆阵。齐桓公年年开会，楚国人年年来进攻，什么时候是个头啊？郑文公也等不了，他召集大臣，准备同楚国讲和。

郑国大夫孔叔告诉他，齐国正在大力帮助我们，我们要是跟楚国讲和，就是背信弃义，也辜负了齐国的恩德。

那怎么办？郑文公反问。

再等等看，齐侯正在开会，总会想出办法来的。

办法终于还是被齐桓公想出来了。这个办法不是开会开出来的，而是开船开出来的。

阳谷大会结束之后，齐桓公回到了临淄。这些年也的确够忙，为了劳逸结合，齐桓公跑到后花园，与后宫大小老婆一起游玩了一下。齐桓公宠爱的老婆很多，那一天，他选择了年轻的蔡姬跟他同船游玩。这位蔡姬，

《第十章》 齐楚交锋

据说是蔡国国君蔡穆侯的妹妹。

登上船，开到湖心后，蔡姬年轻，生性好玩，在船上左右摆动。齐桓公站立不稳，脸色霎时苍白。齐桓公大概是个旱鸭子，这一次上船，本想跟老婆来个鸳鸯戏水，可再摇下去，就要双双落水。齐桓公厉声喝斥蔡姬马上停止胡闹。

齐桓公同志刚开完阳谷大会，据记载，在阳谷大会上，他戴着礼帽，穿着礼服，插着笏板，让各国的诸侯朝拜他。各国诸侯纷纷听命。

可就在这条船上，齐桓公的命令失效了。这一刻，他不是什么伯主，他不过是一个得宠少妇撒娇戏弄的夫君。蔡姬继续摆动船舷，直到看到齐桓公怒火暴发。

船终于还是靠岸了，齐桓公怒气冲冲地上了岸。他并没有打算原谅自己这位调皮的小老婆，而是将她打发回娘家蔡国，让她娘家好好管教一下。

没过多久，齐桓公就听到一个让他火冒三丈的消息：蔡国将这位蔡姬改嫁了！

这就太胡来了，齐桓公也没有休掉蔡姬，只是让她回去反省一下，你们不但不帮着教训，反而把她嫁给了别人。这让齐桓公的脸面往哪里放？

史书没有记载到底是谁接了齐桓公的盘，有的人说是楚成王，这个说法虽然没有史料支持，但细想一下，不无道理。普天之下，敢娶齐桓公老婆的，大概也只有楚的王了吧。

齐桓公出离愤怒，这一次，他不开会了。他直接召集鲁僖公、宋桓公、陈宣公、卫文公、郑文公、许穆公、曹昭公组成了一个联军，组团讨伐蔡国。

蔡国真的要成为联军的一盘菜。

在把蔡姬改嫁时，蔡国国君蔡穆侯应该就猜到会激怒齐桓公。这对蔡国来说，是一个比较反常的举动。蔡国作为一个小国，实力不强，在国际上一向采取跟随战略，谁强大就认谁为大哥。跟在大国后面吃香的喝辣的，对齐桓公的霸业也很支持，早年齐桓公开会，蔡国就是第一个到会场。

现在蔡国突然跟齐桓公对着干，大概对齐桓公是有一些不满的。蔡国屡受楚国进攻，作为中原保护伞的齐桓公没有尽到应尽的保护责任。蔡国前任国君姬献舞在楚国被关了近十年，齐桓公也没有想办法把他捞回来。

对盟主窝着一肚子火，蔡穆侯才做出了这样的举动。

这个事情终究还是蔡穆侯做得不对，但齐桓公也太夸张了，毕竟这件事情只是齐国跟蔡国之间的婚姻矛盾，齐国跑去要人，或者找周王室调解都是可以的，但树着伯主的大旗，领着七大国围攻小小的蔡国就有些以大欺小。这也违背了管仲交好四邻的原则。

可听到齐桓公的这个决定后，管仲并没有劝阻，反而积极从中协调，操办攻蔡事宜。于是，联军纠集一处，向蔡国发动了进攻。这次进攻因为一个年轻貌美的女子而起，也算是中国版的特洛伊战争吧。

特洛伊战争打了十年，蔡姬之战连十天也不用。在联军的绝对优势下，蔡国溃不成军，很快就举手求饶。

事情到了这里，似乎已经完成最初的目标。齐桓公的气也出了，更通过这一战，展现了强大的号召力。自己一吆喝，七大国纷纷前来帮忙，还有比这更威风的伯主吗？

齐桓公准备班师回齐，请七国国君吃个饭，这个事情就算圆满结束。

第十章 齐楚交锋

在出发的时候，管仲找到他，告诉他现在还不能回去。我们的任务才刚刚开始。

"还有什么任务？"齐桓公问道。

"攻楚！"管仲严肃而认真地回答。

管仲早在谋划进攻楚国，可进攻楚国要调动多国兵马，动静很大。只怕一动，楚国就能收到消息。所以当齐桓公要为红颜一怒，调联军打蔡国时，管仲没有反对，他意识到这正是一个千载难逢的机会。

用攻蔡来召集兵马，趁着楚国看热闹，我们可以顺势南下，打楚国一个措手不及。

大概想到了自己的蔡姬现在可能就在楚宫里，齐桓公同意了管仲的建议，再一次召集诸侯，宣布攻蔡不过是一场热身，我们的目标：楚国！

据我猜测，不但蔡国不知道自己只是联军的开胃菜，可能连七国首脑也未必全部知道。当齐桓公提出攻楚时，中原各国反响十分热烈，尤其是郑国，更是十分高兴。

大家这些年饱受楚国荼毒，早就想给楚国人一点教训了。

联军重新整顿部队，继续南下，挺进到楚国边境线上的陉邑。

齐桓公意外发现，楚国人已经做好了应战准备。而楚国的使者更是已在这里等候他们多时。

这是什么回事？难道这些信鬼神的楚国人真有未卜先知的能力？

答案只能有一个。联军出内鬼了，而且这个内鬼还不是其他诸侯国，出卖消息的就是齐国人。

> 齐寺人貂始漏师于多鱼。(《左传·僖公二年》)

这句话的意思是，齐国的寺人貂最初在多鱼泄漏军事机密。

所谓的寺人，不是指和尚，而是指太监。这位貂全名为竖貂，据我所知，他应该是中国历史上第一个明确被称为太监的人，而且还是一个自阉成才的太监。他为了讨好接近齐桓公，自己主刀手术进入齐国宫城，因为将齐桓公的夜生活安排得井井有条，颇受齐桓公信任。

这位竖貂在齐桓公出征时，不替齐桓公管理好后院工作，却向楚国出卖齐国的军事机密，个中原因不祥。从他本人的经历来看，我一直怀疑他就是楚国精心安排的长线卧底，专门来削弱齐国的。

突然袭击的目的已经无法达到，楚国的使者也到了，那就坐下来谈一谈吧。

楚国的使者是国内的大夫屈完，本着对等原则，齐桓公没有亲自出场，而是派出了管仲。

面对全副武装的联军，屈完的第一个反应竟然是十分委屈，表示我们楚国犯了什么错，竟然你们八国联合起来攻打我们。为了表示自己的莫名其妙，屈完打了一个比较三俗的比方：

"君处北海，寡人处南海，唯是风马牛不相及也。不虞君之涉吾地也，何故？"

齐侯在北方，我们国君在南方，我听说就是牛发了情，也不会去找马发泄，没想到您竟然跑到了我们楚国来，这算怎么回事呢？

屈完先生你太有才了，两国谈判，你竟然说起了黄段子。幸亏坐在你对面的是思想开放的管仲，要是碰上鲁国的大夫，说不定直接回一句：无

《第十章》 齐楚交锋

礼！然后甩袖而去。

楚国使者如此直截了当，管仲也没有放不开，他严肃地表示自己是师出有名的。

"当年周成王对我们的祖先太公说：'五侯九伯，你都可以征伐他们。'东到大海，西到黄河，南到穆陵，北到无棣，都是我们齐国的征伐范围。现在该你们朝贡的苞茅你们不按时献纳，没苞茅滤酒，天子祭祀活动就受影响，我们齐国国君特地来追查此事。还有昭王当年南巡，没有回去，我们齐侯也要问个清楚。"

也不知道当年周成王给齐国这个征伐天下的经营范围时，有没有规定经营期限，但这一句显然来头很大，把屈完都吓住了。

停了一会儿，屈大夫深吸一口气。

"贡品没送到，这是我们国君的过错，以后一定及时上交。"说完，屈完还表示，这一期的苞茅，楚国已经准备好了，就等齐侯转交周天子。

看来，楚国也猜到了齐国会有这样的借口，早就做了准备。

可是，昭王的事情你怎么解释？当年昭王伐楚，结果坐的船胶解了，昭王淹死在汉水里，这个你们总赖不掉吧。

对于这个指责，屈完不慌不忙："昭王没有回去的事情，跟我们楚国人没有什么关系。要问，就请向汉水边的百姓打听吧。"

管仲语塞了，这也不能怪楚国赖债，当年昭王淹死一事，楚国嫌疑最大，但周王室好面子，一直不肯承认是楚国做的手脚，对外宣称是船工用胶糊的船。

说来说去，楚国好像是冤枉的。再围殴楚国，似乎就有点说不过去了。

屈完适时提出，愿意跟中原诸国缔结盟约，友好相处。

管仲同意了这个提议，楚国也承认了自己不按时纳贡的错误，现在楚国有了准备，再强攻，未必就有胜算，能缔结盟约的话，见好就收吧。

齐桓公率领联军主动后撤三十里，退到了召陵，准备与楚国和解。

听完管仲的谈判简报，齐桓公心里还是有些不痛快。好不容易召集这么多军队，也没派上用场，太可惜了。于是，他灵机一动，准备给楚国人一个下马威。

屈完到了之后，齐桓公热情邀请他上了同一辆车，然后拉向了练兵场，请屈完参观一下八国的军队。这就是传说中的阅兵了，联军汇集在一起，这个阵势颇为可观，齐桓公意气风发。

"这次起兵也不是为我，不过是为了继承先君建立起来的友好关系。你看，我们也建立这样的关系好不好？"

言下之意，你们楚国也该像鲁宋陈卫郑许曹这七国一样，加入到幽盟组织里来，听从我齐伯主的号令。

这是一个不好回答的话，不同意，就是傲慢，会给接下来的会盟造成不利影响；同意的话，就等于承认了齐桓公的老大哥地位，楚国就要跟宋陈卫这些国家一样，成为齐桓公的跟班。

想了一下，屈完答道："承蒙您为我们的国家社稷祈福，接收我们的国君，如我们国君之愿。"

要想让我们楚国当小弟也可以，你先把幽盟的宗旨改成替楚国社稷祈福。

这是一个无法让齐桓公满意的答复，他再一次指向八国大军：

"用这样的军队作战，谁能够抵御？用这样的军队攻城，什么样的城

第十章 齐楚交锋

不能攻克?"你要是再这样不服从管理,就看看这些军队,你们楚国的军队抵御得住吗?你们楚国的城经得起我们的一攻吗?

这就是赤裸裸的威胁了。

屈完不卑不亢,给出了他的回应:"齐侯要是用德行安抚诸侯,谁敢不服?您要是想用武力的话,楚国就以方城山为城墙,汉水为护城河。您的军队虽然多,但只怕也没有用得上的地方。"

如果说齐侯率领的是天下最利的矛,那楚国就用山河造出了世间最坚的盾。这是中原霸主的豪气与南方舵主的蛮劲之间最激情的碰撞。

结果谁也没有占到上风。

最后,双方在召陵签订了盟约,跟春秋许多的盟约一样,它的效力并不持久,这只不过是一个短暂的休兵协议。

对于这一点,齐楚双方都无比清楚。

召陵之盟的墨迹在静静地风干,新的冲突亦在无形中酝酿发酵。

第十一章

霸业的顶点

《第十一章》 霸业的顶点

在召陵之盟的第二年，齐桓公在首止又召开大会，与会者依旧是攻蔡征楚的联军。这个会议很容易让人联想到齐桓公是在开征楚总结大会，总结一下征楚过程的经验与教训，为下一阶段的对楚工作做好准备。

但事实并非如此，而且会议上出现了一个突发事件。

在多国首脑研讨会结束之后，接下来就要搞会盟仪式。首脑们需要喝血酒发毒誓，是最后也是最重要的环节。齐桓公作为伯主，早早就到了会场，其他诸国国君也纷纷到场。这个其他不包括郑国的郑文公。

眼见已经错过了吉时，齐桓公不得不把郑国的人叫过来，问一下郑伯在搞什么名堂，为什么还不来。

齐桓公得到了一个让他又惊又气的消息。郑文公已经回国了！

郑文公为了不引起怀疑，他把自己的一套秘书班子留在了首止，自己一个人跑回了国内。郑文公的这个行为被《春秋》定性为：逃归不盟。

消息一出，四座皆惊。在座的七国首领去年为了替郑国消除来自楚国的威胁，纷纷出兵出力还出粮，今年开会，抗楚援郑依然是主题，可主角郑文公竟然逃避责任，背弃盟友跑掉，这算怎么回事？

郑文公确实是逃盟了，可他是理直气壮跑掉的。因为这个逃跑的动作不是他一个人想出来的，而是天下的共主周惠王给他提的建议。

在来首止开会前，郑文公接到了周惠王的召见，因为离得近，郑文公就跑了一趟。两人见面后，周惠王先是就郑国最近这些年屡受楚国入侵表示关切，并问郑国有什么对策没有。

郑文公老实汇报，全指着伯主齐侯主持公道，率领各国帮忙。

听到这个回答，周惠王笑了。他告诉对方，齐国能救你一时，救不了一世，况且齐国现在这么忙，北有戎人要对付，各国还要请他主持公道，哪能天天替你郑国守疆卫土啊。

周惠王的话说到了郑文公的心里，他也明白指望他国是不靠谱的。

那领导既然发现了问题，就送佛送到西天，再给个解决方案吧。

郑文公诚恳请教安定之道。周惠王早已经备好答案："这件事情包在我的身上，你听我的，跟随楚国，这样楚国就不会来攻打你了。"

这个方案，郑文公也不是没想过，但楚蛮子不讲理，齐伯主也不是好惹的。他的脸上露出了疑惑之色。

周惠王再次笑了："你不用担心，我让晋国辅助你们。"

郑文公松了一口气。说起晋国，虽然本书没有提，但也是传统强国，最近刚经历完大乱，开始有复苏的迹象，而且晋国一直对齐桓公的霸业不怎么感冒。齐桓公的会，晋国是一次也没有参加。

有晋国的参与就好办了。说实在话，郑文公早就不想去开首止大会了。在去年召陵和盟之后，郑文公就憋了一肚子的气。

去年齐桓公率领联军抗楚，着实威风了一把。但威风是需要代价的，

第十一章 霸业的顶点

至少联军的吃饭问题总要解决吧。

按照国际惯例，联军吃百家饭，到了谁家地盘，谁家就管饭。回去的路上，一百里地有八十里，都在陈郑两国境内。

陈国的大夫辕涛涂一盘算，要是让这联军路过一下，陈国光招待费就要扒一层皮。

要想省这笔盒饭钱，就不能让大军从陈国境内过。可路线是齐桓公定的，辕涛涂也不敢阻碍伯主的车轮前进。

想来想去，竟然被辕涛涂想到了一个办法。他准备建议齐侯绕过陈境，朝东边进发，东边那里还有夷族作乱，齐侯从东边回家，正好向夷人炫耀一下武力。

以齐桓公好出风头的性格，这是一个不错的方法。但辕涛涂错就错在他没有直接去向齐桓公提建议，而是找了另外一个人去商量。

他找的这个人是郑国的申侯。大家可能忘了这位仁兄，这位仁兄以前是楚文王的亲信，楚文王死之前，知道这位仁兄一定会祸害楚国，特地叫他滚到郑国去。让人佩服的是，这位申侯巴结领导的能力真不是盖的，从楚国来到郑国之后，马上又成了郑文公的宠臣。

辕涛涂找申侯商量，也是觉得陈国毕竟是小国，说话的分量不够，齐侯未必听他的，要是拉上郑国一起去，说不定就能成功。

辕涛涂的出发点是好的，他也是为自己国家的百姓着想，怕国家经济负担不起，怕大军扰民。但他应该记住一个教训，万事不可与小人谋。

这位申侯就是一个名副其实的小人。听完辕涛涂的建议后，申侯马上点头说你说得对，这样对陈、郑两国都好，对齐侯的声望也有帮助，你快去说吧，你说完，我就接着去游说。

于是，辕涛涂兴高采烈地找齐桓公提可行化建议去了，而申侯则露出了狡黠的笑容。在齐桓公欣然接受辕涛涂的建议，准备再接再厉，在摆平南蛮之后扬威东夷时，申侯找到了他：

"大军已经疲惫不堪了，如果从东方走，万一遇到敌人岂不危险，如果从陈郑两国走，由他们提供粮草，应该要保险得多。"

最后，申侯代表郑国表示将热情接待联军，绝不懈怠。

两人的建议一比较，齐桓公马上明白了，辕涛涂建议他从东面走，不是为了打什么东夷，就是为了省两个钱，其用心是险恶的；而申侯则要大方得多，完全是替我小白着想。

齐桓公马上下令将辕涛涂抓起来，又对申侯的行为大力表扬，并特批将虎牢封给申侯。

齐人执陈辕涛涂。（《春秋·僖公四年》）

在这里，孔老师故意称齐桓公为齐人，还点出辕涛涂是陈国人，就是隐晦地批评齐桓公这事办得不地道。因为辕涛涂再怎么说也是陈国的大夫，而齐桓公身为伯主，应该坚持不干涉他国内政的原则，顶多只能向陈国国君陈宣公投诉辕涛涂欲恶意逃避大军盒饭钱，而不应该动手把他抓起来。

至于分封虎牢给申侯，就更离谱了。虎牢不是齐国的土地，而是郑国的土地，不要说伯主了，就是天子也没有权力把诸侯的土地分给别人。齐桓公这明显是慷他人之慨，准确地说，是慷郑文公之慨，而且手笔特大，一出手就是虎牢。要知道这个地方是郑国命门，当年武姜替小儿子共叔段

《第十一章》 霸业的顶点

要虎牢，一向忍气吞声的姬睔生都拒绝了。

齐桓公英明一世，终于小白了一次，被一个小人结实利用了一把。

齐桓公赏恶罚善完毕，果然从陈郑两国过境，在经过陈国时，还率领大军攻打陈国，让陈国国君赔礼道歉，赔偿了他精神损失费若干，才肯放回辕涛涂。

管仲父，回去还得抓紧对小白君的教育啊。

对于齐桓公用郑文公的地封他的臣，郑文公是有意见的。但他的大腿没有齐桓公的胳膊粗，想想，好在也是分给了郑国的大夫，况且还是自己宠信的大夫，肥水没流外人田，郑文公也就忍了。

过了一段时间，郑文公就有点忍不住了。他听说申侯在虎牢修起了城。

申侯做出这个举动，是听了老实人的话。老实人不是别人，正是陈国的辕涛涂。被齐桓公释放后，辕涛涂主动上门向申侯表示祝贺，完全没有怨言。

这让申侯感觉眼前的这个人实在是个笨蛋，不由得在心里想，我能得到虎牢，还得多谢你呢。

两人就虎牢谈了一会儿，辕涛涂给申侯提了一个建议："虎牢这么好的地方应该把城墙修得美观一点，这样您的名声就传出去了，而且城修好后，子孙代代受益，绝不会忘记您的功劳。"

这个建议不要说子孙受益了，明显就是属于坑爹这一级的。虎牢本来就是军事要地，你一个大夫在军事要地修城，这是不是有什么想法了？

申侯虽然是个小人，但小人也有脑子进水的时候，在千秋万代美名扬的诱惑下，他竟然采纳了这个建议。

辕涛涂表示，您抓紧修，郑侯那里，我去替您说。

这个表态让申侯十分感动，自己坑了对方，对方还这么够义气，下次害他时，坑一定要挖得浅一点。他马上兴高采烈地去修城，也就扑通跳进了辕涛涂给他挖好的大坑。

辕涛涂的确是一个老实厚道的人，但老实人不可能永远老实，尤其是被骗过之后。他终于想明白了，要对付申侯这样的小人，就得把自己变成小人。于是，在申侯修城的同时，辕涛涂跑到新郑，见到了郑文公，替申侯打了报告。这是一个小报告。

"申大夫把你赐给他的封邑的城墙筑得很壮观，我看，他是准备叛乱吧。"

当年申侯当面一套背后一套让他吃了两天牢饭，辕涛涂终于以其人之道还施彼身。

郑文公很生气，当即下令申侯停止施工。但申侯是一个很优秀的奸臣，连楚文王这样的优秀领导都要等快死了才能下定决心驱逐他，郑文公还没死，也就下不了决心收拾他。收拾不了自己的家奴，一般都要迁怒于他人的，算来算去，这件事情搞得这么不愉快，都是齐桓公的过错。

周惠王之所以找到了郑文公，而不是卫文公、宋桓公们，也是考虑到幽盟成员国中，就数郑国的立场不太坚定，是可以争取的对象。可奇怪的是，齐桓公开大会，周惠王为什么要从中作梗呢？

这个事情也可以从召陵之盟说起。

在召陵之盟上，管仲质问楚国为什么拖欠周王室的贡物，楚国表示自己已经准备好了苞茅，希望齐伯主代为转交。为了让楚国深刻认识自己的

第十一章 霸业的顶点

错误，管仲要求楚国亲自上贡。

从道义上说，这是正确的，但从策略上说，这是一个错误的建议。

召陵之盟后，楚国果然派出了使者前往周王室朝贡。楚国的使者受到了周惠王的热烈接见，对楚国千里来朝的精神给予了高度评价，并特地赐了一条胙给楚王。

所谓的胙，就是周王祭祖时供奉祖先的祭肉。这个肉分量不多，口味也一般，拿回去还要重新加工，顶多是一碗回锅肉，但这个肉的象征意义十分大。它在周王室的祖庙里供过，相当于周王室的列祖列宗给它开过光，而且，这个肉也不是顺便给你的。按周礼所说，祭肉一般只赐给同姓的诸侯，以结兄弟之好。到了后面，条件有所放开，二王之后（夏商二朝，比如宋国国君）以及有大功的诸侯也能得到赏赐。

楚王姓芈不姓姬，又不是什么二王之后，更没有立下什么大功，只是送了两根茅草过来，就得了周惠王的一条肉，实在是赚大发了。更让楚王喜出望外的是，周惠王还赐给他一句话：

"镇尔南方夷越之乱，无侵中国。"

翻译过来就是你们去镇抚南方夷越地区的动乱，不要到中原来捣乱。

是让楚国不要侵犯中原呢，还是让夷越的蛮族不要闹到中原呢？这个问题周惠王没有明说，那楚国就自己理解吧。重要的是前半句。有了这半句，也就等于楚国有了代周王室征伐南方半壁江山的许可。

当日召陵之盟，管仲宣称齐国是执证打人，所依执的不过是三百年前周王室的一道任命。现在楚国也有打人许可证，还是新鲜出炉的。

来晚了啊，要是早点来单位见大领导，何至于被齐国拿腔压人？

得到这块令牌之后，楚国马上就将南方一个亲近齐国的小国弦国给灭了，也算是杀只鸡给黄国、江国这些上蹿下跳的猴看看。

这一趟进贡之旅，无疑大获丰收。而周惠王也不是一个随便施惠的人。说到底，他还是对齐桓公有些不满。

当年周惠王被逐出洛邑，自称伯主的齐桓公不管不问，还是郑厉公够义气，帮他夺回了王位。而在正式任命齐桓公为伯主后，这位诸侯之长就有些不把他放在眼里了。

攻打山戎，得到了俘虏，按例是要献给周王室的，齐桓公却拿去拉拢了鲁国。按例，只有天子有封国的权力，可齐桓公这个王八蛋竟然不请示领导就自作主张重新封了卫国。

阳谷大会上，齐桓公竟然穿礼服戴礼帽让诸侯朝拜他，说实在话，周惠王先生本人号称天下共主，也没有享受过这样的待遇。

再搞下去，自己这个天下共主的招牌就要被齐桓公抢去了。

在单位碰到这么一位强势的手下，作为领导，最直接最有效的方法，当然是扶持另一位部下。于是，一向被视为荆蛮的楚人就进入了周惠王的视线。

培育楚国，打压齐国，是周惠王定下的策略。他本人一开始并不准备直接插手诸侯之争，但这一次周惠王直接下场，让郑文公破坏首止大会的顺利召开，是因为齐桓公的这个首止大会跟别的大会不同。

　　会于首止，会王大子郑，谋宁周也。（《左传·僖公五年》）

齐桓公在首止开会，会见了王大子姬郑，谋求安定周王室的方法。

第十一章 霸业的顶点

这么多年，齐桓公频频开公，主持正义，维护稳定。这一次终于维稳维到了单位大领导的头上。

在召陵之盟后，齐桓公派国内的大夫隰朋到洛邑向周惠王汇报一下结盟的具体情况，也算体现一下尊重领导的意思。这本来是一件很简单的工作，汇报完了，说不定也能捞两块回锅肉回来。可汇报完后，隰朋提了一个要求："请周王让我见一下大子。"

所谓大子，就是周王室的太子姬郑。隰朋是经管仲推荐而担任齐国外交部部长的人，善于结交诸侯、处理外事，这个请求，也是着想于未来，要跟周王室建立长期稳定的关系。

周惠王答应了这个请求，安排大子姬郑跟隰朋会面。可周惠王竟然夹带私货，在将大子姬郑引荐给隰朋时，又把另一个年轻人引到了隰朋的面前。

"这是王子叔带。"

隰朋连忙打招呼。会面在友好的气氛中结束了。隰朋告辞而去，回到齐国后，他向齐桓公汇报了这一情况，然后提出了他的见解。

"周王引王子叔带出面，大概是想废大子而立庶子了。"

这是一个准确的判断。王子叔带是陈妫的儿子（陈妫就是当年郑厉公做媒的那位）。跟郑国当年的情况相似，陈妫喜欢自己的这个小儿子，而有些厌恶大子姬郑；不同的是，周惠王也有废长立幼的意思。

这无疑给齐桓公出了一道难题。在阳谷大会上，齐桓公搞了一个阳谷四条，里面最重要的一条，就是不要废长立幼。现在领导带头不遵守，伯主的工作还怎么开展？

但周王室又不是别的小国,要是为这事警告或者动武是不太合适的。管仲想了一下,提了一个办法。

"我们不如召开诸侯大会,邀请大子出席跟诸侯会面。大子郑一出面,与诸侯之间的君臣关系已定,周王就算想废他,也难以下手了。"

这就是首止会议召开的真正目的。周惠王对齐桓公的这些小伎俩心知肚明,但迫于齐国的压力,不得不派大子郑出席会议。

据说这个会议是夏天举行的。大子郑到了会场,也没商讨什么大事,齐桓公陪着他到各处景点消了消暑,认识了世叔世伯。最后,这个会议重申了阳谷四条的会议精神,给大子姬郑吃了一颗大大的定心丸。

这个会议无疑是成功的,唯一不完美的是郑国的郑伯受周王指使,竟然跑路了。这是对齐桓公权威的公然挑衅。又过了一段时间,齐桓公又听说,郑伯在申侯的引荐下,竟然跟楚国结了盟。

郑国从郑厉公开始就是幽盟的不安定分子。这一次,还是不打不行啊。

第二年的夏天,齐桓公率领鲁、宋、陈、卫、曹五国进攻郑国。六国倒没有直接进攻郑国国都新郑,而是围住了郑国的新城邑。

齐桓公选择攻打这个地方是有原因的。

新城邑是郑国最近新修的城,开工时就没有选对时间。一般来说,应该在农闲时建筑新城,而且郑国压根儿就不能修新城,因为按照周王的法制,诸侯不能无缘无故修新城,谁要是修了,修一座就拆一座(《司马法》曰"产城,攻其所产")。

这个新城邑就相当于违法建筑,齐桓公也是按章办事,前来进行拆除。

《第十一章》 霸业的顶点

六国大军来势颇猛。郑国一直是以少打多的能手，但这个领域的专业人才郑厉公已经去世多年，郑文公也没有继承这个才华。看到齐桓公带着他的小朋友围攻新城后，郑文公连忙向新朋友楚国发出了求救信。

楚国人还是很讲信用的，收到信后，马上派出了部队。大军没有奔赴新城，而是攻入了许国。

这就奇怪了，许国也没有加入攻郑的联军，为什么进攻许国呢？

这个看似没道理的进军却取得了奇效。许国也是幽盟的成员国，而且许国在前年攻郑中是做出了贡献的。那一次打蔡攻楚，许国国君许穆公亲自参加，结果攻到半路，许穆公死在了军中。根据礼法，诸侯要是死在会盟时，葬礼级别提升一级，要是死在征战途中，就提升两级。许穆公只是一个子爵，因为是因公牺牲，算是烈士，所以就按侯爵的待遇进行了安葬。

此时许国的国君是刚上位不到两年的许僖公，国内还没安定下来，许国也就没有参加对郑国的围殴。但没想到，坐在家里也要被人打。

楚国采取的策略应该是三十六计中的围魏救赵，顺便提一下，正版的围魏救赵就是齐国发起的。想来，齐国可能就是从这一场大战中得到的经验。

齐桓公连忙撤掉对新城的围攻，前来救援许国。楚军也没有继续纠缠，率军从许国撤走了。

一场大战就这样消弭于无形。齐桓公的中原联军跟楚国大军并没有发生正面的冲突，但就结果来看，齐桓公却成了输家。幽盟成员的骨干国郑国投靠了楚国，而不久后，齐桓公又收到一个消息，许国向楚国投降了。

在这一年的冬天，许僖公在蔡穆公的引见下，亲自到楚国的武城投降。为了表示诚意，许僖公将自己反绑，口里衔着玉，后面的大夫穿着孝服，士人则抬着棺材。这样的大阵仗让楚成王吃了一惊，搞不清对方到底在干什么，最后，他向国内的大夫逢伯询问。逢伯告诉他，当年周武王战胜商朝，商朝的微子启就是这样投降的。

"那我应该怎么做？"楚王又问道。

"当年周武王亲自解开对方的绳索，接受他的玉璧，然后为他举行除灾的仪式，烧掉了抬来的棺材，给微子启礼遇和封命，恢复其地位。"

楚王点头。走前辈走过的路，总是不会错的。楚成王按周武王当年的办法接受了许僖公的投降。至此，楚国在中原又降伏了一个国家。

从蔡国到郑国再到许国，中原的屏障一个接一个被楚国突破。齐桓公终于意识到问题的严重性。在这三国当中，他很容易看出来，郑国是关键。郑国是中原大国，与周天子是近亲，它的投楚对中原震撼最大。而许国之所以抛弃中原，投靠到楚国的怀抱，应该是一次跟风行为。

要想改变不利局面，只有抓住郑国这一点做文章。

第二年的春天，齐桓公派大军再次进攻郑国。为了防止楚国救援，齐桓公决定搞个突然袭击，也就没有召集诸国大军。

进攻取得了成效。郑国国内出现了动摇。郑国大夫孔叔劝郑文公不要再硬撑了，给齐侯服个软不丢人，再硬撑下去，就有灭国的危险。

郑文公对齐桓公的进攻意图十分清楚，齐国意图压迫郑国，让郑国重回幽盟组织，更重要的一点，齐侯已经知道，郑国国内就有一个人专门为楚郑结盟搭桥牵线。这个联络人就是申侯。

要向齐侯屈服，就得交出申侯。虽然申侯私建虎牢让郑文公很生气，但这个人善于拍马屁，是国君娱乐的绝佳伴侣，真要把他交出去时，郑文公还有点舍不得。于是，他答道：再等等看吧。

齐军就在外面，还要等到什么时候呢？孔叔万分焦急地说道："现在我们过了早上就不知道能不能活到晚上，哪还有时间等待？"

虽然是朝不保夕，但郑文公还是抱着侥幸的心态拖延，他大概在等楚国的救援。从春天一直等到了夏天，郑文公也没有等到楚军。

楚成王不是不想救，而是没办法救。郑国离齐国近，离楚国远，要是齐国一攻打郑国，楚国就发兵来救，不说交战如何，光折返跑就能够拖垮楚国。

在想到更好的办法之前，楚国采取了观望的态度，并没有前来救援郑国。

天气变得越来越热，郑文公终于明白了自己的处境。

郑文公将申侯抓起来杀掉，交给齐桓公，也算是给了齐桓公一个交代。对于申侯这位仁兄，只能说一声，报应啊。

看到郑国杀了与楚国的中介人，齐桓公见好就收，从郑国退兵。当然，为了确保郑国不会再投靠楚国，齐桓公又祭出了传统法宝：开会。

秋天，齐桓公在宁母召开大会。为了这次会议，齐桓公下了血本，专门准备了一些精美的会议纪念品送给与会人员，据记载，不是什么公文包、瓷器杯子之类的廉价货，而是文锦、虎豹皮这样的奢侈品。而与会的诸侯只需要向齐国献点土特产意思意思就行了。齐土豪表示就是这些土特产，也不是齐国要的，主要是拿回去献给周王。

会议礼品发了，大家开会就要认真一些。这一次会议主要是讨论郑国的南倾机会主义问题，也就是开郑国的批判大会。郑文公没来，大概还是怕齐桓公借机批斗他。他没有亲自来，但派了自己的世子华前来参会。

对世子华来说，这是一次耻辱之会，但父亲下了命令，他也只好从命。在来的路上，他越想越气，突然冒出一个念头来。

到了会场，世子华主动找到齐桓公，提出了一个建议：

"泄氏、孔氏、子人氏三族，违背您的命令，现在郑国之所以背盟，全是这三族搞的鬼。您如果除掉他们，我就将郑国作为您的臣属。"

这是一个石破天惊的请求。看上去，世子华只是要求除掉国内的三位大夫，但细想之下，这是世子华以出卖国家为代价要求齐桓公革他老子郑文公的命。

据查，世子华在郑国的储君之位并不牢靠。郑文公一共有宠子五人，世子华成功继位的概率只有五分之一。

齐桓公意识到，一个机会摆在了面前。这些年，齐侯也不是第一次对郑国动武，但郑国像个打不死的小强，打不垮收不服。要是干掉郑文公，扶持世子华，以后郑国就将唯齐国马首是瞻，再也不用担心郑国投靠楚国。

在齐桓公准备答应世子华的请求时，管仲匆忙找到了他。

"如果我们利用郑国父子的嫌隙来对付郑国，就是违背了我们和诸侯尊崇德行的本意。盟约被废了，就算得到郑国又有什么用呢？"

在实利跟道义面前，齐桓公选择了后者，这是一个正确的选择。

齐桓公拒绝了世子华的要求，而向郑文公通报了这一事件。

在震惊与愤怒之余，郑文公彻底被齐桓公的仁义征服了。这一年的冬天，郑文公主动向齐桓公提出搞一次正式的会盟，并表示自己将正式到场喝血酒表忠心。

第十一章 霸业的顶点

又一个第二年，公元前652年，齐桓公再次举行大会，会议地点是洮邑。幽盟成员国绝大部分都有出场，曾经面缚衔璧于楚成王面前的许男许僖公也跑来参会。郑文公没来，这一次，不是他逃盟了，而是齐桓公压根儿没有邀请他老人家。

上一次开会，你派了一个儿子来，还提了一个莫名其妙的建议。这一次，干脆就不请你了，你爱来不来。这是齐桓公以退为进，再一次测试郑国的忠诚度。

收到消息后，郑文公十分着急，马上联络齐伯主，强烈要求列席会议。孔老师用"郑伯乞盟"四个字将郑文公卑微焦急的心态描写得淋漓尽致。

曾经的刺头国郑国终于愿意回归中原的大家庭。

既然要来，那就来吧。收到齐桓公的许可，郑文公马上出发。一路上，他考虑着是不是该做一次深刻的检讨，甚至下定决心，就算齐伯主严厉批评自己，甚至制裁自己，自己也绝不顶撞。

到了洮邑后，郑文公才发现自己想多了。这一次会议不是谈楚国的事，也不是谈他的路线错误。这一次会议主要是讨论周朝王位的继承问题。

周惠王已经死了？我怎么不知道？！郑文公一头雾水。

按理说，郑国离周朝最近，周惠王要是有个三长两短，郑国应该第一个接到讣告。但郑文公确实没收到消息。

这是因为周朝太子姬郑把消息封锁了。周惠王是在去年的十二月驾崩的，事情发生后，太子姬郑担心自己的弟弟叔带趁机发难，没有发布丧事的消息，而是先去向齐桓公通报了消息。

这说明，这位姬郑还是很有头脑的，知道有困难找齐伯。而齐伯也没有让他失望，专门召开这一次诸侯大会来帮助姬郑登上王位。在座的世叔世伯都是参加过首止会议的，大家都认得姬郑，至于那位叔带，谁认识啊？

大家纷纷表示认可姬郑继位的合法性，并表态将在姬郑这位新天子的带领下，在齐伯主的辅助下（这句必须加），继往开来，再创辉煌。

洮邑大会在团结的气氛下胜利闭幕，姬郑充满自信地回到洛邑，发布了父亲惠王的死讯，然后顺利登上周朝的王位。当然，他是不会忘记齐侯在这件事情上的鼎力相助的。

公元前652年，齐桓公在葵丘召开诸侯大会。葵丘位于齐国的边境，这个地名不是第一次在《春秋》中出现。三十六年前，齐襄公派大夫连称、管至父戍守的地方就是这个葵丘。因为没有及时召回两位大夫，导致了自己最后的惨死。这个地方见证了齐国国君的更替，今天将见证齐国最荣耀的一刻。

葵丘之盟是春秋历史上最为重要的诸侯会盟之一。

这次会盟的发起跟以往的会盟并没有什么不同，主要是因为郑、许两国最近已经深刻认识到了自己的错误，愿意回到中原联盟的大家庭中来。齐桓公专门开一个会，欢迎两位迷途知返，然后大家聚一聚，重温一下以往的美好时光，展望一下未来。

这次会议因为一个人的加入而显得格外不同。新即位的周王，也就是姬郑，史称周襄王，特地派出卿士宰孔出席会议。这位宰孔还不是空着手来的，手里拎了两块肉。

《第十一章》 霸业的顶点

"这是天子祭祀文王、武王的祭肉,天子特地赐给伯舅。"

在周襄王看来,齐桓公就像他的舅舅一样可以依靠,而这两块肉也非同凡响。我们已经介绍过祭肉,祭肉是天子给同姓诸侯、二王和有大功者的无上赏赐,而这两块肉更是祭肉中的极品,因为这是祭祀周朝的开山祖师文王、武王的肉。说比唐僧肉还珍贵,是一点也不夸张。

齐桓公很兴奋,低头就准备下拜接赏。可刚要行礼,宰孔又阻止了他。

"天子以伯舅年老,应重加慰劳,赐爵一级,不用下阶跪拜。"

齐桓公确实老了,这一年他已经六十四岁了,小白已经变成老白,真要下拜闪了腰,可不是吃两块肉能补回来的。

听到周襄王如此人性化,齐桓公乐呵呵笑了起来,抬腿上前接祭肉。但最终他停下了脚步。这个事情到底靠不靠谱,还是得先问问仲父。

能够想到这一点,说明齐桓公这个霸主并不是白当的。

管仲已经在找他了。他知道对齐桓公来说,这是他一生中最辉煌的时刻,但越是这样的时刻,越要保持清醒,而站着接肉绝不是一个理智的选择。齐国一直打着尊王的旗号召开各种诸侯大会,要是这次傲慢无礼,就是自己打自己的耳光。

"为君不君,为臣不臣,乱之本也!"管仲说道。

齐桓公吓出了一身汗,没想到就是吃块肉,也差点犯这么严重的政治错误。他连忙跑到会场,再次接见宰孔。

"天子的威严从来没有离开我咫尺之遥,小白哪里敢奉天子之命而不下拜?要真这么做了,只怕给天子留下羞辱。"

齐桓公恭敬地下拜行礼,腰还好,没闪着。站起后,他登上台阶,郑重地从宰孔手里接过祭肉。

周王使者的到来无疑使这次葵丘会议的规格上了一个档次。齐桓公没有浪费这样好的机会，再一次重申阳谷形成的会议精神，又在阳谷四条上加了数条，比如不要让老婆参与国事，要以孝为先，选择贤才，养育人才，表彰美德，尊老爱幼，热情接待来往的宾客跟旅人，以及士人不要世袭官职，官职不得兼任，不要擅自杀戮大夫等。阳谷四条不过是一个初稿，这个才算是正式的诸侯行为准则。

这里面大概有一些是有针对性的，比如第一条不要让夫人参与国事，指向的就是周王室的国母、周襄王的母亲陈妫。这位老太太跟武姜一样，还不死心，一心想帮助自己的儿子叔带夺回王位。

会议的最后是歃盟，按照流程，需要杀一头牲畜，然后誓盟者尝一下牲血表明决心，最后，还要将宣读完的誓词烧掉，请上天作证。

齐桓公将歃盟用的牲畜拴在一边，念完誓言后，将誓书放在牲畜的背上。其实此时的齐桓公已经不需要歃血为盟或指天为证，他的权威足以让诸侯奉行他的价值观。

"凡是参与盟会的人，会盟以后言归于好。"面向诸侯，齐桓公大声说道。

临淄，宫城，大殿。

曾经被齐桓公取下的钟磬再次悬挂起来，鼓瑟齐鸣。管仲陪在齐桓公的身后，仔细聆听着乐声。他张开苍老的手臂，拥抱着一切朝他扑过来的气息。

"国君，您感觉到了吗，这就是我所说的快乐啊！"

齐国霸业已成，齐侯之令行于天下，钟磬之间再无兵革之忧。

第十二章
齐桓公的野望

第十二章　齐桓公的野望

葵丘会盟是齐桓公霸业的顶峰，同样，它也逃避不了万物的一个共性：当一个东西到达顶点后，便会开始下坠。

周朝上卿宰孔已经看出了端倪。在赐完齐桓公祭肉之后，宰孔就告辞回国了。在路上，他碰到了正匆忙赶来参加大会的晋国国君献公。

因为生病，晋献公来得有点晚，齐桓公都吃上肉了，他还在半路上。但他能来，确实值得表扬。毕竟晋国向来不参加齐桓公的诸侯会盟，晋国的主要外交对象是秦国跟周王室。

考虑到最近新上位的周襄王还是齐国扶上去的，晋献公觉得有必要来参加一下。可让他没有想到的是，宰孔一看到他，就告诉他可以省点力气了。

"晋侯不用去参加会盟了，齐侯不致力于德行而忙于远征，北伐山戎，南伐楚，这一次跑到西边举办这次会盟，不知道接下来要向哪边用兵。照我看，是否东边不能确定。西边立刻动手的可能性也不大，大概齐侯还在等西边出祸乱。晋侯还是不要管齐国的诸侯大会，赶紧回去平定国内的祸难，不要给齐侯可乘之机。"

在葵丘之会上，虽然齐桓公跪着接受了祭肉，但宰孔已经看出来了，这位齐伯已经露出了骄横之色。

事实上,也不只宰孔一个人看出来了,与会的所有诸侯都看到了。

葵丘之会,桓公震而矜之,叛者九国。震之者何?犹曰振振然;矜之者何?犹曰莫若我也。(《公羊传·僖公九年》)

葵丘之会,齐桓公震而矜之。什么叫"震",就是得意扬扬、傲慢无礼的样子;什么叫"矜之",就是天大地大,老子最大的意思。翻译过来就是:葵丘之会上,齐桓公目中无人,得意忘形,以为没有人比得上他,可别看今天诸侯拿着美玉送给他,尊他为伯长,日后背叛他的就有九个国家。

小白同学确实有些翘尾巴,而且还有了一些不该有的想法。

从葵丘开会回来之后,齐桓公找到管仲,提了一个想法:

"我想成就霸业,借各位大臣辅助之力,已经实现了。现在我想完成王业,仲父你看行不行?"

齐桓公确实长进了,当年当霸主都是管仲赶着鸭子上的架,现在竟然知道主动进步。可能最近跟楚国打交道多了,看着楚国都称王了,齐国还侯着,实在有点不对称。

可当霸主这个事可以有,当王者,这个目前不能有。

管仲沉默了。这些年,齐桓公一天比一天自信,若是直接否定他,会打消他的积极性不说,说不定还起不到劝解的效果。想了一下,管仲说道:"不如召见鲍叔牙来问问看。"

好吧,那就请鲍叔牙来。

鲍叔牙到了之后,齐桓公重复问了一次。鲍叔牙看了管仲一眼,他马

《第十二章》 齐桓公的野望

上明白了，这是老管在坑他。这么简单的问题，你不会答，我更不会答了。于是，鲍叔牙说道："您还是问一下宾胥无吧。"

宾胥无是经管仲推荐主管法律刑狱的大司理，刚正不阿，与管仲、隰朋、鲍叔牙、宁戚共称为齐国五贤人。

听到鲍叔牙点了他的名，宾胥无主动小跑着过来了。你们都不说，那只有我来说了。

在齐桓公把能否成王的问题问出后，宾胥无正色答道："古代能够成就王业的人，都是君主的德望高，大臣的稍差点；现在的情况恰好反过来，是您的大臣德望比您高。"

齐桓公汗都出来了，这真不给面子啊。宾胥无等于是在说你小白能混到伯主，都是因为我们这些大臣厉害，你要想再进步，以你的资质简直是异想天开。

到底齐国是国君的德望高还是大臣们的高呢？关于这个问题，后人曾经进行过一番讨论。晋国的晋平公就曾经问晋国的大夫叔向：当年齐桓公九合诸侯一匡天下，不知道是国君的力量呢，还是其大臣的力量？

叔向用了一个十分巧妙的比喻回答了这个问题："管仲善于裁布，隰朋善于缝纫，宾胥无善于缉边，桓公嘛，他只知道穿衣服罢了。"

原来在叔向看来，齐桓公不过是一个坐享其成的。旁边的另一位大夫师旷有不同的意见。"我用烹调来打个比方吧。管仲善于切肉，隰朋善于煎煮，宾胥无善于调味。这三位做出了霸业这道菜，端到了齐桓公的面前，但要说齐桓公坐享其成也不尽然，毕竟要是齐桓公不吃这道菜，谁能强迫他呢？所以，这份霸业也有君主的力量。"

齐桓公是霸业的代言人，却不是霸业的缔造者，他的这份霸业是眼前这些臣子共同努力的成果。但如果只有这些大臣，只怕霸业只能沦为清谈。

听到宾胥无这个很不客气的回答后，齐桓公肃然站了起来。管仲、鲍叔牙与宾胥无也连忙站起来，缓慢靠近齐桓公。齐桓公认真地说道："从前周的大王贤明，王季（周文王的父亲）贤明，文王贤明，武王也贤明；武王伐殷取胜，七年而死，周公旦辅成王而治天下，也不过是控制了四海之内。现在我的儿子不如我，我又不如诸位。看来，我是没办法成就王位了。"

一个决策者最明智的优点莫过于了解自己的极限在哪里。

成不了王，齐桓公还是有些遗憾的。但他老人家心思很活。

不称王，我能不能打打擦边球？

过了一段时间，齐桓公又把管仲叫了过来："仲父，我要封泰山、禅梁父！"所谓封泰山、禅梁父，就是在泰山上祭天，在梁父山祭地。这是只有王者才能干的事，还不是一般的王者，比如自春秋以来，还没有看到一条周天子泰山封禅的记录。

这真不是一个省心的主啊，前不久还表决心认了命，才两天，又要上房揭瓦。

"自古以来一共有七十二个人搞了封禅仪式，我能记下来的不过十二人，这十二人是无怀氏、伏羲、神农氏、炎帝、黄帝、颛顼、帝喾、尧、舜、禹、商汤与周成王。这些人都是承受天命然后才举行封禅大典的。"管仲答道。您老人家想封禅也不是不可以，先跟这些人比比看。

齐桓公低着头，仔细想了想自己过去做的那些事，他十分诚恳地认为自己跟上面这十二位大神比起来丝毫不逊色。

"寡人北伐山戎，远征孤竹国；西伐大夏，远涉流沙河，束马悬车，

《第十二章》 齐桓公的野望

上过卑耳山，南伐到了召陵，登上熊耳山望过长江汉水。与各诸侯国兵车之会三次，乘车之会六次，九合诸侯一匡天下，诸侯没有违抗我的。这同夏商周三代承受天命也没什么区别嘛！"

也不能说齐桓公不讲道理，他这些功绩都是实打实的，论硬件条件完全符合封禅大典。

可封禅大典又实在搞不得，每次开会，齐桓公都要做报告宣传尊王的重要性，可自己跑到泰山干周天子都不敢干的事，这以后说话谁还相信？

看着劲头十足、一股蛮劲的齐桓公，管仲明白，直接否决他，只怕齐桓公要闹情绪。当然，这一次，管仲没有让他再去问问鲍叔牙了。

"古时封禅是需要一些东西的。"管仲意味深长地说道。

"什么东西？"齐桓公急切问道，齐国富甲天下，还有什么东西是齐国没有的？

事实证明，齐土豪家里也未必什么都有，等管仲把这些东西列出来，齐桓公傻眼了。

封禅大典时，祭器里盛的是鄗山上的黍和北里长的禾，铺在地上的垫席用的是江淮之间特产的三脊茅草。另外还要东海的比目鱼，西海的比翼鸟，最后，不召而自至的祥瑞要十五种。

这些东西，不要说齐国有没有，就是听，咱小白也是第一次听说吧。

"我们齐国现在的情况是凤凰麒麟不来，祥瑞的嘉谷不生，但是地上杂草到处都是，天上鸱枭这样的凶鸟飞来飞去，国君你想要搞封禅大典，你觉得合适吗？"

齐桓公惭愧地低下了头。

说实在的，这些东西就是前面十二位也未必真的有，后面也有一些搞封禅大典的人，比如秦始皇，更未必真的凑齐了这些东西。东西嘛，有最好，没有的也可创造，野鸟插两根毛未必不可以叫凤凰，老虎弄两只角叫麒麟也未尝不可。

但齐桓公是一个诚实的人。

我没有这些东西，那就算了吧。这就是齐桓公的真实想法，他没有把自己的欲望放任至无可控制的地步，这正是他可以成就霸业最大的内因。

王没有当成，禅也没有封上，但齐桓公晚年这些好大喜功、骄傲自满的情绪还是流露无疑。在葵丘大会上，他也时时暴露出超人一等的优越感，从而被各位诸侯捕捉到了他心态上的变化。

大家嘴上不说，但人心散了，队伍就不好带了。

中原的公敌楚国在消停两年之后，再次向中原发起了挑战。这一次楚国瞄准的对象不是郑国，而是南方的黄国。

黄国是楚国的一块心病。当年楚武王开沈鹿大会，黄国就敢不去参加，而自从到中原跟齐桓公开过数次诸侯大会，黄国就像是长了见识，找到了靠山的感觉。黄国对外宣称，楚国的郢都到我国有九百里，他管不着我。

黄国忽略了一个问题，楚国首都离黄国是有九百里，但齐国首都离黄国只怕有一千九百里。

对于黄国加入到中原大家庭当中，管仲是不支持的。在管仲看来，江、黄二国离齐国远而离楚国近，楚国又是搞兼并的能手，要是楚国进攻江、黄二国，齐国不能救援，岂不削弱了齐国诸侯之长的声望？

作为一个霸主，要清楚地认识自己的力量，不去做自己能力达不到的

第十二章　齐桓公的野望

事情，不要为了虚荣去承担自己能力之外的东西。不然万一罩不住，就会砸了自己的招牌。

终于，管仲的担忧成了现实。公元前649年的冬天，楚国进攻黄国，黄国一边发动群众保家卫国，一边指望盟主齐侯能够救苦救难。冬天过去了，冰雪融化，新芽吐绿，一直等到夏天，都没有看到齐盟主率领的多国部队。

一向路见不平拔刀相助的及时雨齐桓公哥哥怎么就不来拉兄弟一把呢？打开史书就知道，齐桓公太忙了。

在去葵丘大会的路上，晋献公巧遇了刚送完肉回来的宰孔。宰孔先生劝他不要去了，一是看不惯齐桓公的傲气，二来他也是好心，因为宰孔先期抵达会场，对齐桓公刚要讨论的葵丘议题有一定的了解，而葵丘之会中，最重要的一条就是要维护嫡长制，不要把庶子当世子。

很不幸，晋献公就犯了这样的错误。

晋献公因为宠爱小老婆骊姬，逼死了自己的长子申生，准备立骊姬的儿子为接班人。顺便提一下，申生的母亲不是别人，正是齐桓公的女儿齐姜。

你把申生给逼死了，又触犯了诸侯行为守则最重要的一条，这一次葵丘大会的重要活动之一可能就是批判晋献公。宰孔猜到了这一点，好心劝晋献公回国避一避，晋献公心领神会，果然打道回府，没有参加葵丘会盟。

但齐桓公要抓的反面典型是逃不掉的。齐桓公连批判词都准备好了，批判对象却开溜了，这让伯主的面子往哪里放？齐桓公马上给晋国发了整改通知书，让他遵守葵丘制定的诸侯行为守则。

霸主崛起

晋献公本来就有病，折返跑又消耗体力，再一吓，直接就去见了周武王。

临死之前，晋献公还是没有吸取教训，把国君之位传给了宠妃骊姬生的儿子奚齐。这个不得人心的安排最终引发晋国动荡，晋国大夫争相为乱。

当然，这个时候就该请齐桓公这个中原文明办主任出面了。

齐桓公亲自率领诸侯联军进攻晋国，讨伐晋国的祸乱。最后又出面联合秦国让晋献公的儿子公子夷吾回国继承君位。

几经周折，终于平定了晋国的内乱。付出的劳动是艰辛的，成果是喜人的。齐桓公的威名延伸到了中原的西北部。

忙完晋国的这件事，已经是葵丘大会第二年的夏天，这一年又发生了一件让齐桓公不省心的事情。周王室又受到了戎人的攻击。

春秋伊始，周王室经常受到犬戎的攻击，上一次的戎人是周平王引来的，而这一次，同样是周王室自己人请来的。

齐桓公牵头帮助周襄王顺利登基，可周王室的局势并没有真正稳定下来，国母陈妫与王子叔带还在。这一对母子简直就是武姜跟共叔段的翻版，一直在谋求变天活动。这一年，王子叔带联合周边的戎人攻到了洛邑，冲进了王城，还在东门放了一把火。

就是在这一年的冬天，楚国发动了对黄国的攻击，准备趁中原大乱吞并黄国。一个是单位的领导，一个是新收的小弟，齐桓公很快就做出了选择：弃卒保帅，让黄国自己顶一会儿，先解救周王室。

齐桓公派管仲带兵入周救援，因为离得太远，跑到洛邑时，发现戎人已经退去了，帮助周王室退兵的是秦晋两个近邻。

本想着就此可以抽身帮助黄国，哪知道跟戎人作战是一项长期的工

《第十二章》 齐桓公的野望

作。齐国的兵马刚退，戎人卷土重来，接连袭击周王室，甚至连着上回多管闲事的晋国也挨了揍。

尊王攘夷还是得伯主出手啊。

齐桓公派出了国内最强的组合管仲跟隰朋共同出征。管仲主抓周王室线，隰朋主抓晋国线。这两位老同志加起来得有一个半世纪的年纪了，尤其是管仲同志，应该在七十以上。这首先说明老同志工作热情很高，其次说明齐国的人才培养还是出了问题，这么多年过去了，四处奔波的还是这些老同志。齐桓公很快就会意识到这是个大问题。

就目前来说，老同志出马一个顶俩，两位分头行动，隰朋顺利帮助晋国同戎人讲和，管仲同样帮助周王室跟戎人达成了停火协议。

对于齐国的帮助，周襄王是很感激的，他也很清楚齐国派来的这个其貌不扬的老头，就是齐国最核心的大夫。于是，周襄王专门设宴请管仲吃饭。

这是管仲的辉煌时刻。这位郊野的小摊贩、南阳的流浪汉、沙场的逃兵、无所成的牧马人、职场的失意人，经过不懈的努力，终于成就了齐国的霸业，并获得了周王室的认可。他也成了春秋以来最成功的国相，其成就，往上数，直追齐国始祖姜太公。

天子要以上卿的礼节请管仲吃饭。这是一个破格的待遇，也是光凭努力得不到的东西，因为上卿是世袭的，管仲虽然是齐国最高的执政官，但他依然不是齐国的上卿。

巨大的诱惑摆在了管仲的面前。作为一名尝尽苦难的人，他有没有梦想过这样的礼遇？答案应该是肯定的。但管仲之所以成为管仲，是因为他知道什么是欲望，什么是理想。

让齐国成为霸主之国，安定中原，这是理想；为自己争取更高的礼遇，这是欲望。管仲向天子行礼，拒绝了这样的邀请。

"我不过是齐国低贱的官员，齐国的上卿是天子任命的守臣国子跟高子。如果您今天以上卿之礼招待我，等他们春秋二季前来朝聘时，天子又用什么礼节来招待他们呢？请允许陪臣谨敢辞谢。"

周襄王再三要求，而管仲不为所动，坚决谢绝了上卿的礼遇，最终接受下卿的礼节而回国。管仲用谦让成就了他人生当中最辉煌的时刻。

左丘明对管仲的行为佩服不已，他引用一句诗"恺悌君子，神所劳矣"来表示像管仲这样和蔼平易的君子，应该会受到神灵的保佑，并断定他的后代应该受到祭祀（管氏之世祀也宜哉）。

值得注意的是"管氏之世祀也宜哉"，其实是一个感叹句，管仲的后人在齐国并不显著。左丘明是在叹息以管仲之贤，他的后代亦没有受到祭祀。

这是一个遗憾，但又是合理的，再伟大的人也无法惠及后人。这是历史教给我们的常识。

无论怎样，戎人暂时是不会进攻周王室跟晋国了，而失去了外援的王子叔带只好逃跑。奇怪的是，他竟然跑到齐国寻求政治庇护。

看来，在好人眼里，齐桓公靠得住，在坏人眼里，齐桓公同样罩得住，黑白两道，齐桓公通吃。

收服了王子叔带，周王室终于稳定下来。但宝贵的时间就这样流逝了。

弱小的黄国整整撑了大半年，最终还是黄了。

结交远方的强国，得罪身边的强国，是它灭亡的主要原因，但其灭亡的

《第十二章》 齐桓公的野望

根本或许并不在外交战略上。国力的弱小注定了它的灭亡没有什么悬念。

清除了后院的隐患，楚国再次挥师北上，进军中原。

> 楚人伐徐。三月，公会齐侯、宋公、陈侯、卫侯、郑伯、许男、曹伯，盟于牡丘，遂次于匡。（《春秋·僖公十五年》）

公元前645年，楚国进攻徐国，三月的时候，鲁国的鲁僖公与齐侯、宋公、陈侯、卫侯、郑伯、许男、曹伯在牡丘结盟。这是一次兵车之会，诸侯们都是率领兵马前往，其目地就是救援徐国。

此情此景，跟十一年前齐桓公借伐蔡之名进攻楚国十分相似。同样的联军，同样的对手，但事实上，还是有很大的不同。比如这其中有些人换了，陈、许、曹、宋都换了国君，这些国君的更换，对局势影响最大的当属宋。

六年以前，在葵丘大会举办的当年，宋桓公就去世了。这位知礼的宋国国君一举扭转了宋国四面挨打的被动局面，在位期间，顺从大势，作为齐桓公霸业的最佳助手任劳任怨。虽然在春秋这个大舞台上，他的台词不多，露面的机会也少，但他在齐桓公的霸业中，起着不可忽视的作用。

宋桓公之后，便是春秋著名的浪漫主义英雄宋桓公之子宋襄公。

齐桓公望向这个盟友，大概是因为对宋桓公充满好感，他对宋国的这位继任者印象不错，他相信这位年轻人会接过宋桓公的旗帜，继续为自己的霸业保驾护航。

联军都聚集了，那就前进吧，不能再让黄国的惨剧在中原的腹地上演。

大军前进到匡地，徐国的不远处，却停了下来。

其原因说起来很让人羞愧，中原人害怕了：遂次于匡。

遂，继事也。次，止也，有畏也。（《榖梁传·僖公十五年》）

十一年前，也是这样的春天，我率领中原联军征伐楚国，那时我意气风发，天下莫敌；现在，还是同样的联军，还是同样的对手楚军，为什么我的心发慌畏惧？齐桓公不禁望向了左右。在他感到畏惧的时候，他总能找到一个坚强的身影，那个身影会给他鼓励，给他支持，给他明智的建议，就算是逆境之下，只要有他在，齐桓公从未胆怯过。

这一次，他失望地发现，自己再也找不到那个熟悉的身影了。

这大概就是我畏惧的原因吧。齐桓公长叹一口气。

管仲不在他的身边。此刻的管仲已经病入膏肓，无法再随军出征。

没有管仲在身边，齐桓公仿佛又回到了小白的阶段，面对楚国的进攻不知所措，只好停下来商议，最终大家商量不去徐国，改去攻打跟楚国结盟的厉国。表面上看，这也算是围魏救赵；但事实上，这是中原联军不敢直接与楚国交锋。

于是，在齐桓公的授意下，中原联军放着家门口的徐国不救（徐国在山东境内），忽啦啦跑到了南方的厉国（在湖北随县附近），八个国家打一个小小的厉国竟然久攻不下，而楚国则大败徐国。最后，到了第二年的夏天，中原联军回军救徐，才让徐国避免了亡国之祸。

据我考证，这一次远征厉国，齐桓公并没有参加，在匡邑做了决策之后，他就回到了齐国。他明白，徐国也好，厉国也罢，对他而言，最重要的是管仲老师的安危。

第十三章

离别时刻

《第十三章》 离别时刻

管仲先生的时日不多了。齐桓公早就意识到了这一点。

有一回，齐桓公准备请管仲来喝酒。管仲先生经常自个儿在家里喝小酒，但就是爱耍大牌，不轻易跟齐桓公喝。为了请到管仲这尊大神，齐桓公专门挖了一口新井，用柴草覆盖使其免受污染，自己又斋戒十天，这才把管仲叫了过来。请到管仲之后，齐桓公两公婆亲自上阵，齐桓公拿着酒爵倒酒，齐侯夫人拿酒杯敬酒。

如此厚待，不可谓不给面子。可管仲喝完三杯，竟然不打招呼就偷偷溜了。齐桓公感到自尊心受到了极大的打击："我斋戒十天来请仲父，对这件事情够严肃认真了，仲父为什么还要不辞而出？"

看到国君发怒，陪酒员鲍叔牙与隰朋赶紧去追管仲父。

"管仲，你停停，国君发怒了。"

发怒了？又使小孩子脾气了？管仲摇了摇头，只好往回走。回到酒馆，管仲站到院中，靠着屏风而立。看来齐桓公是真的生气了，没有搭理管仲，管仲再走两步来到中庭，齐桓公的气性很大，还是没有说话。

管仲又往前走了两步，靠近堂屋。这么一个大活人站着，再装看不见就不合适了。齐桓公十分委屈地说道:"我斋戒十天宴请仲父,自以为没有什么得罪您的地方,您不辞而出,这是为什么?"

当然,管仲父马上就齐桓公沉溺于酒色进行了严厉的批评,表示国君你现在做的事情有害于社稷,所以我赶紧跑开。

请下属吃个饭,结果惹来了一顿批评,齐桓公比窦娥还冤。可齐桓公没有发怒,更没有喊什么拖出去斩了之类的君王常用语,而是深深叹了一口气:"我不是敢苟安,而是仲父年纪大了,我也衰老了,我只是希望跟您喝喝酒,慰问一下。"

从四十一年前,齐桓公将管仲从囚车中放出来后,管仲就用霸业为齐桓公打造了一具无法挣脱的行为囚具。其管理之严,可谓三天一小敲,五天一大敲,好色好酒好猎的齐桓公活生生被逼成了霸主。管仲辛苦了,姜小白也辛苦了。

但我们的努力总该有个尽头吧,我们也不会永远都有明天,趁着我们还能喝酒,为什么君臣不能小小地安乐一下呢?我们老了,像这样把酒言欢的时光过一分便是少一分。

对于齐桓公的这个苗头,管仲再次敲响了警钟,要求齐桓公加强自我管理,老年不可苟安。

本来想跟管仲父喝个小酒,结果又被上了一堂政治课,齐桓公只好老老实实给管仲行礼,以宾客之礼拜送而出。早知道就不喝这个酒了。

第二天,管仲趁热打铁,又对齐桓公好好进行了道德教育。这些课程是老调重弹,别说齐桓公听了快四十年,就是我们也听腻了。但齐桓公没有厌烦,反而认真补了一课。

管仲父已经老了,我还有多少机会听到他的教导呢?就算是陈词滥调，也是无比珍贵的相处时间呀。

君不傲，臣不卑。管仲与鲍叔牙之间交往被奉为友谊的典范，管仲与齐桓公的交往何尝不是君臣之交的典范？

从匡地匆匆赶回来，齐桓公第一时间来到了管仲的家里。他知道这个陪伴自己四十多年，一手把自己推上霸主之位的人就要离开了，在这之前，他一直避免谈及管仲的身后事，但事到如今，再不谈就没有机会了。

"仲父的病已经很重了，我也不再讳言，如果仲父真的不幸好不起来，我该把国家大政交给谁呢？"望着这个生命如残烛的老人，齐桓公低声问道。

管仲还以沉默。

还有谁呢？齐国人才济济，但能成就霸业、守住霸业的又有几个？管仲在内心把所有的人都翻阅了一遍，他很痛心地发现，齐国境内竟然找不到可以将自己的事业继承下去的人选。

这也是自己的失误啊！惭愧之下，管仲唯有沉默。

齐桓公并没有理解到管仲的真意，等了一下，他看管仲没有回答，试探着问了一句："鲍叔牙您看行不行？"

当年鲍叔牙就是齐桓公的正牌师傅，正是鲍叔牙放弃了卿士的职位，举荐了管仲。到了今天，按中国人投桃报李的思维，该是管仲推荐鲍叔牙的时候。

"鲍叔牙是个君子，就算给他千乘之国，如果不以其道，他也不会接受。"对于这个老朋友，管仲给出了最高的评价。但这只是道德上的评价，而不是能力上的评价，"但不能把国家大政托付给他，他为人好善，但憎恶太过，见到一个恶人恶事，终身都不会忘记。"

管仲否决了齐桓公起用鲍叔牙的建议，我想要是鲍叔牙听到这件事情，一定会露出欣慰的笑容。世人皆谓鲍叔牙知管仲，焉知管仲同样了解鲍叔牙。

"连鲍叔牙都不行，那还有谁？"齐桓公问道。

"隰朋！"管仲说出了他心中的人选，"隰朋目光远大而又虚心下问，仁能给人恩惠，良能送人财物，做好事感化人，在家不忘公事，在公不忘私事。事君没有二心，也不忘其身。他用齐国的钱去救济过路难民五十多户，受惠者却不知道他是谁。拥有这样的大仁，隰朋可以执掌国政！"

齐桓公却没有点头，反而眉头紧锁，又问了一个问题："要是仲父不在了，各位大夫能安定国家吗？"

难道齐桓公并不信任我举荐的隰朋？他还指望着谁呢？

"您看一看国内的大夫，鲍叔牙为人直爽，宾胥无喜好行善，宁戚很能干，曹孙宿能说。"

鲍叔牙我们很熟了，宾胥无是齐国主管法律工作的大司理，以铁面无私直口快著称。宁戚是齐国的大司田，主管农业。这位宁戚是卫国人，出身贫贱，以前为人挽车喂牛。为了得到齐桓公的任用，夜宿在齐国门下，等齐桓公出城时，击牛角而高歌，引起齐桓公的注意，从而得以出任齐国的大司田。他是农业方面的专业人才，写有著名的《相牛经》，是齐桓公霸业的重要组成人员，与宾胥无、管仲、隰朋、鲍叔牙被称为齐国"五贤人"。曹孙宿是齐国著名的外交人员，长年出使楚国。

"是啊，这四个人，其他国家哪有一个？他们都是上才，我全部使用，还怕国家不能安定吗？"

管仲摇了摇头："鲍叔牙好直，可不能为了国家而牺牲其好直；宾胥无好善，却不能为了国家牺牲其好善；宁戚为人能干，却不能适可而止；

第十三章 离别时刻

曹孙宿能说，但不知道在该沉默的时候沉默。他们都有致命的缺点。真正能使国家安定长久的，我看只有隰朋！"

齐桓公终于点了点头，但他的眉头并没有松开。仲父啊仲父，我相信你推荐的隰朋，可是……他老人家也是七十开外的人了啊。

管仲也明白了，他深深叹了一口气："上天生下隰朋，就是为我作'舌'的，现在我都要死了，舌还能活着吗？"

所有的这些人，都是齐桓公即位初年跟随左右的人，齐桓公都六十了，英雄俱已老去，而我们却看不到后来者。

英雄寂寞，莫过于此。

两人又陷入到沉默当中，管仲忍着病痛，望着眼前的国君。他心想，国君比我还年轻，还可以将齐国的霸业延续十来年，或许在这十几年里，齐国能够找到继承霸业的年轻人。

如果要等到这样的机遇，就要先把小人从国君的身边赶走。

这不是一个容易达成的目标，管仲无比清楚自己侍奉的这位国君，好玩，贪乐，永远都像一个未成年人，这样的人很难经得住小人的诱惑。但好在他还能听劝，知道克制自己。

四十年前，齐桓公刚登上国君之位，举行祭神仪式。祝史嚣巳疵献上祭肉，开始许愿："请除掉国君多虚少实的作风。"齐桓公脸都白了，祭神这种活动，多半是祈福，什么好听说什么，比如国泰民安、万寿无疆之类的话，一上来就向神灵揭发检举领导的小毛病的，还是第一次见。当然，那会儿祭着神，齐桓公也不好当场发作，只是狠狠瞪了这个不会说话的家伙一眼，让他注意点用词。哪知道这位仁兄斟了一杯酒的时间，又冒出一句:"还请除掉我们国君似贤非贤的毛病。"

好家伙,才干国君没两天,就被这乌鸦嘴扣了虚伪、浮夸两顶大帽子。齐桓公回来后就发火了,准备杀掉这个乱说话的家伙,但等了一会儿,还是忍住了,最后还主动向管仲交代了自己思想上的冲动。

从这件事情上,管仲就看到了齐桓公的优点,认为他虽然不是什么天赋异禀的优等生,但凭着这份克制,足以成就霸业。

事实证明了他的判断,齐桓公虽然时不时偏离点轨道,但在管仲的调教下,总能及时改进,回到正确的道路上来。

这一次或许是自己最后一次为国君调校轨道了,他能听从自己吗?

"我们临淄的东城有一条狗,一天到晚露着牙齿准备咬人,我一直用木枷枷住它,才没让它得逞。国君能管住它吗?"管仲突然说道。

有这么一条狗,我怎么不知道?齐桓公露出困惑的表情。

"我说的是易牙啊。"

"啊?"齐桓公更不解了,说起来,齐桓公还认为这位易牙是位忠臣呢。

易牙,齐国大夫,此人有一项绝活,善于调味,是著名的烹饪大师,据说他开了世界上第一家私人饭馆,被称为厨师的祖师爷。因为厨艺高超,易牙颇得齐桓公宠信,齐桓公每次开诸侯大会,都要把他带上做大锅饭给与会国君吃(司庖)。而易牙得到了齐桓公的欢心,并不仅仅是厨艺好。

有一回,齐桓公百无聊赖,突然对易牙说了一句:"寡人尝尽了天下美味,就是没吃过人肉,实在是一件憾事。"这就是开玩笑了,但领导无意,下属有心,第二天,易牙端上来一盘肉,鲜嫩无比。齐桓公大为赞赏:"这是什么肉?"

第十三章 离别时刻

易牙离席跪到地上:"这是小儿的肉。"

我再也不相信什么虎毒不食子这样的鬼话了。对于小人而言,在权力面前,一切都是可以牺牲的。

"易牙为了满足我的口腹之欲,连自己的儿子都杀了,怎么会是一条狗呢?"齐桓公说出了自己的疑惑。

"人都是爱自己儿子的,易牙连自己的儿子都蒸了做菜,这样的人连儿子都不爱,还能指望他爱君吗?这样的人不是狗是什么?你一定要除掉他!"

管仲先生是一个实干家,他从来不相信什么虚的东西,他所有的管理,都是按照人性来安排的。他有一个重要的理论叫仓廪实而知礼节,衣食足而知荣辱。他脱离了春秋好唱高调的社会风气,而回归到一个朴素思想家的位置。

易牙先生看似忠诚,实则奸佞的伎俩骗骗小白还可以,骗管仲就太不够用了。想了想,齐桓公点点头:"好!"

"北城有一条狗,一天到晚露着牙齿准备咬人,我一直用木枷枷住它,才没让它得逞。"

"仲父,您这回说的又是谁啊?"

"竖貂!"

"他?"齐桓公再次震惊了,他怎么看竖貂也不是一条狗,就算是狗也是一条阉狗,哪里会时时咬人?

这位竖貂是齐国的太监,就是那位在齐桓公进攻楚国时,出卖军情的太监。我们已经说过,他看到齐桓公后宫队伍十分庞大,需要太监总管这样的高端人才,从而领悟到欲要成功,必先自宫的真谛,主动阉割,替齐桓公打理后宫团队。这样的人不是忠臣而是凶狗吗？

管仲解释道："人没有不爱惜自己身体的，竖貂这个人不爱惜自己的身体，又怎么可能会爱惜国君你呢？你一定要除掉他！"

看了看年迈的仲父，齐桓公再次点头："好！"

"西城还有一条狗……"

"仲父，请您明说吧。"

"卫国的公子开方就是西城之犬，你一定要赶走他！"

据说这位公子开方是卫国的公子（有一个说法他就是卫文公本人），但以前一直在齐国上班。说起来，他的这份工作还是管仲介绍的，当年管仲看他为人灵巧，又懂做生意，还有卫国背景，特地推荐他出任齐国驻卫大使，结交卫国贤人，希望这位公子开方能为齐国的霸业做一份贡献。公子开方果然工作努力，努力到十多年都没有回去看望父母。

易牙烹子，竖貂自宫，开方忘家。在旁人看来，这都是忠诚的表现，可大忠之象必定藏有大奸之心，管仲察觉到了这三人不可告人的目的。

听仲父的没有错，齐桓公再次认可了管仲的建议。

管仲松了一口气，只要齐侯的身边没有了小人，就算自己不在了，凭着鲍叔牙、宁戚、隰朋们，还能为齐国争取一点时间。

这是一个美好的愿望，但挫折接踵而至。齐国的大司田宁戚去世了。

当年齐桓公与管仲出城，在城门下碰到那个从卫国远来的车夫，听了那首著名的自荐歌："浩浩白水，儵儵之鱼，君来召我，我将安居。"

"齐侯识他，齐侯用他，他亦用功绩回报了齐侯的赏识。没有这些人的辅助，齐国的霸业岂是我一个人可以成就的。"

悲伤的管仲经常让家人弹奏宁戚的这首《白水》，以怀念这位杰出的同僚。而宁戚的去世仅仅是一个开始。

没多久，他最忠诚的朋友、伯乐鲍叔牙也去世了。

管仲站在鲍叔牙的遗体前，他的身体很虚弱，可他依然打起精神来见了老朋友最后一面。

鲍叔牙躺在那里，沉默不语，面带微笑，一如管仲记忆中的模样。

管仲永远不会忘记当年贫穷之时，自己多拿钱财，鲍叔牙不以他为贪；自己办砸事情时，鲍叔牙不以他为愚；自己从政屡遭挫折时，鲍叔牙不以他无才；当他在战场仓皇逃命时，鲍叔牙不以他为怯；当年管仲侍奉的公子纠身死，召忽杀身成仁，而管仲在囚车中活了下来，鲍叔牙不以他不知羞耻。

这个世界上，还有人会像鲍叔牙这样信任我、理解我、鼓励我吗？

没有了，再也没有了。

管仲伏在鲍叔牙的身上，这位七十古来稀的老者泪如雨下。

"生我者父母，知我者鲍子也！"

鲍叔牙的死给了管仲最后的打击，没多久，管仲病死，其年公元前645年（另有史料记录鲍叔牙死于管仲之后一年）。

中国历史上一位杰出的思想家、政治家、军事家离开了奋斗的舞台，但他的思想，嗯，借用一句老话，永远放光芒。

后人永远不会忘记这位出身坎坷的贤者为天下做出的贡献。孔老师记得他，要不是管仲，孔老师就要被发左衽，再也讲不了仁义道德；诸葛亮隐居隆中，常常以管仲为奋斗目标；梁启超先生称管仲是中国最伟大的政治家，更是学术思想界的巨子。中国历史上，身兼伟大之政治家和伟大之政治学者，只有两个人，一个是管仲，另一个是王安石。区别是，管仲成功了，王安石失败了。台湾学者柏杨先生曾写道，在中国历史中，真正堪称为政治家的，不过六七人，管仲是第一人……

最后，用明朝历史学家王世贞的一首《百字令》为伟大的管仲先生做结词吧：

> 竹符铜虎，是何人管领，东方千骑。画戟雕戈霜万迭，独让些些麈尾。璧月辞橐，莲花离匣，马足寒飙起。雷奔电击，一麾波静如洗。屈指斧钺行边，楼船横海，济甚人间事。涂抹支吾天地老，眼底英雄而已。九合诸侯，一匡天下，自是真男子。向微管仲，吾其被发人矣。

管仲死去的数个月后，正如管仲所言，身为管仲之舌的齐国大夫隰朋也去世了。

曾经有一天，齐桓公与管仲、鲍叔牙、宁戚四人在一起喝酒，四人喝开了，喝着喝着，齐桓公发现一个现象：下面三位下属喝得不亦乐乎，就是不向他敬酒。

这肯定又是想着法儿教育我了，齐桓公想到了这一点。一般来说，明知前面要开批斗课，绕道走就是了，但齐桓公还是耐不住性子，一头冲了进去。

"你们三位为什么不给我祝酒呢？"齐桓公十分委屈，气呼呼地说道。

鲍叔牙笑着站了起来，向国君行礼，然后举杯向他祝酒："希望您不要忘记流亡在莒国的时候，希望管仲不要忘记被绑在鲁国的时候，希望宁戚不要忘了在车下喂牛的时候。"

《第十三章》 离别时刻

在这里等着呢，齐桓公连忙离席，向三位礼拜："我与两位大夫一定不会忘记您的忠告，齐国也一定没有危险！"

齐桓公低下谦卑的头，三位贤者相视微笑。

这样美好的时光一去不返。齐国精英尽失，围绕在齐桓公旁边的就只剩小人了。

十有四年春，诸侯城缘陵。（《春秋·僖公十四年》）

这一年的春天，诸侯们在缘陵为灭亡的杞国修城。这是一个比较奇怪的记录，因为替人修城是好人好事，孔老师对于好人好事一向都会写出名字，比如以前替卫国修城等，但这一次却没有点出是哪些诸侯出了工。究其原因，是这次修城出了一点问题。

有一些诸侯没有来，而且城也修得不怎么样，不但比不上齐国高子主持的鲁国都城修缮这样的精品工程，也比不上齐桓公主抓的楚丘复卫项目。大家马马虎虎修了一下，就当给杞国搞了一些临时安置房就回去了。

此时管仲生病了，大概也管不了事。齐桓公也没有什么心思，缘陵工程就变成了一个豆腐渣工程。而接下来，齐桓公又弄了一个烂尾工程。

鲁僖公十六年的冬天，这一年，管仲去世一年多了，齐桓公召集诸侯在淮地会见，商议鄫国的事情，不久前，鄫国受到了东夷的袭击。

会议上，齐桓公依然慷慨陈词，要求中原大国联合起来，对抗东夷，并倡议尽快发动对东方夷族的新一轮攻势。

在会议结束之后，齐桓公又提了一个让诸侯们头疼不已的要求：

请大家一起修筑因为受到攻击而受损的鄫国城墙。

齐侯说修那就修吧。诸侯们再一次召集各国的劳役，云集鄫国，开展了援建鄫国的行动。

这一次，终于出岔子了。工程开工建设没多久，民工们就不想干了。有人还半夜跑到工地对面的山上扮鬼叫："齐国要发生动乱啦！"

这一喊，连混迹江湖五十年的小白也吓坏了，也顾不上在工地监理，直接跑回家处理家务。齐桓公同志一走，诸侯一哄而散，鄫国的城墙就成了一个烂尾工程。

出现这样的情况，也实在情非得已。作为中原的霸主，诸侯的伯主，齐桓公一向好做好事，主动免费包揽各国的基础建设。可一个人做一件好事容易，做一辈子的好事也容易，难就难在还拉着别人一起做一辈子的好人好事。其他诸侯没有齐桓公这样高的觉悟，其他国家也没有齐国的经济实力，这些年陪着齐桓公开会打仗不说，还要派劳役进行义务劳动，早就疲惫不堪。

也许诸侯们可以松一口气了，这是齐侯最后一次号召大家下工地挣工分，也是齐侯的最后一次会盟。

从淮地回来之后，齐桓公又办了一件事情，他将鲁僖公扣住了。

原来，鲁国干了一件不那么光彩的事情。在淮地会盟时，鲁国大夫趁着国君不在家，竟然发兵将项国给占领了。

齐桓公搞诸侯国安理会，最重要的目标就是让大家互敬互爱，不要打架，更不要吞并小国。可鲁国竟然敢在齐国的眼皮底下干这样的事情。

当然，把鲁僖公扣起来有点冤，因为鲁僖公自己也不知道这件事情，这是鲁国国内的大夫干的私活。而鲁国再次出现大夫擅自行动的事情也是有原因的，鲁国的执政者季友死了。

《第十三章》 离别时刻

　　这位鲁国的贤者在政期间，扶助幼君鲁僖公，虽然没有成就什么霸业，但也马马虎虎让鲁国跟上了时代的发展。而季友的去世，也就意味着不但齐国的贤人纷纷离世，国际上的好友也越来越少了。

　　得知国君被齐国扣住之后，鲁僖公的夫人声姜专程到齐国求情。这位声姜是齐桓公的女儿。在女儿的求情下，齐桓公才将鲁僖公放回国，这是他最后一次为国际社会主持公道。

　　这一年的秋冬之际，齐桓公病倒了。

　　从病上看，齐桓公得的似乎不是什么绝症，虽然年纪大了点，但齐桓公精力旺盛，好好调养，再活五百年不太现实，再活五六年还是可以指望的。但齐桓公的病不在自己的身上，而在自己的身边。

　　在管仲死后，齐桓公下过决心，他将管仲所说的三条犬易牙、竖貂、公子开方全部开除。可很快，齐桓公就发现不对了。没有了易牙，饭菜就是不合口，没有了竖貂，后宫生活一片混乱，公子开方走了之后，朝政也乱成一团麻。这是什么回事？没有这三个人，难道齐国就搞不定？想了一下，齐桓公明白了。仲父虽然是圣人，但圣人也难免有错误，他说这三个人不行，我看还是行的嘛。

　　齐桓公说到底不是一个自律性很强的人，他每一次放松自我要求，就会招来管仲们的谈心活动，现在管仲不在了，终于可以随心所欲一下。

　　于是，齐桓公又将这三位召了回来，重新上岗。这下，朝政天天都是好消息，后宫生活忙而有序，易牙好，胃口就好，吃嘛嘛香，身体……身体不是倍儿棒，齐桓公还是病了。易牙先生端了拿手的饭菜上来，请齐桓公好好将息身体，然后就退了下来。

饭依旧很香,但这是齐桓公吃的最后一顿。

到了下一顿饭点的时候,齐桓公发现没有人按时送饭菜上来,他在殿内喊了两声,一个回应的都没有。挣扎着从床上撑起身来,齐桓公发现殿内就只剩下他一人。

一种恐慌袭上心头。这是怎么回事?人呢?易牙哪里去了?竖貂哪里去了?公子开方怎么也不来向我汇报朝政?

齐桓公努力尝试从床上爬起来,但虚弱终究让他再次倒在了床上。

一代诸侯之长就这样躺在床上,唯有空荡的大殿陪伴他,饥饿随着时间延伸而增强,齐桓公感到生气正从身体里抽离。

也不知道过了多久,他终于听到有人摸索前行的声音。

"谁?"齐桓公喊道,声音无力得如同婴儿。

一个宫女出现在齐桓公的面前。

齐桓公涌起了一股希望,他低声问道:"我很饿,你有吃的吗?"

"我没有。"

"水呢?我想喝水。"

"也没有。"

齐桓公绝望了,他的齐国富甲天下,可一国之君竟然求一饭一水而不得。他当然知道,这一定是出了问题。

"这是为什么?发生什么事了?"

"十多天前,易牙出来,说您将要死了。易牙跟竖貂作乱,将宫门堵住,还筑起高墙,不让人进来。"宫女说道,"我是从一个小洞爬进来的。"

这位宫女空着手进来,大概也不是为探望病人来的,而是某个人派她

《第十三章》 离别时刻

进来看看齐桓公到底有没有死。

停了一会儿，宫女又说道："公子开方已经将七百多社的土地和人口送给了卫国。"

难怪卫国从兵车三十辆发展到三百辆，这里有齐国这个土豪可以瓜分嘛。听了宫女的话，齐桓公苦笑起来。笑着笑着，他的眼泪出来了。

"原来如此，原来如此！圣人说的话就是高明啊。"他停下来，心头莫名悲哀，他不是为了自己的处境，而是为了将来那难堪的再会。

"仲父啊，仲父，又被您说中了，到了地府，我还有什么面目见您啊？"

齐桓公蒙上头巾，缠住脖子，不过一会儿，这位优点与缺点同样突出，骄傲与谦卑共存，豪迈与小气皆有，救过同胞，打过诸侯，驱过戎人，战过楚蛮，吃过胙肉，经常开会，无偿修城，热心为公，一匡天下的霸主停止了呼吸。

人间再无齐桓公。

齐桓公的尸体停在床上六十七日了，宫殿里发出难闻的恶臭，时不时有蠕动的尸虫爬出。一代霸主沦落到如此地步，实在让人唏嘘。可今天的这一切又能怪谁呢？

此刻的齐都临淄血雨腥风，易牙与竖貂大杀群吏，抢班夺权活动搞得如火如荼，实在抽不出工夫来给齐桓公收尸，就只好将就让齐桓公在床上多停了这么些天。

两个多月后，易牙与竖貂终于掌控住局面，扶持齐桓公的儿子公子无亏继位。

这并不是齐桓公指定的接班人。真正的接班人是齐桓公的另一个儿子世子昭。但严格说起来，这位世子昭也并不是标准的嫡长子。

齐桓公一生娶了三位夫人，但这三位夫人不给力，一个儿子也没有给齐桓公生。好在齐桓公同志采取了深耕广播的生育策略，除了三位夫人，还有六位宠妾，待遇跟夫人差不多，算平妻吧，这六位平妻都为齐桓公生下了儿子。

易牙们扶立的公子无亏是齐桓公跟宠妾长卫姬生的儿子，这位长卫姬是卫国人。当年齐襄公把女儿宣姜嫁到卫国，把好好的一个中原大国搞得鸡飞狗跳，烝得乌烟瘴气，让卫国从此衰败，再也回不到强国之列。现在也该轮到卫国的女人来折腾一下齐国了。

据说易牙能够得到重用，就是得到了长卫姬的推荐，因为易牙在长卫姬生病期间，送了一道药膳，成功治好了长卫姬的病，从而被长卫姬推荐给齐桓公。因为这层硬关系，长卫姬靠着易牙、竖貂等人的支持，成功将自己的儿子送上了齐国国君之位。

原本该继君位的世子昭只好逃出了齐国。这位世子昭当上世子的时间也不长，因为没有嫡长子，齐桓公一直拿不定该立谁，最后在管仲的提醒下才意识到接班人的重要性，仓促之下，没有选一个黄道吉日就册了这位世子昭。现在看来，办这么大的事还是得讲究一些啊，至少隆重一些，也是体现国君重视度的一个标准。

世子昭是齐桓公跟郑姬生的儿子。也就是说，世子昭的舅舅家是郑国，可奇怪的是世子昭从齐国跑路之后，没有到郑国寻求庇护，而是跑到了宋国。这是因为在九年前的葵丘大会上，他的父亲齐桓公曾经告诉他，有困难，找宋公。

宋公——春秋历史上最具堂吉诃德色彩的君王宋襄公。

第十四章

齐襄试霸

《第十四章》 齐襄试霸

宋襄公，子姓，名兹甫，是宋桓公之子，母亲是卫国宣姜之女宋桓夫人，按辈分他要叫齐桓公一声舅姥爷。论排位，他是宋国第十九任国君；论地位，他是春秋五霸之一（非公认）。

在葵丘大会上，齐桓公正式将自己选定的世子昭托付给宋襄公照顾。一般来说，国君只将不能继任的儿子托付给他国国君照顾，比如宋穆公将公子冯托付给姬寤生，姬寤生将公子突托付给宋国。而齐桓公做出这个比较突兀的决定，不是因为他是宋襄公的舅姥爷，而是他为宋襄公的一个举动感化了。

在宋桓公病重之时，宋襄公当时还是公子兹甫，他主动找到父亲，提了一个建议："目夷比我年纪大，还仁爱，父亲还是选他继任国君吧。"

目夷是宋桓公的长子，宋襄公的哥哥，却不是嫡子。身为嫡子的宋襄公要把君位让给兄长，这种行为比孔融让个梨要大气多了。

当然，据后人推测，这是宋襄公为博出位，赚名气而使的计策。在他们看来，君主之位是世界上最大的诱惑，无数人为这个争得头破血流，兄弟相残，父子相杀。宋襄公风格怎么就这么高，竟然要把本属于自己的君位让出去呢？

有这样的质疑是正常的，因为质疑的这些人都是这个世界上的大多数，大多数人自然无法理解少数人的行为。宋襄公用他的行动对这些世人的质疑做出了回应。

宋桓公大概是病昏了，明知道儿子提的这个建议有悖常理，不合礼法，却马上宣来目夷，表示立他为国君。

质疑的各位，你们还是质疑孔融去吧，因为孔融家的梨很多，宋国的君位只能坐一个人。孔融让个梨，自己还能得小梨，下回更有可能吃到更大的梨。可宋襄公同志让出了君位，就没有机会补救了。要真是为了博出位，哪有这么下血本的？

幸亏目夷先生也是一个明白事理的人，表示弟弟兹甫能够把国君之位辞让给别人，这就是最大的仁爱，我自问做不到这一点，在这上面，我不如他，而且这也不符合立君的礼制。说完，目夷不等宋桓公相劝，就一溜烟跑了，一跑还跑到国外躲了起来。

看着兄长目夷跑了，宋襄公也撒腿就跑，逃跑能力不遑多让，竟然跑到了卫国。据一些野史记载，这时候他的母亲宋桓夫人已经跟宋桓公离婚。宋襄公不想当国君，就是想以后无君一身轻，可以随时到卫国探望母亲。

两个儿子都不想当国君，可宋桓公的岗还是要人顶的。在逝世前，宋桓公召回了宋襄公，正式将君位传给他。

可能有的质疑派并不服气，认为宋襄公就是抓住了兄长目夷好礼的特点，吃准了国君之位就是让给他他也不会要。这个质疑也并非没有道理，但还是让宋襄公用行动来回应吧。

当上国君之后，宋襄公马上起用目夷，将国政交到他的手上。

《第十四章》 齐襄试霸

在宋殇公迫害公子冯，鲁桓公击杀鲁隐公，高渠弥猎杀郑昭公，公子小白逼杀公子纠的时代，面对有可能挑战自己地位的目夷，宋襄公非但没有猜忌，没有打压、排挤、陷害，反而给予充分的信任与重用。这实在不是一个伪善的人可以做到的事情。

齐桓公正是看到了宋襄公身上特有的谦让，才把自己的儿子托付给他，希望这位宋国的国君能给自己的儿子们起一个带头作用。

齐桓公并没有看错人。

当齐国的世子昭站到宋襄公面前时，他还是很激动的。九年前，他许下那个诺言，那是来自前辈的信任。因此无论如何也要把这件事情办好！

> 十有八年春，王正月，宋公、曹伯、卫人、邾人伐齐。夏，师救齐。五月戊寅，宋师及齐师战于甗，齐师败绩。狄救齐。秋八月丁亥，葬齐桓公。（《春秋·僖公十八年》）

齐桓公死后的第二年春天，世子昭抵达宋国没多久，宋襄公就拔刀相助，召集四国联军进攻齐国。宋国以前就是一个小盟主，春秋开场时曾联合卫、陈、蔡等国进攻过郑国。时过境迁，宋国看上去号召力有所下降，比如卫国是亡国复活过来的，已经从中原二流变成中原末流了，而曹邾更是连蔡国都比不上。而其他郑、陈、鲁这些大国根本就没有响应宋襄公的号召。这无疑给宋襄公提了一个醒。

前路漫漫，齐桓公号令诸侯，天下响应，宋襄公与前辈还有很大的差距。

虽然领的是虾兵蟹将，但气势还是很吓人的。齐国连忙杀了公子无亏，将世子昭迎了回去。可世子昭回去之后，齐桓公其余的四个儿子合着伙作乱，反对世子昭继位，还请来了鲁国人帮忙。本着帮人帮到底的精神，宋襄公再次出发，跟四公子及鲁国在甗地打了一仗，将世子昭扶上国君之位后才回去，世子昭史称齐孝公。

孔老师在描写甗地之战时用了"及"这个字，这是一个反常现象，因为宋国是主动发起攻击的，主动发起攻击的一方一般不用"及"。而之所以用"及"，是因为孔老师认为宋襄公用武力干涉齐国内政是不对的。但有的人认为，宋襄公这样做是正确的，因为易牙跟竖貂联同齐国众公子作乱争夺君位，连死去的齐桓公都不管不顾任其发臭，宋襄公本着江湖大义特地发兵，是正义之师。到底是以不干涉他国内政为准，还是维护正义，主持公道重要，这个问题到了今天依然是争议不休，大家也就见仁见智吧。

八月的时候，齐孝公登上了国君之位，这才将齐桓公下葬。齐桓公是去年的十月七日去世的，到今天过去了快一年。

齐桓公同志一生开大会小会无数，主要就是宣讲大家要注意接班人问题，可他自己最后还是栽在了这个问题上，说明要求别人总是容易的，要求自己总是困难的。好在齐桓公找到了一个靠谱的托付人，要是像姬寤生一样，把儿子托付给公子冯（宋庄公）那样薄恩寡义的人，只怕会输得更惨。但齐桓公也并非火眼真睛，他看到了宋襄公谦让重诺的一面，却没有看到宋襄公的另一面。

宋襄公是一个有野心的人。

九年春，王三月丁丑，宋公御说卒。夏，公会宰周公、齐

侯、宋子、卫侯、郑伯、许男、曹伯于葵丘。（《春秋·僖公九年》）

这一年，是葵丘大会召开的一年，也是宋襄公登上宋国国君之位的第一年，在这一年宋襄公就参加了葵丘大会。大家应该注意到了，孔老师在写宋襄公时，用了"宋子"两个字。宋国是公级诸侯国，其国君一般称为宋公，但因为这一年宋桓公刚去世，而且还没有下葬，宋襄公等于是穿着丧服参加的会盟，对这样的状况，左丘明介绍道，刚继位的天子称"小童"，刚继位的诸侯称"子"。

这是一个隐讳的批评。因为宋桓公先生躺在棺材里还没有埋，新的国君就急颠颠地跑到外地去开会见各国诸侯了，而且到了会场，少不得开两瓶茅台之类的好酒，弄点鲍鱼燕窝来吃，更有可能安排跳舞这样的娱乐节目。宋襄公不留在家里守丧，跑去参加这样的大会，就太不守哀悼亡父的礼仪了。

宋襄公应该是明白这个道理的，但他依然在服丧期间跑到葵丘去，一是因为他明白这次大会的重要性，作为中原大国，宋国不能不参加；二是他实在太崇拜齐桓公了。

宋襄公是齐桓公的铁杆粉丝。他几乎是看着齐桓公的霸业长大的，齐桓公九合诸侯，尊王攘夷，一匡天下的往事深深植根于他的心中。

于是，冒着被天下批评的风险，宋襄公跑来葵丘参会，事后证明，这是一个十分正确的决定。在这个会议上，他见证了齐桓公的巅峰时刻，也收获了自己的政治资本，他第一次以国君身份与众诸侯把酒言欢，站在会盟场上，与诸侯达成盟约。更重要的是，他获得齐桓公的认可，被交予了重任，托孤于他。

在齐桓公的眼里，这个年轻人懂礼仪知谦让，听招呼识大体，是个诸侯优等生，这样的人值得托付。有一些学者据此认为，齐桓公将宋襄公当作自己霸业的接班人。这应该属于一个美好的揣测，齐桓公还没有这种霸主国际主义的高尚情怀。

但宋襄公却感觉到了这个事件中若有若无的暗示，并立下了向偶像看齐的宏伟目标。说起来，齐桓公的粉丝应该遍布天下，在他们的心中齐桓公就是一个传说，只可仰望，不可迷恋，当然更无法模仿。而宋襄公显然跟一般的粉丝不同。

霸主轮流做，今年到我家。前年不还是郑国嘛。齐侯之后，为什么不能是宋公呢？但要注意的是，宋襄公的霸主思想跟齐桓公尊王攘夷的思想有着很大的不同。什么尊王，什么攘夷，这都不是宋襄公关心的，宋襄公的理想隐藏在他们祖先古老的传说中。

在很久之前的古代，天上的玄鸟受天命降临人间，他手执天帝之令，征服天下，安定四方。这就是有关殷人的发源传说。

五百年前，殷商为周室所灭。成王败寇，周室成为天下共主，商朝作为失败者，似乎只有被打倒在地，然后狠狠踩上两脚的命。好在当时还是讲礼的，灭了人家的天下，却不能灭绝人家的宗祀。所以，殷商遗民被封在了宋国。

宋国的国都商丘是商朝的发祥地，而且宋国地处中原，经济发达，交通便利，是一块风水宝地。宋国也不需要向周王室交份子钱（免纳粟），还可以继续使用商朝的礼仪，以及拥有其他诸侯没有的特权，比如周王室的胙肉，宋国就有资格吃。

周王室的这个做法不可谓不厚道。但这样的安抚并不能完全治疗殷人的亡国之痛。从天下的主人变成一方诸侯，殷人的心情是很不好的，而且殷人一直没有融入到周朝以礼治国的大集团当中。

在春秋时，有两个地方的人常常成为中原人调笑的对象。一个大家都知道了，是南方的楚人。刻舟求剑的是楚国的剑士，买椟还珠的是楚国的商人，沐猴而冠的是楚国的士人，画蛇添足的是楚国绘画启蒙班的学员。

另一个被中原人嘲笑的就是宋国人。

守株待兔、拔苗助长说的是宋国的农民；什袭而藏说的是宋国的愚人把普通的石头当宝贝；尔诈我虞说的是宋国的外交官；吮痈舐痔这个成语口味有点重，说的是宋国的使者跑到秦国拍秦王的马屁，庄子认为他拍马屁的行为就是帮秦王舐痔疮；智子疑邻说的是宋国的土豪不听邻居的劝告，失了窃反而怀疑邻居；郑昭宋聋说的是郑国人聪明，宋国人是聋子。除此之外，还有不龟手之药、朝三暮四、民不堪命、杞宋无征、重带自束等。

这些成语组成了中国成语里一个奇怪的讽宋现象，值得各位成语课代表仔细研究。

也就是说，要是先秦时代有十个笨蛋，楚国大概可以占四个，剩下六个就是宋国人了。

楚国地处中原城乡接合部，素来被视作文化落后的荆蛮子，被嘲笑不足为奇。可宋国地处中原腹心，经常跟中原人打交道，怎么还会遭受这样的文化歧视呢？

造成这样的文化现象也不能怪别人，因为主要的原因是宋国人一直没有真正融入到中原的周文化圈中。

霸主崛起

宋国人传承着自己的殷商文化,他们信仰鬼神,崇尚武力,就连君位继承都常常采用兄终弟及而不是嫡长子制。

楚国是中原外围的另类,宋国就是中原腹心的另类。楚国因为地理位置的原因,没赶上周礼的火车,但一直试图中途补票上车;而宋国就在中原的腹心,却一直不跟周礼并轨,执着而孤独地行走在殷礼狭窄的轨道上。

中原人不认可他们,认为他们是客,是威胁,是另类;而宋人依旧特立独行,那是他们对自己的文化充满着自信。

别看你周王室现在闹得欢,五百年前,还是我们殷商的天下。

宋襄公不会忘记有关他们的创始传说,在遥远的古代,殷商的祖先玄王由玄鸟降生,开拓茫茫的殷土。宋襄公不会忘记,地处东夷的族人在商汤的带领上,结束夏桀的暴政,建立了延续六百年的商朝。宋襄公也不会忘记武丁中兴商朝的往事。

一千多年过去了,商朝从天下的统治者成了一方诸侯,但殷人依然相信,总有一天,会有另一只九天玄鸟出现,光复殷商的荣耀。

幸运与不幸的是,宋襄公认为自己就是那只将降临中原的玄鸟。

在葵丘大会上,宋襄公望着齐桓公接受天子的胙肉。此时他的心境大概跟四百年后,项羽看到巡视天下的秦始皇时差不多,项羽脱口而出彼可取而代之。宋襄公未必没有取齐伯而代之的野心。

宋襄公发现了自己内心的躁动,他马上将这股兴奋藏在了心里。前辈的成功虽然可以复制,但前辈还活得生龙活虎,马上就想山寨人家那是找死。

等待吧,时光会给出一切机会。

在以后的数年里,宋襄公完美继承了宋桓公助齐称霸的外交策略,齐

《第十四章》 齐襄试霸

侯开会他第一个到，齐侯搞工程他第一个掏腰包，齐侯打仗，他冲锋在前。宋国成了幽盟组织中最配合的成员国。

直到宋襄公发现机会就像突破乌云的阳光，从天空钻出一道裂缝，洒播在了宋国的土地上。

冬，宋人伐曹，讨旧怨也。（《左传·僖公十五年》）

这一年，楚国进攻徐国，齐桓公汇同幽盟所有成员国救援徐国，却止步于匡地不敢跟楚国交战，最后，跑到厉国打砸了一通算是报复。从这一次救援行动中，宋襄公等到了他期待已久的信号。

齐桓公老了，管仲也病了，曾经的霸主威力不再，新生的力量蠢蠢欲动。于是，这一年的冬天，宋襄公发动了对曹国的攻击，借口是跟曹国有些旧账没算清楚。至于宋国跟曹国有什么恩怨，我翻了一下史书，发现宋曹交往不多，唯一一次称得上结怨的就是鲁庄公十四年，曹国攻打了宋国。

那时宋国刚发生南宫长万的内乱，宋襄公的父亲宋桓公刚当上国君，齐桓公为了称霸，干涉宋国内政。因为宋桓公不服，齐桓公就拉着陈国、曹国攻打了宋国，后来，周王室也派了人前来"共襄盛举"。

如果这算旧怨的话，应该找齐桓公算账啊，因为齐桓公才是主谋嘛。而且齐桓公屡次开会，三申五令中原诸侯国不要相互征伐。曹国虽然是个小国，但一直是幽盟组织的成员国。宋襄公这样干，是公然挑战齐桓公的权威。

这正是宋襄公的目标，他在匡地看到了齐桓公的胆怯，意识到旧有的权威正在瓦解。于是，他试探着迈出了第一步。

反应是良好的，对曹国被攻打一事，齐桓公选择性失明，没有做出任何的反对。这更让宋襄公认定，齐桓公的霸业该交给他了。

第二年，管仲去世，第三年，齐桓公去世，第四年，齐国的世子昭逃到宋国求助。

幸运女神向宋襄公张开了双臂，宋襄公记得当年齐桓公就是借着宋国的内乱一举称霸，今天他的霸业始于齐国的内乱，这大概是冥冥之中命运的安排。

宋襄公没有迟疑，迅速出手，帮助世子昭夺回君位，一举在国际上树立了大国之君的风范，一时之间，风头无两。到了这个时候，自然该走前辈齐桓公走的道路——

开会！

夏六月，宋公、曹人、邾人盟于曹南。（《春秋·僖公十九年》）

夏六月，宋襄公跟曹国人、邾国人在曹国南部结盟。这是宋襄公主持召开的第一次诸侯大会。万事开会难，这一次会议并不成功。

首先，大家也看出来了，与会的国家不多，只有曹、邾两个小国，而且国君还没有到场，只派了大夫前来参会，这两国中又以曹国过分。会议是在曹国开的，按春秋的老规矩，诸侯盟会，侯伯主持仪式（致礼），地主负责会议招待（归饩）。但曹国竟然不愿意负责会议开支（不肯致饩）。

《第十四章》 齐襄试霸

造成这样的情况是有原因的。曹国位于今天的山东定陶，位置居中，国家不大，像今天的瑞士，很适合召开多国会议。在我的印象中，在春秋之初的六七十年里，曹国境内就举行了不下十次的诸侯大会，鲁桓公十四年，鲁桓公跟郑国郑厉公在曹国结盟，曹国专门跑来致馈，因此还受到鲁国史官的表扬（礼也）。

常年在曹国开会，对曹国来说也是一笔不小的经济负担。而且曹国对宋襄公本来就不满，前两年，宋襄公还进攻过曹国，曹国肯派人来参会，已经算是给面子，哪有心情请你们吃饭。

对于曹国的小气表现，宋襄公的火气是很大。但毕竟在人家的地头上，也不好当场翻脸，且忍你一下。

曹国不愿尽地主之谊，而有的国君还迟到了。像上面所说滕国国君婴齐也在受邀之列，可大会都开场了，宋襄公致完开幕词，婴齐才姗姗来迟。滕国在今天的山东滕州市，离会场并不远，竟然还敢迟到，反了你！

宋襄公一生气就将滕子婴齐抓了起来，关到小黑屋，不让他参加诸侯会盟。事后想起来，婴齐的错误还是轻的。

鄫国国君鄫子竟然没来！

宋襄公这次召集诸侯，就是为了鄫国。大家应该还记得齐桓公去世前年，鄫国被东夷人攻击，齐桓公率领大家给鄫国修城墙，墙没修完，就因为有人半夜跑到山腰上扮鬼叫而草草收场。这次宋襄公开大会，就是要继承齐桓公的遗志，保护鄫国，征服东夷。

而在会议现场，宋襄公望眼欲穿，都没看到主角鄫国国君现身。主角不出场，这次会议就搞得冷冷清清，匆匆结束后大家就回家了。

回到国内没多久，宋襄公接到了邾国的消息。鄫子跑到邾国，跟邾国国君见了一面，并表示希望宋襄公能再开一次会。

　　说起来，也不是鄫子故意不来开会，他本来已经出发了，可在春秋那个交通极其不发达的年代，他迟到了。等来到会场，会议已经结束。看着地上凌乱的火灰，鄫子的心里也有些忐忑，宋襄公年初已经抓了滕子婴齐，这次自己迟到，不会也被关起来吧？想了一下，鄫子擦擦汗，连忙跑到邾国，希望邾国国君做中间人，跟宋襄公打个招呼，大家再开一次会。

　　宋襄公火气上蹿，他本以为自己平定了齐国的内乱，国际社会应该给予他足够的尊重，可开个会，鲁国不来，郑国不来，受他恩惠的齐孝公也不来，就是来的这些小国也是三心二意，而小小的鄫子先是迟到，现在还要求再为他开一次会议。

　　宋襄公再也没有控制住自己的暴脾气，下令邾国将鄫子抓了起来，这一次，就不是关黑屋警告一下这么简单了。

　　　　己酉，邾人执鄫子，用之。（《春秋·僖公十九年》）

　　这里的"用之"，不是用他去打扫卫生干点粗活之类，而是用他来祭祀。据《公羊传》解释就是朝着鄫子的脸打一拳，打出一两升的鼻血，然后用这个鼻血祭祀。但《左传》的说法就更惊悚，"用之"是杀了鄫子，还把他放到锅里煮，当一头羊来祭神。

　　《左传》的记载应该更准确一些，因为宋襄公的哥哥目夷听到宋襄公要用鄫子时，劝他不要这样做，说祭祀也要奉行节约的原则，小祭祀都不杀大的牲畜，何况用人呢？最后目夷还搬出了宋襄公的偶像齐桓公。

　　"齐桓公保存了三个国家（鲁、卫、邢），义士还说他缺少德行，现

第十四章 齐襄试霸

在您搞一次会盟，就弄伤了两国的国君，还要把鄫子拿来祭神，想用这样的办法达到霸业，这太难了。这样干下去，我们能够善终就是幸运了。"

宋襄公思考着兄长的话，是走偶像的路，以德服人，还是走出自己的霸主之路呢？然后他下定决心，不做第二个齐桓公，要做就做第一个宋襄公。

煮！

宋襄公让邾国在睢水边杀掉鄫子，放到锅里煮了来祭神，据说，他想用这个来使东夷人前来归附。至于东夷人归不归附不得而知，但中原人显然无法归附他了。

秋，宋人围曹……冬，会陈人、蔡人、楚人、郑人盟于齐。
（《春秋·僖公十九年》）

秋天，宋国围攻曹国。冬天，鲁僖公跟陈、蔡、楚、郑四国在齐国结盟。

这是各国对宋襄公召开曹南盟约的一次回应，也是一次奇妙的会议。

孔老师在介绍出场人员时是很讲究的，一般来说，大国在前面，小国在后面，爵位高的在前面，爵位低的在后面。这一次排名却出现了很多新现象，比如一向被中原瞧不起的楚国竟然也来参加中原的盟会，还排在了郑国的前面。最奇怪的是陈国竟然排到了最前面。这只有一个原因，这次会议是陈国国君穆公发起的。

会议的主题是缅怀先烈齐桓公，重温齐桓公主政时的美好时代，号召大家再次建立诸侯之间的友好关系。

这就是跟宋襄公对着干了。宋襄公同志刚宣布自己要接齐桓公的班，你这边就开齐桓公的追思会，再联想到宋襄公刚因为开会事件关了一个国君杀了一个国君，几个月前还攻打了曹国，这样一来，对现实感到失望，继而怀念过去的意味就更浓了。

这次会议的召开直接将宋襄公打回了原形。

陈穆公仅仅打着死去齐桓公的旗号就请到了中原的各大国，连楚国都不远千里列席参加，可宋襄公这个大活人请些小国，迟到的迟到，不来的不来，不服的不服。宋襄公终于意识到，自己并非没有竞争对手。

齐桓公一死，天下群雄都知道自己的机会来了。楚国自不必说，这一次到中原来参会，说是重温召陵之盟的友好，顺便缅怀齐桓公的音容笑貌，但其实就是来中原踩个点，看看形势。而鲁国从齐僖公开始就被齐国压制，现在齐桓公去世，鲁僖公同学也认为自己的机会来了。除此之外，就是那位刚上台的齐孝公也认为应该由自己来继承父亲的霸主地位。

这次结盟五国参会，三个人心怀霸主的梦想。本来这种会一般是开不成的，但由中立的小国陈国来召集，各位心怀鬼胎的准霸主没有顾虑，纷纷前来打探情况。在这样的背景下，齐桓公之后第一次诸侯盛会得以顺利召开。

相比之下，宋襄会搞的会议就像是小孩子过家家了。但宋襄公不是一个轻易服输的人，他决定从哪里跌倒就从哪里爬起来，再举行一次诸侯大会。这次他不请曹邾这样的小国了，要开就开大国之会。

第十五章

最后的努力

第十五章 最后的努力

第二年，宋襄公放出风声，要召集各大国召开一次诸侯大会。鲁国的臧文仲听到后，摇了摇头："以欲从人，则可；以人从欲，鲜济。"

意思就是，他宋公要是开个会，给大家服个软，表示以后为大家服务，那还差不多；要是想让大家听他的话，这事只怕是异想天开。

对于鲁国人士的冷嘲热讽，宋襄公并没有放心上，依旧四处派出使者，联络诸侯，商谈会盟事宜。这个事情操办了整整一年，宋襄公信心满满，认为自己一定可以开一场成功的大会、团结的大会、称霸的大会。

宋襄公认为自己已抓住了中原大局的关键。

通过分析去年跟他唱对台戏的五国会盟，宋襄公看出来了，成功开会的关键在楚国身上。这些年，楚国不断北进，打蔡国降许国服郑国，要是有了楚国的支持，就等于有了郑、许、蔡的支持；而齐国的齐侯还是自己扶上去的，多少会给些情面；而鲁国，素来吃软怕硬，自己搞定了楚齐，还怕鲁国作梗？

可是，怎么让楚国支持宋国称霸呢？

宋襄公的办法还是向偶像齐桓公学的：开会。

二十有一年春……宋人、齐人、楚人盟于鹿上。(《春秋·僖公二十一年》)

这一年，宋襄公先跟齐楚两国开了一个会。在这次会议上，宋襄公向楚成王提了一个要求："请让服从你的中原诸国奉我为盟主！"

这个要求真是很简单很天真啊，怪不得中原人喜欢拿宋国人开涮。而中原愚人宋人碰上了南方蛮人楚人，就是容易碰撞出火花的，面对宋国这个莫名其妙的要求，楚成王竟然满口答应了下来："可以！"

齐侯作证，楚成王答应了啊！

宋襄公喜笑颜开，继而要求楚国趁热打铁，今年夏天就开一次诸侯大会，在大会上，请楚国正式率领他的从属国奉自己为盟主。

"没问题！"楚成王依然满口答应。

宋襄公开始疑惑了，就这样得到盟主之位了？是不是太容易了？想了一会儿，宋襄公决定还是稳妥一点好，提出夏天的盟会大家都不要带兵车。

"正合寡人之意。"楚成王双手赞成。

据说他们还签了合同，署了名。事情如此顺利，宋襄公终于放下心来。

回到宋国，宋襄公就开始准备行李要去参加跟楚国的约会，会议地点已经定好了，就在宋国的盂邑。参会人员也定下来了，宋、楚、陈、蔡、郑、许、曹都会参加。美中不足的是，中原的两大传统强国齐、鲁依旧不来参会。

在宋襄公看来，鲁僖公跟齐孝公不来开会，那是他们也想当霸主，当然

《第十五章》 最后的努力

不愿意来观礼自己的成霸之会。以后有的是机会收拾他们。

一切准备妥当，宋襄公要出发时，他的兄长目夷却跑出来拦住他。这位大哥就像堂吉诃德的仆人桑丘，为人厚道冷静，他告诉宋襄公不要试图去争霸，霸主之位虽然荣耀，但需要强大的国力支撑。以宋国现在的国力，还支撑不起一个霸主。

望着自己的兄长，宋襄公有些难以置信。

你忘了我们殷商的过去吗？我们曾经何其辉煌，我们曾经执掌天下！今天，上天再一次给了我们殷人一个称霸的机会，胜利只一步之遥，你要我放弃？

"这次会盟我一定要去！"宋襄公毅然答道。

叹了一口气，目夷说道："如果真的要去，就带兵车去吧。荆人诡计多端，又不讲信用，您这样去太危险了。"

目夷倒不是冤枉了楚国人，楚国人确实声誉不太好。楚文王借开会之机把息国灭了，把息妫抢了回来做老婆。而且开会是件很危险的事情，那年宋襄公的偶像齐桓公执意不带兵器跟鲁国搞会盟，结果被劫持了。作为执礼之国的鲁国尚且如此，何况什么规则都不讲的楚国呢？

宋襄公却连连摇头："这次会议是我召集的，提出不以兵车赴会的也是我，我怎么可以违背诺言呢？"说罢，宋襄公坐着豪华旅游车向会议地点出发了。

带着对未来的美好期许，宋襄公走向了盂邑，他相信这是他辉煌的起点，就像以后的史官记载鄄地之盟是齐桓公始霸一样，盂邑之盟会成为宋国霸业的起点。

到了会场，宋襄公钻出豪华旅游车，会场已经搭建起来，各国诸侯早

霸主崛起

早相候，宋襄公仿佛看到了那个九合诸侯的齐桓公。

这一天主角将会是我！宋襄公充满自豪地朝会场走去。

这一去，再回来时，他就已经待在了楚国的囚车里。这是孔子先生的笔法（执宋公）。能省则省，绝不废话，此间过程留待后人脑补。

为了给大家省点力气，我专门从古代历史演义小说《东周列国志》中抄录了一段，据作者冯梦龙讲，宋襄公是这样被抓起来的（不保证一定对）——

宋襄公到达会场后，楚成王也来了。宋襄公十分高兴，接下来就要登坛誓盟，按老规矩诸侯分成两列，一列是主队登坛的队列，会议在宋国召开，宋襄公当仁不让，占了主队第一位，而郑、蔡、陈、楚等国排到了客队，楚国人排第一位。所以宋襄公与楚成王并排站到了誓坛的前面。

大家看过古装剧，知道登台之前，大家都要客气地说一两声您先请之类的话。当然，在这个场面中，谁先登坛谁就是盟主，宋襄公就瞪着楚成王看，指望对方说出这个"您先请"。

楚成王低着头，像过门的小媳妇，就是不开口。楚成王不发话，郑文公、蔡庄公、陈穆公们自然也不敢随便表态，会场突然陷入尴尬的僵持状态。

最后，宋襄公忍不住了。

"今日之举，寡人欲修先伯主齐桓公故业，尊王安民，息兵罢战，与天下同享太平之福，诸君以为何如？"

只要有一个人说好，宋襄公就准备登坛了。关键时刻，果然有一个人说话了。楚成王突然站了出来。

"宋公说得有道理啊。但有一件事情得搞清楚，谁当盟主啊？"

第十五章 最后的努力

搞什么？宋襄公瞪着楚成王，仿佛看着火星人。来之前，大家不是说好了吗，奉我当盟主啊，你都签了名的！

于是，宋襄公很生气，甩了一句："有功论功，无功论爵，这还需要问吗？"可见宋襄公虽然生气，但脑子不笨。论功劳，宋襄公刚帮齐国平定内乱；论爵位，宋国是公爵，诸侯里最大。

楚成王突然露出了微笑："哎呀，寡人称王很多年了，宋公虽然是上公，但还是比王差了一点，不好意思不好意思啊，寡人告罪占先了。"

说着，楚成王就往台阶上蹿，站到了宋襄公的前面。

煮熟的鸭子要飞了，宋襄公的脸开始呈现红晕："寡人托先人的福，忝为上公，天子亦待以宾客之礼。你不过是个僭号，难道你想用一个假王压我的真公？"

说到底，你的王是个山寨货，周天子也没有批准你，我的公爵可是货真价实的。

楚成王再次笑了："寡人既然是个假王，谁又教你请寡人来这里呢？"

"这？！"宋襄公快疯了，"我们不是在鹿上谈好的吗？！"齐侯当时在场，他可以做证！宋襄公猛然回头，突然想起来，齐侯没来。

又被姜昭这个忘恩负义的小子涮了！

楚王哈哈大笑，登上了誓台。宋襄公正要扯住对方，楚国代表团中突然站出来一个人，此人乃楚国司马成得臣。成得臣站到高处大声喝道："宋公说的那是以前的事，今天的事情就问今天的诸侯。请教一下各位国君，你们是为楚而来，还是为宋而来？"

"吾等奉楚命而来！"会场上异口同声响起了郑、蔡代表的呼声。

反了！反了！他们合着伙来诈我，宋襄公青筋暴出，据说，他踌躇着还想动拳头。可成得臣把外衣一脱，露出了铠甲，小红旗一挥，楚军伏兵顿出，当场将宋襄公活捉。

以上就是《东周列国志》的介绍，不得不说，还是很传神的，把楚人的狡猾、宋襄公的天真刻画得入木三分。

荆蛮子果然不讲信用！

宋襄公带着梦想来的，千算万算就是没有算到楚人是把盟约当手纸用的主。到了这一步，宋襄公就悲剧了，考虑到楚国人喜欢扣着国君玩的习俗（息国国君跟蔡国国君都在楚国当俘虏至死），宋襄公只怕要在南方度过余生了。可当押送他们的马车车轮滚动时，宋襄公发现了一个现象：马车并没有朝楚国的方向前进，而是开向了宋国。

这是要去攻打宋国！宋襄公冒出了一身冷汗。

事情到了这一步，他已经有了想死的心，可身死事小，要是宋国被楚国趁机攻下，以后还有什么面目见列祖列宗？

怎么办？宋襄公急得像热锅上的蚂蚁。最后，他还是看到了希望，他把目光放到了同样被俘的目夷身上。

"你快回去保卫国家！"宋襄公急色说道，停了一下，宋襄公脸上露出愧色，"我不听你的劝告，才落到今天的地步，现在宋国是你的了。"宋襄公的做法现在叫引咎辞职。从这一点上看，他至少还是一个敢作敢当的人。

目夷还以一声冷笑："宋国本来就是我的国家，还用您说吗？"

楚成王对宋国的情况摸不清楚，以为抓住了宋襄公就大事万吉，对其他俘虏放松了警惕，结果真的让目夷逃了回去。

《第十五章》 最后的努力

等楚成王率领大军来到商丘，目夷已经率领宋国大军严阵以待。

楚成王吃了一惊，但很快，他镇静下来，毕竟宋襄公还在我手上。俗话说，擒贼先擒王，现在你们国君在我们手上，你们还抵抗什么？

要是宋国不配合，就撕票！于是，楚成王让人把宋襄公绑出来请宋国人看，让宋国马上放下武器，交出国家，不然就替宋襄公收尸。

结果出乎楚成王的意料。宋国人表示我们有新的国君了！

这位新国君就是逃回来的目夷。本来国君这种东西是稀缺资源，一斤肉少不得要换一斤金子，可前任国君就不值钱了，尤其是活着的，连二师兄的肉都比不上。

拿过期肉敲诈我们，楚成王，你省省心吧。

楚成王顿时有一种货烂在手上的感觉，但真的要跳楼大甩卖，楚成王又咽不下这口气。正好带着兵马，楚国就地攻起商丘来。

这是一场实力并不对等的对抗，据史书一些比较隐讳的记载，在盂邑会盟，楚国人跟陈、蔡、郑、许、曹这五国联合给宋襄公挖了一个坑，这会儿这五国又帮着楚国打宋国。如果这是真的，就太让人失望了，作为同是中原的国家，帮着外人欺负邻居，说出去太丢中原人的脸。

当然，这只是一个推测，不能确定，可以确定的是，宋国一直是一个人在战斗，没有任何一个国家前来救援宋国。

虽然宋襄公这个人比较狂妄，想争霸主之位，让中原各国感到讨厌，但这件事情，毕竟是楚国背信弃义，在盟会上用诡计抓了宋国的国君，还打到了中原的腹心。而宋国前四十年，尤其是在齐桓公的带领下，也是做了许多对中原各国人民有利的事情，比如为救郑打过楚国，为卫国修过国都等，现在宋国有难，竟然没有一个来帮忙的，实在让人心寒。

而中原诸侯做出这样冷酷无情的决定也是有深层次原因的。

说起来，天下的诸侯除宋国和其他几个小国之外（比如夏朝后人的杞国），不是当年的盟主周王室的后人，就是帮着周王室革商朝命的落部之后。照这个算，中原诸侯跟楚国还曾经是并肩作战的战友，跟宋国却是老冤家。大家怎么可能接受一个殷商的后人当霸主，那不是搞变天吗？宋国再一次尝到了被孤立的感觉。

好在宋国也不是那么容易被灭的。宋国的城墙很高很厚，城池很深很宽，当年姬寤生攻宋，也是到墙下转了一圈就知难而退了。一百多年后，楚国人试图攻打宋国，请出了机械大师鲁班造云梯，最终还是被墨子劝退。

楚国远征而来，要想攻下宋国谈何容易，但要是不攻又太没面子。不知不觉中，楚成王自己跳进了鸡肋陷阱。

不撤是不行了，可是想撤，也得找到台阶去撤。苦思之下，楚成王想到了办法。

楚人使宜申来献捷。（《春秋·僖公二十一年》）

楚国派宜申来鲁国送战利品。

战利品是楚国攻打宋国得到的，孔老师省略掉了宋国这个倒霉蛋，是因为这个事情说起来不太合礼。楚国这个蛮夷竟然敢把从中原大国宋国那里得到的战利品拿到鲁国来，当年齐桓公把山戎俘虏献给鲁国都被认为是无礼行为，这个简直就是羞辱人了。

当然，这是孔老师的看法，在鲁僖公看来，这是楚成王看得起自己。既然楚成王都做到这一步了，鲁国就不得不出面解决宋楚两国之间的

《第十五章》 最后的努力

僵局。

十二月，鲁僖公出面召集各国诸侯在薄邑会面，商议了宋国的事情。借着这个台阶，楚国也没有提什么过分的要求，搞了点赔款就把宋襄公放了，然后班师回国。

宋襄公已经当了大半年的俘虏了，这对他来说，自然是一个奇耻大辱，被放出来后，他无脸再见江东父老，跑到了卫国母亲家里。

对受过伤的孩子来说，母亲那儿永远是避难所。宋襄公旅居卫国，目夷担任国君，这对宋国来说，未尝不是一件好事。

但目夷来到卫国，找到了这位前国君。

"我是替你保卫宋国，现在敌人已经退去，你为什么不回来亲自管理国家？"

宋襄公没有拒绝庶兄的好意，答应回国继续担任国君。从这个意义上来说，他是一个勇敢的人。

马车车轮滚动，朝着宋国前进，目夷望着眼前的兄弟，他瘦了，面容憔悴，可眼中依然闪烁着跳动的火花。

宋襄公躲避着大哥的眼神，倔强地往外看去。一个严冬已经过去，但春天来了吗？

这是一个孤傲而不屈的人。

"他还没有觉醒，祸乱并没有停止。"目夷在内心叹息。

宋襄公确实仍沉醉在自己的梦想里。

总是有人要当霸主的，为什么不是我？

历史告诉我们，失败是成功的干爹。宋襄公相信自己一定能从失败中吸取教训，卷土重来。而且失败更让他坚定了信心，因为称霸的理由又多了一条：雪耻！

他很早就知道，自己的称霸之路不会是一道坦途。

公元前644年，齐桓公死前的一年，宋国发生了一件奇怪的事情。春天的时候，天上掉下五块陨石，又有六只鹢鸟被强风吹着倒退着飞。

听到这个消息，宋襄公坐不住了。当年山崩地裂，周幽王都坐美人怀而不乱，这才掉两块陨石，宋襄公就激动起来。这主要还是文化上的差异。

宋襄公是殷商的后人。跟重视人文的周王室不同，殷商比较信奉神秘力量，正所谓天有异象，必出妖孽。在他看来，现在国内出现这样的奇异现象，应该是上天对宋国的一个预示。

想来想去，宋襄公只好把叔兴请来。这位叔兴是周朝的内史，此时正在宋国进行友好访问。叔兴学识渊源，应该可以解开宋襄公心中的困惑。

"这是什么征兆，是吉还是凶？"

想了一会儿，叔兴答道："今年鲁国有大的丧事，明年齐国有动乱。而您将得到诸侯的拥戴，但不会长久。"

退下来之后，叔兴擦了一把汗，他刚刚说了一句违心的话。从本质上来说，他是周朝的大夫，算是一个朴素的唯物主义者，并不认为自然界的这些变化代表着吉凶。但因为正在宋国访问，晚上吃什么就看白天说什么了，没有办法，才先拿鲁齐两国开了个涮，然后给宋襄公一个让人摸不着头脑的论断。

可这句明显是忽悠的话语却全部得到了验证，先是鲁国的贤相季友逝

《第十五章》 最后的努力

世,紧接着第二年齐桓公去世,齐国内乱。关键是有关宋襄公的预言:将得到诸侯的拥戴,但不会长久。

叔兴的预言其实跟现在街头戴墨镜的人使用的伎俩差不多,先说一个好的,然后用一个坏的否定前面一句话,反正好坏都占完,怎么说怎么有理。

但对宋襄公来说,就有点悲喜交加了,喜的是自己可以得到诸侯的拥护成为霸主,忧的是这个辉煌无法持久。他也知道,霸主下台只有一种可能性:死亡。

这样短暂的光辉,值得用生命去换吗?

宋襄公给出了肯定的回答。现在,失败的他更无比肯定了这个追求。

宋襄公永远不会忘记盂邑之会上,楚成王得意的笑声,也不会忘记中原诸国充满媚态的附和。

要称霸,只有战胜楚成王一途!

回到宋国之后,宋襄公休整了数个月,而后卷土重来,复苏之快不得不让人称奇。

这一次宋襄公学聪明了,没有再玩开会这种虚东西,也没有直接找楚国开战,而是把枪口对准了郑国。

郑国是楚国在中原最大的代言人。

梁启超先生在研究了郑国的历史后,曾经一针见血地指出,郑国是阴沉的代言词,当年搬到中原就以阴险闻名,郑庄公姬寤生更是阴险这个行业的领头羊。要是天下没有了老大,那第一个反叛同盟的就是郑国;要是天下有了新老大,最后一个臣服的也是郑国(天下无伯则先叛,天下有伯而后服）。而一旦老大有事，郑国就会伺机欺负同盟小国，赚点小便宜。

这个评价是以事实为依据的。

齐桓公是十二月去世的，第二年的正月，齐桓公尸骨未寒，郑文公就跑到楚国搞外事访问。

齐桓公这位保护世界和平的中原警察没有了，再不换山头，就有可能要挨打，于是郑文公立马跑到楚国拜码头。楚成王一高兴，特地送了郑国一批铜。这个铜可了不得，夸张一点说，相当于今天的铀跟钚，是重要的战略物资。

楚国是当时的产铜大国，不心疼这些铜，可中原的铜产量一直不高，郑国要是得到了这批铜，打造成兵器，搞不好可以武装一支军队。

楚成王很快就后悔了。郑国是春秋著名的墙头草，今天中原霸主去世了，他倒向楚国，来年要是中原又冒出一个霸主，郑国肯定又要背叛楚国，到时就是以彼之器还施彼身了。但送出去的东西是不好意思要回来的，最后，楚成王给郑文公发了一个文件，要求对方不要把这批铜用来造武器。这等于送给了人家铀，只允许造核电站，不允许用来发展核武器。

郑文公还是很配合的，用这些铜铸造了三座钟。

楚成王放下心来。据记载，楚成王还将妹妹嫁给了郑文公，从而彻底将中原大国郑国收为自己的马前卒。

在盂邑之会上，郑文公叫嚷楚王有理的声音最高，在宋襄公被俘之后，郑文公又跑到楚国朝聘（送礼）。对于这样的中原败类，是时候清理门户了。

夏，宋公、卫侯、许男、滕子伐郑。（《春秋·僖公二十二年》）

《第十五章》 最后的努力

夏天，宋襄公会同卫文公、许僖公以及滕子婴齐进攻郑国。

这一次，宋襄公做了充分的准备工作，不仅拉来了舅舅卫文公，还请来了许僖公。许僖公肯加入确实让人吃惊，当年许僖公还咬着玉赤着上身向楚成王投了降，今天竟然肯跟宋襄公来打楚国的同盟郑国。这应该是纯粹对郑国不满（许国曾经被郑国接管过）。而滕子婴齐跑来相助，应该是关小黑屋起到了一定的效果。

领着这些小弟，宋国向郑国发起了攻击。这一战断断续续从夏天打到了冬天，宋襄公的四国联军没有使尽全力，郑国也没有拼命，因为他们都知道，宋郑之战不过是一个借口，宋楚之战才是这场争霸的核心。

到了冬天的十一月，楚军的旗帜终于出现在中原。

一看到楚国，宋襄公没有发慌，而盟友挺不住了，卫、许、滕三国拔腿就跑。于是，宋国又一次要独自面对强大的楚军。当年齐桓公领着联军尚不敢跟楚军正面交锋，独自一国的宋军要怎么迎战楚军？

他的兄长目夷再一次跳出来劝阻他。目夷已经知道自己这位兄弟心中的梦想，可在他看来，这是一个遥不可及的幻想。

"上天抛弃我们殷商这么久了，您想复兴它，这是违背天意，上天是不会赦免我们的罪过的。"

是的，殷商的辉煌已经过去数百年了，天下人都忘了，兄长您也忘记了，但我没有忘。如果上天不站在殷商这一面，那就让我站到天意的对面！

公元前638年的冬天，楚国进入宋国境内，宋襄公率军迎战。十一月一日，一个充满寒意的冬日，宋襄公在泓水岸边对上了远征的楚军。春秋历史上最著名的战役之一泓水大战正式揭幕。

宋军因为主场作战，到达战场比较早，已经摆好阵势，楚军就在对岸。目夷紧紧跟随着国君，他满怀忧虑地望向对面。楚师之盛，他早有耳闻，但今天一见，才知道这位南方霸主的真正实力，军旗连云，兵器先进，军容整齐，怪不得当年齐桓公都不敢轻易与之决战。

以宋军之力，绝非其敌，目夷得出了这个悲观的判断。但很快，他的眼里泛出光芒。他看到了胜利的希望。

楚军仗着兵力占优势，没有列阵对峙，而是匆忙渡河。

过了一会儿，楚国先锋已经抵达河岸。目夷意识到，宋国的机会来了。

"对方人太多了，我们兵力不够，趁现在他们没有全部过河，请马上下令攻击！"

这就是历史上并不鲜见的半渡而击，是以少胜多的绝佳机会。

望着对面正忙碌渡河的楚军，宋襄公缓缓说出他的打算。

"不行！"宋襄公语调缓慢却不容置疑，"这不是君子所为，让他们渡过河再说。"

君子？我相信目夷一定怀疑是自己的耳朵听错了，但他看了看宋襄公在冷风吹拂下严峻的脸，他知道自己的国君不是在开玩笑。

据《东周列国志》所说，宋襄公出来时，打了一面大旗，跟梁山好汉相仿，只是上面的字不是替天行道，也不是顺天护国，而是"仁义"二字。

"汝见'仁义'二字否？寡人堂堂之阵，岂有半济而击之理！"

我翻看了《东周列国志》，发现宋襄公先生的台词有一个特点，"仁义"二字出现的频率特别高。帮助齐国平内乱是为了仁义，不带兵器赴楚国的会是仁义，这一次，又是为了仁义。

《第十五章》 最后的努力

仁义是什么东西？他们日常生活中都没怎么看到，何论你死我活的战场。我们是看过三十六计孙子兵法的，只知道兵者诡道也，兵不厌诈。

这应该不是宋襄公的首创，这只是遗失已久的东西，它消失在失败者的血液里，与阵亡者一同被深埋于地下，然后被宋襄公这个与时代脱节的人从古墓中翻了出来。

楚军尽数渡过泓水，然后开始在岸边布阵。春秋最重要的陆上攻击力来自战车，这个相当于"二战"时的坦克，区别是坦克布阵灵活，而战车由马拉动，布阵十分不方便。

目夷再次看到了取胜的希望："现在攻击吧，这是我们最后的机会了！"

史书中，宋襄公以干净利落的回答拒绝了这个提议：未可！

借《东周列国志》一用吧，当目夷要宋襄公击鼓进攻时，宋襄公怒视对方，唾了对方一口："呸！汝贪一击之利，不顾万世之仁义耶？寡人堂堂之阵，岂有未成列而鼓之之理？"

仁义，依旧是这个古老而遥远的东西。

目夷有没有被吐痰无法考究了，但他应该明白过来了，自己的这位兄弟，这位宋国的国君，这位殷商的后人，这位霸主的角逐者，他不但要夺取一个战役的胜利，还要获取万世的仁义之名。如果两者不能兼得，他愿意放弃一时的胜败去争取万世的仁义。

他是不是早已经料到了这样的结局？他是否准备用生命去获取这样的仁义？目夷望着身披铠甲的人，第一次觉得自己并不了解这位兄弟。

楚军终于列好军阵。

楚兵阵势已成，人强马壮，漫山遍野。击鼓！

战马嘶鸣，战车轰隆，宋襄公挥动长剑，冲向了数倍于己的敌人。

君将得诸侯而不终。

宋襄公想起了周国叔兴对他的预言。

这一天，就是我的实践之日吧。也许今天我将失去这场战斗，但我相信，我会赢得将来。风将宋襄公的战袍刮得忽忽作响，他无所畏惧，因为他看到了胜负以外的东西。

看到这一幕，我总会想起那个叫堂吉诃德的没落骑士，骑着一匹瘦马，挥动长矛冲向巨大的风车。

他们都是活在自己精神世界的人。外界不理解他们，他们同样无法理解外界。

宋军大败。又据《东周列国志》所说，楚国人使了一个诡计，放宋襄公冲进来，然后围而歼之。这个虚构应该是比较符合当时的情况的，因为战斗的结果是宋襄公的近卫全部战死，而宋襄公大腿中箭，堪堪脱身而出。

在春秋（至少是早期），两国交战还是比较讲究的，有很多不成文的规定，比如不赶尽杀绝，不俘虏对方国君，打仗不超过一天等。当然，就是中原，都有很多国家也不遵守，楚人就更不遵守这样的规矩了。他们挥动长矛利器，刺穿宋兵的身躯，砍杀倒地的伤兵，对宋兵穷追猛打。

不能指责他们残忍，他们只是对战争有自己的理解。

这一天是无比漫长而寒冷的一天，甚至超过了在囚车中的每一天。剧痛从渗血的大腿传导上来，宋襄公知道，自己的霸主梦破碎了。

宋襄公被人抬着回到了商丘。楚国人在外面耀武扬威之后离去。不久之后，宋国境内又来了一批人。

《第十五章》 最后的努力

二十有三年春，齐侯伐宋，围缗。（《春秋·僖公二十三年》）

春天，齐孝公攻打宋国，将宋国的缗邑围了起来。据说，齐孝公是为了报复四年前鲁国主持召开大会，宋国竟然不参加。

我只能说一声，齐孝公你这么王八蛋，你父亲齐桓公当年怎么就选了你呢？

宋国刚被楚国重创，这又有上来趁火打劫的。宋国人当然满腹牢骚，成天抱怨宋襄公打了败仗，连累了国家。目夷如实向他汇报了民间的意见，宋襄公躺在床上，低下头思索了一会儿，然后抬头十分认真地解释他为什么在泓水边两次放弃了取胜的机会。

"君子不伤害重伤的人，不擒捉头发花白的人，古代作战，不依靠险要的地势，寡人虽然是亡商的后代，却没办法去进攻没有摆开阵势的敌人。"

据《公羊传》所说，宋襄公讲的这些就是王者之兵，宋襄公是在行使远古的王者之兵，这是当年周武王所用的兵略。唯一不同的是，周武王有王者之民，王者之臣，王者之兵，而泓水边只有一个孤独的王者。

都到这个田地了，还说这些没有用的东西，目夷再一次对这个怪胎般的弟弟进行了教育。

但就算这样的教育是正确的，也来不及了，数个月后，公元前637年五月，宋襄公因伤去世。

一个执着追逐不一样太阳的人离开了人世。

在宋国的祭祖活动中，常常会演奏一首叫《殷武》的乐曲，这是一首歌颂殷高宗武丁的乐章：

挞彼殷武，奋伐荆楚。深入其阻，裒荆之旅。有截其所，汤孙之绪。

　　维女荆楚，居国南乡。昔有成汤：自彼氐羌，莫敢不来享，莫敢不来王。曰商是常！

我们的先祖殷王武丁何其勇猛，他挺身而出讨伐荆楚，兵锋直入敌方险阻，横扫荆师，立下不世的功业。

南方的荆楚你们听着，从吾祖成汤建立殷商，远如氐羌，无不献享，无不朝王。殷商是天下的主宰！

我想，这就是宋襄公未及实现的梦想。

在宋襄公躺在病榻上品尝失败的痛苦时，胜利者楚成王沉浸在巨大的喜悦里。

他用自己的方式赢得了战争，无论这是否是以对方的仁义为基石，他都有足够的资本去欢庆自己的成功。

泓水之战的七天后，郑文公特地派自己的夫人芈氏、姜氏前往楚营慰劳楚成王。这位芈氏是楚成王的妹妹，楚成王意气风发，特地请她们参观了从宋兵尸体上割下来的左耳。

派夫人去他国军营劳军，这实在有些耸人听闻，鲁国君子当然不会放过这个负面典型，直批非礼也。君子又说，妇人送迎不出门，见兄弟也不越过门槛。君子又说，战争中，应该不要接近女人的用具。君子先生反对什么，那应该就是发生了什么，楚成王到底接触了女人的什么用具呢？我们还是非礼勿猜吧。

《第十五章》 最后的努力

到了第二天，应郑文公的邀请，楚成王进入郑国接受款待。郑文公以最高的礼遇九献（九次献酒）招待了楚成王。据周礼的规定，只有最顶级的九命公爵才能享受九献，比如当初辅政的鲁国始祖周公旦。像齐桓公这样的诸侯中的老大哥侯伯也不过享用七献，至于楚成王嘛，虽然自称王，但实质还是一个子爵，按规定敬五杯就可以了。郑文公一下搞到了九献，简直是铺张浪费得不成样子。

楚成王毫不客气，照礼全收，吃完后，还要打包。

晚饭后，郑国国母文芈亲自出城送楚成王，而楚成王顺手带了两位郑文公的侍妾回去。

从偏居南疆，到叱咤中原，楚国似乎已经可以称为中原的霸主了。

有一个人却认为楚成王已经跟霸主无缘了。郑国大夫叔詹目睹了这一切，然后他给出了一个有关于楚成王的预言：

"楚王无法善终了，他在郑国搞到男女无区别的地步，失礼如此，怎么可能得到善终呢？"

礼可以批判对方，却无法从肉体上打倒对方。此时，楚成王傲视中原，不可一世，齐国只知道落井下石，鲁国就剩一张批判的嘴，郑文公努力挤出谄媚的笑容，宋襄公在病榻上痛苦呻吟。

还有谁能挡住楚国的锋芒？中原岂无人哉！

在那些难熬的日子里，宋襄公的伤势正在加重，但他相信，中原一定有人能够遏制楚国的北上。

在病榻上，宋襄公接见了一个逃亡的公子，他在这个人身上看到了中原的希望，于是，他特地送了对方八十匹马。

这位流亡公子是晋国的公子重耳。

在楚成王抱着郑国的美女策划下一步的计划时，重耳正坐着宋襄公送他的马继续流浪。这一天，离他回归故土的日子不远了……